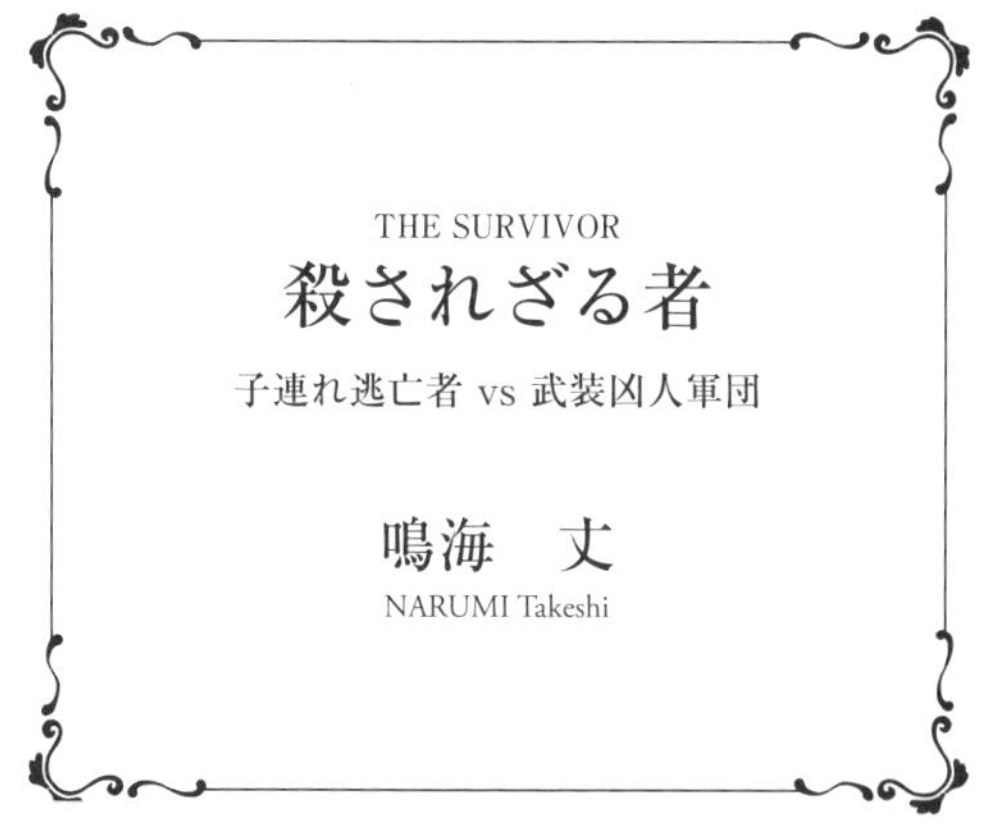

THE SURVIVOR

殺されざる者

子連れ逃亡者 vs 武装凶人軍団

鳴海　丈

NARUMI Takeshi

文芸社文庫

目次

第一章　キリング・フィールド　5

第二章　聖域（サンクチュアリ）　30

第三章　J（ジェイ）　65

第四章　凶人軍団　87

第五章　炎の約束　118

第六章　鬼畜（きちく）の宴（うたげ）　151

第七章　姦計（かんけい）　181

第八章　還（かえ）って来た男　222

第九章　NOBAD（ノーバッド）　250
第十章　鉄の虎（ティエフ）　286
第十一章　殺されざる者（ザ・サバイバー）　325
番外篇　それから――　403
あとがき　413
引用文献及び参考資料　421

第一章　キリング・フィールド

……アメリカではおれみたいな殺人犯がつねに百五十人は野放しになっている、というのだ。そいつは甘いとおれは思う。もっと多いはずだ。つかまる人間が少ないんで、いったい何人いるか把握できないだけだ。

ドナルド・ギャスキンズ&ウィルトン・アール
『死刑囚ピーウィーの告白』より
（訳・滝井田周人）

1

また、聞こえた。

どこかで獣が吠えている。長く細く尾を引く不気味な吠え声だ。

それが、男の意識を覚醒させたらしい。

「………」

目を開くと、雲ひとつない眩い青空が、男の瞳孔に飛びこんで来た。

眉をしかめて目を細めると、その蒼穹は斜めに歪んだ菱形をしている。

樹木の張り出した枝が幾重にも重なった林冠の隙間から、その青空は見えていた。

つまり、男は、湿った地面に仰向けに倒れているのだった。

ひどく暑い。全身が汗まみれだ。

そして、頭をもたげようとした瞬間、

「うっ」

右側頭部のあたりに鋭い痛みが走って、男は鼻梁に皺をよせる。

反射的に右手で、ストレートロングの髪をかき分けて、ずきずきと痛む場所に触れてみた。

指先に粘るような感触がある。

ゆるゆると上体を起こしながら、男は目の前に、自分の右手をさらして見た。

指先が赤黒く汚れている。

血だ。それを確認すると、右側頭部の痛みが増したように思える。

が、もう一度、慎重に傷に触れてみると、すでに血が固まりかけているとわかった。

右耳の上の方に、裂傷が斜めに走っている。

耳朶の後ろから首筋まで流れ落ちた血は、首に巻いたバンダナに吸いとられていた。

「どこだ、ここは……」

そう呟きながら、男は、シダ類の下草が生い茂るジャングルを見まわした。

ガジュマル、ココヤシ、アカテツ、ウドノキなどの高木がそびえ立つ亜熱帯の常緑樹林である。

体長十センチほどの小豆色をしたトカゲが、ココヤシの太い幹を素早く這い下りて来ると、忙しなく枯葉の積もった地面を走って、倒木の蔭へ消えた。

人影はなく、どこにも建物らしきものは見えない。ただ、鬱蒼たる薄暗いジャングルが続いているだけだ。

見覚えのない場所だ。

こんな密林に、どうして俺は、頭に怪我をして倒れていたのか……。

額の汗を拭おうとした男の左手が、止まった。

（——俺は？）

しゅっ、と口の中が乾く。

濡れたスポンジを握り潰したみたいに、全身から冷たい汗が大量に噴き出した。

（俺は……誰なんだ）

2

喉元（のどもと）が締めつけられるように苦しく、高温多湿の密林の中にいるというのに、漣（さざなみ）のように悪寒が背中を走る。

男は、自分の頭の中を直視して見たが、そこには、ただ、墓穴のように、ぽっかりと昏（くら）く深い虚（うろ）が口を開けているだけであった。

自分の心臓の鼓動が、はっきりと耳に聞こえた。

不安と恐怖が、胸の中で気球のように膨れ上がり、頭の痛みなど、どうでもよくなっている。

下草の中に座りこんだまま、男は、自分の躯（からだ）を見まわした。

濃紺の半袖（はんそで）のTシャツの上に、幾つものポケットが付いた厚手のコンバット・ヴェストを着ている。

下は、大腿部（だいたいぶ）の外側にアウトポケットが付いた、ルーズなミリタリーパンツだ。

ヴェストもパンツも、黄緑色の地に緑と濃緑と茶の三色の不規則な模様が入ったウッドランド・パターンの迷彩色である。

剝(む)き出しの腕は太く逞(たくま)しくて、小麦色に日焼けしていた。左手首には、スウィス・アーミー・ウォッチをはめている。七時十七分——無論、午後ではなく、午前だろう。

靴は、焦茶色のハンティング・ブーツだ。首に巻いたバンダナは、オリーヴグリーンである。

背中には、黒っぽいフィールド・パックを背負っていた。

そして——男は武装していた。

腰に巻いたキャンバス地のピストルベルトの右側には、ホルスターが装着され、セミ・オートマティックの拳銃が入っていたのだ。

ドイツ製のシグ・ザウエルＰ２２０である。

ベルトの左側には、ブッシュナイフを納めた鞘(さや)が装着されていた。

ナイフのブレードに映った男の顔は、三十代前半に見えた。

眉が濃く、顎(あご)の線が頑丈そうだ。肌は、浅黒く日焼けしている。

切れ長の眼が不安そうに瞬(またた)いていなければ、精悍(せいかん)な風貌といえよう。ハンサムというより、ひどく男っぽいマスクである。

さらに、ヴェストの裏側——衿首(えりくび)の下にあたる部分に鞘が縫いつけてあり、両刃(もろは)のダガーが納められている。その柄は、ヴェストの外からは見えない。つまり、隠し武器であろう。

　そして、男が倒れていた場所のすぐそばに、旧ソビエト製の軍用ライフルであるAK74――すなわち、アヴトマット・カラシニコフ74年型突撃銃が転がっていた。

（俺は兵隊なのか……ここは戦場なのだろうか……）

　後方に落ちていた迷彩色のキャップを拾って見ると、汗じみのある布地の右側が、何かに引き裂かれたようになっている。

　どうやら、銃弾がキャップを被っていた男の右側頭部を、かすめたらしい。

　それで、キャップが吹っ飛び、男は気を失って倒れたのだろう。

　外傷は大したことがなかったが、かすった衝撃のせいで、記憶を失ってしまったに違いない。

　記憶喪失の原因は、推定できた。しかし、この状態が一時的なものなのか、ずっとこのままなのか、それはわからないのである。

「くそっ」

　こみ上げてくる絶望を追い払うように、激しくかぶりを振って、男は罵った。

　ジャングルの中は静かだ。ここが戦場だとしても、たった今、敵が迫っている気配は感じられない。

　だから、男は、フィールド・パックの中身を調べることにした。

ポンチョ、折畳み式のスコップ、カモフラージュネット、携帯食料、浄水剤、ロープ、エマージェンシーブランケット、防水マッチ、粗塩、拳銃やライフルの予備実包の箱、タオル、救急キットなどが入っている。

自分の身元の手がかりになるものは何もなかったが、男は、救急キットの消毒薬と止血剤で頭の怪我の手当てをした。

首に巻いていたバンダナを頭に巻きつけ、穴の開いたキャップは、フィールド・パックに納める。

それから、ヴェストやパンツのポケット、それにピストルベルトに装着されたポウチの中身を調べた。

拳銃やライフルの予備弾倉、M26手榴弾、アルミ合金から削り出された堅牢なボディの小型懐中電灯であるマグライト、水筒、手袋、それにコンパクトカメラが入っていた。

カメラといっても、フィルムを使用するものではなく、記憶メディアに画像信号を記録するデジタルスチルカメラだ。

デジタルスチルカメラの最大の特徴は、本体に液晶モニターがあって、今までに撮影した画像を自由に再生し、映り具合を調べたり、不要な画像を消去したり出来ることだ。

その日本製のカメラは、記憶メディアに五百二十ＭＢのタイプⅢのＰＣカード・

ハードディスクを使う種類だった。

通常、コンパクトフラッシュやスマートメディアなどの記録メディアでは、十数枚から百二十枚くらいしか記録できないが、容量が五百二十MBのPCカードなら、一枚で六千枚もの静止画を記録できる。しかも、これは、静止画だけではなく、四十分ほどの映像も音声付きで撮影できる機種だ……という知識が、すぐに脳裏に浮かぶ。

情報ディスプレイを覗くと、すでに数十枚の画像が記録されているという表示があった。

男は期待と興奮で手を震わせながら、モニターの再生ボタンを押した。

が、すぐに、落胆の表情になる。

再生ボタンを何度押しても、モニターに映像が出ないのだ。他のボタンを押しても、何も反応がないから、カメラ自体が壊れているのだろう。

念のためにバッテリーを交換してみたが、やはり、モニターは働かない。

記録されている画像を見ることが出来れば、重要な手がかりになっただろうに……。

その時、またも、例の獣の吠え声が聞こえて、男は軀を強ばらせた。

長く長く続いて、スウィッチを切ったように、不意に途絶える。

その刹那、男は一挙動で、軍用ライフルを手にして立ち上がっていた。

そして、己れ自身のごく自然な動作に、男は慄然とした。

が、すぐに気をとりなおすと、デジタルスチルカメラを仕舞って、吠え声がした方角へ歩き始める。

危険なものがいるとしたら、その存在を確認しなければならない。

ここが何処(どこ)なのか、自分が何者なのか――それを知るために、まずは行動を起こすべきだと、男の本能が告げたのである。

3

刃渡り二十センチほどのハンドガードが付いたブッシュナイフで、行く手をさえぎる蔓(つる)や小枝を切り払いながら、男は進んだ。

左手のブッシュナイフも、右腕にかかえこんだＡＫ74も、自分の躯の一部であるかのように、しっくりと馴染(なじ)んでいる。

無害な昆虫やトカゲは見かけたが、毒蛇の類(たぐい)には、まだ遭遇していない。敵か猛獣に急襲されることを考えて、男は用心深く歩を進めたが、躯を動かしていると、自分という存在についての無益な不安が薄らいでくる。

右側頭部の痛みも、ほとんど気にならない。

喉が渇いてはいたが、水筒の水は口の中を湿す程度にしか飲まなかった。この先、水の補給が出来るかどうか、わからないからだ。

身長百七十七、八センチの男の軀は骨太で、全身が良質の筋肉に包まれ、完全装備に近い重量での行動を苦にしない。

むせかえるような濃厚な草いきれの中を十分ほど歩くと、先ほどのとは別の吠え声が聞こえた。

男は足を止めた。

その吠え声が、意外と近くから聞こえたからだ。しかも、複数の人間の笑い声も聞こえたのだった。

前方のシダの繁みの向こうに、ジャングルの林冠が切れた空き地がある。吠え声と笑い声は、その空き地で起こっているようだ。

ブッシュナイフを鞘に納めると、男の親指は、軍用ライフルの安全装置を解除していた。セレクターで単発を選択する。

頭で考えてそうしたのではなく、無意識のうちに指が動いたのだ。

それから、顔の汗をぬぐうと、身をかがめてＡＫ74を両手で構え、音を立てないように繁みに近づく。

極度の緊張から奥歯を嚙(か)みしめているので、男の顎の両側に、筋肉が瘤(こぶ)のように盛り上がった。

シダの葉の蔭(かげ)から、人工的に造られたらしい三十坪ほどの空き地を覗く。

「っ⁉」

そこで展開されている複数の光景は、信じられないものであった。

まず、最初の光景は——ガジュマルの大木の枝に取り付けられた滑車から、太い鎖が垂れ下り、その先端には二組の手錠が付いている。そして、両手首と両足首に手錠を嵌められて、白人の少女が仰向けに吊されていた。

全裸だ。年齢は七、八歳だろう。

栗色の髪をした少女の細い胴を両手で鷲づかみにしているのは、これも白人の赤毛の巨漢であった。四十代後半だ。

濃緑色の戦闘服の上だけを身に着け、下半身は素っ裸で、靴下とジャングル・ブーツだけを履いている。

赤茶色の陰毛が密生した下腹部から突き出している巨大な男根は、宙吊り状態の少女の背後の門を貫いていた。

無論、少女の排泄孔は裂けて血まみれだ。

巨漢の足元には、ショットガンのレミントンM870Pが転がっている。

その赤毛の右後ろでは、六十過ぎと見える白人男が、全裸で跪いているアジア系の少年の顔に、下腹部を押しつけていた。

この銀髪の老人も、濃緑色の戦闘服の上下を着けている。腰のガンベルトに納まっているのは、四十五口径のコルトＭ１９１１Ａ１だ。

戦闘服のパンツの前が開かれて、細長い男根が少年の口にねじこまれている。

十歳くらいの少年は、後ろ手に手錠をかけられ、口にはリング状のギャグを嚙まされていた。老人の薄汚い男性器は、リングの中を通って喉の奥を突いているので、少年の歯は、それを傷つけることができない。

少年の全身には、刃物の切り傷や火傷、打撲の痣などが散らばっていた。

さらに、その細い首にはロープの輪が巻かれている。

そのロープは、やはりガジュマルの太い枝に取り付けられた滑車を通って、その端が老人の手に握られていた。

つまり、老人は、少年の口を犯しながら、その首をロープで絞めることが出来るというわけだ。

巨漢の左側では、合金製のＸ字型の台座に、黒人の少女が俯せに拘束されていた。

台座に取り付けられた輪が、十一、二歳の少女の両手首と両足首を固定している。

台座の四本の脚には、ロッキングチェアのように三日月の形に反りかえった大きな揺り子が付いていた。

フランスで考案された、〈天使の寝台〉と呼ばれるＳＭ用具だ。

そばには、アメリカの軍用ライフルであるコルトＭ16Ａ２が転がっていた。

ミルクコーヒー色の肌をした少女が身に着けているのは、レモンイエローのTシャツとスニーカーだけであった。

少女の下半身は剝き出しで、淡い恥毛に飾られた女性器には、成人男性の腕ほどもある電動バイブレーターがねじこまれて、血に染まっている。

Vの形に大きく開かれた彼女の下肢の間に立っているのは、蝦蟇ガエルのようにずんぐりした体型の白人で、顔も蝦蟇ガエルそっくりだった。

年齢は三十代半ば、身に着けているのは靴下とジャングル・ブーツだけの裸だ。水死体のように、ブヨブヨした青白い軀をしている。背中は、赤い香辛料を振りかけたみたいに、そばかすだらけだ。

大きな口のまわりや顎は、脂っぽい赤黒い汁のようなもので、べとべとに汚れている。勃起した短小気味の男根を左手の三本の指でつまみ、右手には、ブレードに墨流しのような美しい模様のあるダマスカスナイフを握っていた。

白蝦蟇男は、そのナイフを黒人少女の艶やかな臀部にあてがい、生きたまま肉を削ぎ取ろうとしているのだった。

こいつの斜め後ろには、ラテン系らしい黒髪の少年が裸で倒れていた。

少年はわずかに口を開いて、繁みに身をひそめている男の方に顔を向けている。が、男を見ているわけではなかった。そんなことは、不可能である。

少年の二つの眼窩からは、眼球が抉り出されていたからだ。

十文字に斬り裂かれた腹部の内部も、空っぽである。そこに収納されていたはずの臓腑は、周囲にぶち撒けられていた。

まるで、幼児が、クリスマス・パーティーの飾り物の入った箱を引っくり返したみたいだ。

違うのは、散らばっているのが銀色のお星様や金色のモールではなく、血や未消化物にまみれた胃袋や大腸だという点であった。

右腕は、少年の軀から四メートルも離れた場所に転がっていた。しかも、すべての指が根元から切断されている。

そして、幼い男根は睾丸ごと抉り取られていた。ただし、それは地面に散乱している内臓や肉片の中には見当らない。

黒人少女へ行なおうとしている行為からして、抉り取られた部位は、おそらく白蝦蟇男の胃袋の中にあるのではないか。

この状態で年齢を推測することは困難だが、身長や骨組みからして、〈解剖〉された少年が十歳を越えていないことは確実だった。

その惨死体の後方には、少年少女のものらしい衣類やスニーカーが散らばっている。濃緑色の戦闘服の上下もあるが、これは赤毛の巨漢や白蝦蟇男のものであろう。バックパックも三つ転がっていた。

第五の光景は、これまでのものよりは多少ましかもしれない。少なくとも、まだ、血は流れていなかった。

高さ二メートルほどの先端が鋭く尖った木製の三角錐の塔が、地面に置かれている。その真上に、全裸の白人少女が宙吊りになっていた。

輝くような金髪の十歳くらいの美少女で、新鮮なミルクを練り固めたように真っ白で華奢肢体の持ち主であった。他の四人の少年少女と同様に、左手首に金色のブレスレットをしている。

三角錐の周囲には、高さ四メートルくらいの金属製のポールが五本、等間隔に、円形に配置されている。その中の一本だけは逆L字型で、上端から横棒が中央へ突き出していた。

後ろ手に手錠をかけられた少女は、上体をまっすぐに起こし、両足を開いて前方に伸ばした姿勢で宙吊りにされている。

少女の胴体には、金属製の幅の広いベルトが嵌められ、そのベルトには四本の鎖が繋がっていた。

四本の鎖のうち三本は、地面に水平に三方向に伸びて、ポールに固定されている。残りの一本の鎖は垂直に真上に伸びて、逆L字型の四本目のポールの横棒に付いた滑車を通り、ポールの下の方にある電動巻き上げ機に繋がっていた。

少女の両足首には、六十センチほどの長さの金属棒の両端に付いた鉄輪が嵌(は)められている。金属棒の中央には、やはり鎖が付けられていて、五本目のポールに固定されていた。

ヨーロッパで中世に考案された、〈ユダの揺籃(ゆりかご)〉という拷問器具であった。

そばには、少女を定位置に吊り上げるために用いたらしい脚立(きゃたつ)が二台、置いてある。

金髪の美少女は、顔を真っ赤にして五体を縮めていた。脂汗まみれだ。

三角錐の鋭い先端は、彼女の排泄孔に触れていた。力尽きて腹筋を緩(ゆる)めてしまったら、少女の臀部は数センチ、降下するだろう。

すると、自分の体重によって、三角錐の先端が肛門にめりこみ、直腸を引き裂くことになる。その苦痛は怖るべきもので、しかも、即死できずに長く長く苦痛が続くはずだ。

それを避けるためには、発狂するような恐怖の中で、一瞬たりとも全身の力を抜かずに、緊張し続けていなければならない。

あるゆる拷問器具がそうであるように、このユダの揺籃もまた、人類の悪魔的な残忍さの結晶であった。

木製の三角錐が黒々と濡れているのは、あまりの怖ろしさに、少女が失禁してしまったからだろう……。

これら――五つの光景が同時に、男の網膜に激突したのである。

この世の出来事とは信じられぬ惨たらしさに、男は一瞬、判断力を失って呆然としてしまった。

が、老人がロープを思いっきり引いて、アジア系の少年を縊り殺した瞬間に、停止状態だった感情と思考が一度に復活した。

三人の白人の鬼畜のような所業に生理的嫌悪感が爆発して、ヘビー級のボクサーにボディ・ブロウをくらったみたいに、胃袋がギュッとひしゃげる。胃液が間歇泉のように喉元へ、超スピードでこみ上げて来た。

「うっ……」

反射的に左手で口を押さえた男は、喉を鳴らして前のめりになった。

ガサッ、と繁みがざわめいてしまう。

老人は、血走った眼球を突出させて惨死した少年の口の中に薄い精液をそそぎこみながら、惚けたように弛みきった表情になっている。が、赤毛の巨漢と白蝦蟇男は、その音を聞き逃さなかった。

「誰だっ」

英語で誰何しながら、巨漢は意外なほどの素早さで、少女の直腸から男根を引き抜く。そして、足元のショットガンを拾い上げ、十二番径の銃口を男が潜んでいるシダの繁みに向けた。

4

白蝦蟇男も、ダマスカスナイフを黒人少女の臀（しり）に無造作に突き立てると、軍用ライフルを拾い上げた。

極太の電動バイブで膣（ちつ）を抉られている上にナイフで刺された少女は甲高（かんだか）い悲鳴を上げる。

「うるさいぞっ」

男はライフルの銃床を、黒人少女の背中に叩きつけた。何かが折れる鈍い音がして、少女の悲鳴が濁った短い叫びに変わった。

静かになって、がっくりと頭を落とした少女の唇の端から、血の混じった唾液が滴（したた）った。

臀部のナイフの傷からも、ドクドクと鮮血が溢（あふ）れている。

「ど、どうかしたのかねっ」

老人が、死体の口から雫（しずく）の滴るものを抜いて、怯（おび）えた鶏のように、きょろきょろと周囲を見まわす。

「そっちの奥で、何か音がしたんだ」

赤毛が、油断なくショットガンを構えたまま言った。股間から、だらりと下がっている肉塊は、血と粘液で汚れている。

仰向けに吊されている白人の少女は、肛門から血を流しながら、魚籠(びく)の中の魚のように口を開いて、喘(あえ)いでいた。

「それに、人間の声みたいなものも聞こえましたよ」

白蝦蟇男が、左手の甲で口のまわりを拭いながら、言う。

「え？　それはおかしいじゃないか。今回の〈仔羊(ラム)〉は、この五匹だけのはずなのに」

老人はあわてて、ホルスターから拳銃を抜き出し、撃鉄を起こす。

コルトM1911A1――通称、コルト・ガバメント。一九八五年に、ベレッタM92Fにその座を明け渡すまで、七十年以上にわたってアメリカ軍の制式拳銃だった名銃である。

ピストルを構えた老人は、ふと気づいて、濡れた男根を下着の中に押しこんだ。

繁みの蔭で、男はAK74を構えたまま、身じろぎもせずに三人を見つめていた。

自分が英語を解することが意外であったが、そんなことに考えを割いている余裕はなかった。

三つの銃口が、こちらを向いているのだ。

喉元を真綿で締めつけられているように、呼吸が苦しい。なぜか、視界が狭(せば)まったような気がした。

口を半開きにして、呼吸の音を立てないようにする。意志の力で何とか吐き気を抑えているが、惨劇に対する嫌悪感とは別に、猛烈な恐怖のために胃袋が捻れそうだ。

「この島には、大型の動物はいないはずですがね。仔羊でもなく、野生の獣でもないとすると、一体……」

全裸の白蝦蟇男が言い終わらないうちに、

「こうすりゃ、わかるさっ」

赤毛の巨漢が、いきなりレミントンＭ８７０Ｐを発砲した。

轟音とともに、隠れている男の二メートルほど右側を、九粒の散弾が通過し、シダの葉が細切れになって飛び散った。

撃った場所から七メートルほどしか離れていないので、散弾のパターンは、あまり開いてはいない。だから、肝は冷えたものの、男の軀に全くダメージはなかった。

が、巨漢が、銃身の下にあるフォアグリップを操作して次弾の発射準備をし、その銃口を男が隠れている方へ向けた時、男の肉体が即座に行動を起こした。

相手が散弾を撃つよりも早く、何のためらいもなくＡＫ74の引金を絞る。銃声と同時に弾き出された鉄製の空薬莢が、シダの茎に当たって地面に落ちた。

五・四五ミリの高速弾は、赤毛の巨漢の胸の中央に命中した。

見えない鑿岩機の先端を突っこまれたように、巨漢の胸部に醜く爆ぜたような孔が穿たれ、両腕を振り上げて万歳をするような格好で、一人目の鬼畜は後ろへ倒れる。

その時には、男のＡＫ74はすでに、二度目の銃火を迸らせていた。愕然としている全裸の白蝦蟇男の左胸に、命中した。

コルトＭ16Ａ２を使用する暇もなく、二人目の鬼畜は軀を左へ半回転させながら、斜め後ろへ倒れた。

「わひゃっ」

その時、奇妙な悲鳴を上げながら、銀髪の老人が構えていたコルト・ガバメントを捨てて、即死した赤毛の巨漢が放り出したショットガンを拾い上げた。

何か合理的な理由があって、そうしたのではなく、突然始まった銃撃戦にパニックを起こして、より強力な銃器に頼りたくなったのであろう。

だが、気が動転しているから、拾い上げた瞬間に、引金をガク引きしてしまった。

その時、銃口は斜め上を向いていた。その延長線上には、仰向けに宙吊りになっている栗色の髪の少女がいた。

至近距離から発射された散弾によって、少女の小さな頭が文字通り、消失する。

栗色の髪の毛は、真っ赤な血と白い頭蓋骨の破片と灰白色の内容物と混じり合って、飛び散った。

「っ‼」

男は、激怒で視界が赤くなるのではないか、と思った。引金を絞る。

老人の右眼から飛びこんだ五・四五ミリ弾は、頭蓋骨を内側から破裂させた。爆発したように四方八方へと霧散し、下顎の部分だけを残して、老人の頭部はなくなってしまう。

レミントンM870Pを落として、三人目の鬼畜の肉体は射的場の景品のように、パタリと倒れた。

「…………」

男は、AK74を構えたまま、繁みの中から空き地へ出た。無表情だ。

プラスティック製の弾倉には三十発の実包が収容されているから、まだ、二十七発残っているはずだ――と頭の隅で冷静に計算する。

さらに、頭部が吹っ飛んだ老人はともかく、胸部に被弾した赤毛の巨漢と白蝦蟇男には、念のために止どめを刺した方がいい――という考えが浮かんだ。

そのため、大の字になって倒れている巨漢の足元から、頭の方へまわりこもうとする。

しかし、その時になって初めて、男は、この空き地全体に漂っている臭いに気づいた。

血と臓物と未消化物と精液が入りまじった、とてつもない悪臭である。

先ほどは意志力で抑えていたものが、喉の奥から駆け登ってくる。男は地面に片膝をついて、嘔吐した。

吐きながら、自分を覚醒させた獣の吠え声は、ラテン系の少年が生きながら鬼畜どもに解剖された時の絶叫だったのだろう——と考える。そして、繁みの手前で聞いた吠え声は、肛門を犯された栗色の髪の少女の悲鳴だったに違いない……。

自分の頭をかすめたのは、M16A2が発射した五・五六ミリ軽量弾の流れ弾だったのだろう。

胃の中が空っぽになると、男は何度も唾を吐いて、口の中の苦さを捨てようとした。

背後で、誰かの呻き声がした。

「ん、うう……」

白蝦蟇男が生きていたのかと、男は全身を総毛立たせながら、素早く軍用ライフルを構えて振り向く。

が、白蝦蟇男は血まみれの死骸として、元の場所に、上体を捻るようにして横たわったままであった。縮んだ貧弱な性器の先端に、真っ黒な蟻がたかっている。

呻いたのは、宙吊りになっている金髪の少女であった。軀が小刻みに震えている。

筋肉の緊張が、我慢の限界に来ているのだ。

声をかける余裕もなかった。とっさに、男はダッシュする。フットボールのショルダーアタックの要領で、三角錐に体当たりした。

三角錐が倒れるのと、力尽きた少女の臀がガクンと落ちるのが、ほとんど同時であった。あと何分の一秒か男のタックルが遅かったら、少女は排泄孔を貫かれて、ひどい重傷を負っていただろう。

勢い余って三角錐を抱えたまま、数回転した男は、安堵の吐息をついて立ち上がり、脚立を使って、少女を下へ降ろしてやった。

黒人少女の方は、白蝦蟇男にライフルの銃床で殴られた時に折れた肋骨が心臓をパンクさせたらしく、かわいそうに目を開いたまま絶命している。

地面に戦闘服を下に敷いて、金髪の少女を座らせると、痙攣しかけている彼女の両足をマッサージしてやりながら、

「怖かっただろう、安心していいよ。俺は味方だ。あの三人は、もう君に何もできない」

日本語で慰めているのに気づいた男は、少し考えてから英語に切り替えた。

「他の友達は気の毒だったね。君の名前を教えてくれないか」

「…………」

裸の人形のように、マッサージされるまま俯いたきりで、少女は答えない。

英語が母国語ではないのかも知れないと思いつつ、男は、もう一度、ゆっくりと問いかけた。

「君の名前は?」

ゆっくりと少女が顔を上げたので、男の顔が自然とほころんだ。この子の話を聞けば、この〈島〉が何処にあるのか、鬼畜どもの正体が何なのか、わかるはずだ。

だが、すぐに、男の表情が強ばる。

少女の視線が突き刺すように鋭く、憎悪と蔑みに溢れたものだったからだ。

静かに、少女は言った。

「――ジャップ!」

第二章　聖域（サンクチュアリ）

1

ジャングルが切れて、急に視界が開けた。

降りそそぐ陽光の強烈さに、男は目を細める。

正面は大きな岩が転がる広い河原で、右手に階段状の滝がある。落差は八メートルくらいだ。

霧のように細かい飛沫（しぶき）を上げて、水が幾筋にも幾筋にも分岐して、白い扇を広げたような形で落ちる様（さま）が美しい。

滝壺に向かって垂直に落水してはいないから、落下音もさして大きくはなかった。

大きな帽子を脱いだように、頭上の圧迫感が消えて、真っ青な空が広がっている。

左の方にある湿地帯は、タコノキの群落になっていた。

タコノキは、マングローブと同じく、太い支柱根や気根によって幹が空中に浮かんでいる異様な形状の樹だ。

滝壺からタコノキ林の中へ、蛇行しながら川が流れている。微風の中に、磯の匂いが混じっている。どうやら、タコノキ林の向こうに海岸があるらしい。

ＡＫ74を構えて周囲に目を配りながら、男は河原へ出た。

危険はないようであった。軍用ライフルに安全装置をかけて、男は振り向く。

ジャングルの出口に、金髪の美少女は立っていた。そこで、じっと男を見つめている。

ピンク色の絹の半袖ブラウスに、藍色のジャンパースカート、白のハイソックスにスニーカーという姿だ。

「こっちへ来て、顔を洗ったらどうだ。冷たくて気持ちいいぞ」

英語で、そう声をかけると、少女の返事も待たずに、さっさと自分が河原へしゃがみこんだ。左手には、真紅の花を賑やかに咲かせたハイビスカスの繁みがある。

フィールド・パックを背中から下ろし、ＡＫ74を右脇に置いて、男は手を洗った。

草でこすっても落ちなかった鬼畜どもの血脂の残りが、ようやくとれた。

――射殺した三人の衣服や持ち物を調べて見たが、財布はあっても、身分証明書やパスポート、免許証、クレジットカードの類は一切、所持していなかった。

ただし、金は、たっぷりと持っていた。三人合わせて、米ドル紙幣で四万ドル近くあった。

ほんの少しだけ迷ったが、男は、その金を貰（もら）うことに決めた。人家を見つけて助けを求めるにしても電話を借りるにしても、無一文では、どうにもならない。

実包は種類が違うので役に立たないが、携帯電話と食料と、それに水もいただくことにした。

正当防衛とはいえ、すでに殺人を犯しているのだから、細かい倫理的な問題を気にしても仕方がない。

彼らは地図を持っていなかった。その代わりに、バックパックの中から、GPSを利用したハンディ・ナビゲーターが見つかった。

GPSとは、アメリカ軍が開発した〈全地球位置把握（グローバル・ポジショニング）システム〉の略称である。衛星軌道面に配置した二十四基の航法衛星から送られる情報によって、地球上の如何（いか）なる場所にいても、その正確な緯度と経度を知ることが出来るという仕組みだ。現在では、そのコードが民間用に開放され、カーナビゲーションなどに利用されている。

だが、そのハンディ・ナビゲーターは、銃弾によって完全に破壊されていた。位置関係からして、蝦蟇男の左胸を貫通した五・四五ミリ高速弾が、バックパックに当たったようだ。液晶画面が粉々に砕けているのだから、どうにもならない。

自分の命を守るために放った銃弾によって、この苦況を打開するための重要な機材を失ったのだから、皮肉なものだ……。

男が顔や首筋を洗っていると、背後から小さな足音が近づいて来た。

彼から三メートルほど離れた場所で、少女は顔を洗い始める。

「口はすすぐだけにして、水は飲まない方がいい。病原菌がいるかも知れないから」

少女は返事をせず、目も合わせようとはしなかったが、口に含んだ水は素直に吐き出した。

いきなり、「ジャップ！」と罵られた時には驚いたが、この子を扱う要領が、少しだけわかって来たのである。

——三人の白人の正体や、五人の子供たちの関係、この島の様子などを尋ねても、少女は答えなかった。頑なに口を閉ざしたまま、自分の名前さえ教えてくれないのだ。

三人の死骸や持ち物を手際よく調べ終わると、男は、全裸で蹲っている少女に言った。

「よく聞くんだ。ここにいると危険だ。こいつらの仲間が、やって来るかも知れないからな。酷いようだが、君の友達を埋葬している余裕はない。すぐに服を着て俺と一緒に来るか、たった一人でここに残るか、好きな方を選ぶんだ」

この少女には、やさしい態度や慰めの言葉は効果がなく、何かを強制するのも無理らしいので、必要な事項を簡潔に伝えて、自分の意志で行動を選択させることにしたのだ。

「――さあ、どうする？」

ややあって、少女は立ち上がり、投げ捨てられていた衣服の中から、自分の下着を取り出した。

彼女が身繕いしている間に、男は、ＡＫ74の鉄製の空薬莢を拾った。空薬莢を残しておくと、敵に、自分が持っている武器の種類がわかってしまう――という考えが頭に浮かんだからだ。

それから、残っている足跡を調べて、三人の白人たちが東の方から来たらしいと知る。この白人たちに仲間がいるとしたら、東の方にいる可能性が高い。だから、少女を連れて西へ向かうことにした。

それで、ジャングルの中を小一時間ほど歩いて、この階段状の滝にたどりついたのである……。

直射日光を浴びるのはきついが、それでも、蒸し風呂のようなジャングルの中よりは、ましであった。

男が、白人たちから奪った水筒ではなく、自分の水筒を渡してやると、少女は素直に飲む。細く白い喉が動く様が、愛らしかった。

自分が逆襲した時、泡を喰った老人がショットガンで、凌辱されていた少女の一人の頭部を吹っ飛ばした光景が、男の脳裏に苦く灼きついている。

俺が、もう少し上手にやっていれば、あの少女は死ななくてすんだのではないか
――と考えると、胸の奥が疼いた。

事情はわからないが、惨劇の中で一人だけ生き残ったこの金髪の少女だけは、何としても助けてやりたい……。

「海のにおいがわかるかい？　あの林を突っ切って海岸へ出れば、少しはこの島の状況がわかるだろう。腹が空いていないか」

パックから携帯食料を出したが、少女は無言で首を横に振った。

陽光を弾いて、しなやかな髪が黄金色に輝く。左手首の金色のブレスレットが、金髪とよくマッチしていた。

男が携帯食料をパックへ戻した時、不意に、コンバット・ヴェストの中の携帯電話が鳴りだした。

2

「！」

それを聞いた少女が、びくっと軀を震わせる。茶色の瞳に、怯えの色が浮かんだ。

ヴェストのポケットから携帯電話を取り出した男は、そのコールに出たものかどう

か、判断に迷った。

が、次の瞬間、冷たい手で背筋を撫で上げられるような激しい悪寒を感じた。危険信号だ。

携帯電話を放り出すと、右手で軍用ライフルをつかみ、左腕で少女を抱きかかえて、ハイビスカスの繁みに転げこむ。

ほぼ同時に、銃声が河原に反響して、直前まで男がしゃがみこんでいた空間を、銃弾が貫いた。滝壺の水面に、ばしっと水柱が立つ。

「…………」

どうやら、意識下の防衛本能が働いてくれたおかげで、助かったらしい。

水柱の場所と銃声の聞こえた方角から、銃撃して来た敵の位置の見当がついた。

そいつは、滝の右側の崖の上に、隠れているようだ。拳銃ではなく、ライフルによる狙撃だ。

直線距離にして、四十メートルほどである。たぶん、相手は一人だろう。

白人たちの仲間から遠ざかっていたつもりだったが、どうやら、待ち伏せされていたらしい。奪われた携帯電話にかけることによって、河原に現われた男が仲間を殺した犯人かどうか、確認したのであろう。

緊張で胃袋が強ばるのと同時に、全身の細胞にアドレナリンが浸透して、ふてぶてしいまでの闘志が沸き上がってくるのを感じる。

少女は、彼の脇腹に密着したまま、じっとしていた。

河原に転がった携帯電話は、まだ鳴り続けている。

男は、ＡＫ74の安全装置を外して、プラスティック製の銃床を肩にあてると、伏射の姿勢をとった。

フルオートで、左から右へ薙（な）ぐ。

十数発の高速弾が、崖の縁（ふち）に命中して、爆竹の束が破裂したように火花と煙が弾けて、岩の欠片（かけら）が吹っ飛んだ。

応射はなかった。細かい岩の欠片が、ちかちかと光りながら崖下へ落ちる。

ふと、男は、少女の異常に気づいた。

普通の子供ならば、眼前で銃撃戦が始まったら恐怖のあまり硬直してしまうはずである。

ところが、この少女は、全身の骨と関節が溶けてしまったかのように、ぐにゃりと力なく横たわっているのだ。半眼になり、表情が消え去っている。

「どうしたっ、頭でも打ったのか。具合でも悪いのか」

男は、少女の肩を揺すりながら小声で訊（き）いた。が、返事はない。

もう一度、崖の上をフルオートで掃射して敵を牽制（けんせい）してから、軍用ライフルの弾倉を交換し、セレクターを単発にする。その間に、肘で少女を突ついてみたが、やはり反応はなかった。

崖の上の敵の方も、最初の一発だけで、次の攻撃がない。

だが、高い場所に陣取って男が隠れている繁みを見下ろせるだけ、相手の方が確実に有利である。こちらとしては、下手に動けなかった。

その時、鳴り続けていた携帯電話のコールが、止んだ。

男は、様子を見ようと、そっと頭を浮かせた。

と、河原にある岩の蔭から、さっと半身を現わした者がいた。痩せた長身の黒人で、コルトM16A2を構えている。

崖の上から応射がなかったのは当然、最初の一発を撃ってすぐに、崖を降りてジャングルづたいに接近していたのだろう。

驚愕しつつ身を伏せながらも、男は引金を絞った。同時に、黒人も撃つ。

相手の放った五・五六ミリ軽量弾は、男の左側を通過してゆく。その衝撃波が、男の顔面を引っぱたいた。

こちらが放った銃弾は、岩の端に当たると、火花と欠片を散らしながら、跳弾となって飛び去る。黒人は、すぐに岩の蔭に身を隠した。

わずか三十メートルほどの、ライフルにとっては至近距離だが、やはり、互いに正確に狙う余裕がなかったのだ。

一発で仕留められなかったから、次はフルオートでハイビスカスの繁みを掃射してくるかも知れない。

迷っている暇も、考えている余裕もなかった。男は、ヴェストのポケットからM26手榴弾を取り出すと、安全ピンを抜いた。レバーが外れて、信管に点火される。

一呼吸置いてから起き上がった男は、片膝立ちの姿勢で、丸いボール型の手榴弾を投げた。

山なりに飛んだ手榴弾は、例の岩の蔭に落下する。

悲鳴を上げて、岩蔭から黒人が飛び出して来た。一センチでも余計に遠ざかるため、必死で走ろうとする。

が、その努力は無駄であった。

二メートルと離れぬうちに手榴弾が破裂して、数百の破片が周囲に飛散する。その鋭い破片で全身をズタズタに切り裂かれた黒人は、血まみれになって河原に叩きつけられた。

繁みから飛び出した男は、放り出されたコルトM16A2の機関部に、一発撃ちこんで作動不能にする。

用心深く倒れている黒人に近づいた男は、舌打ちをした。

完全に絶命していた。これでは、口を割らせて情報をとることは出来ない。

そいつが着ている長袖の服は、色が目立つオレンジ色であることを除けば、カリフォルニア・ハイウェイ・パトロールの隊員の制服に似たデザインであった。無論、モーターサイクル・ブーツではなく、コンバット・ブーツを履いている。

Ｍ16Ａ２の予備弾倉を入れた弾帯を肩から斜めに掛けているが、比較的軽装であった。

死骸の所持品を調べようと、男が、かがみこもうとした時、

「動くなっ」

右手のジャングルの中から、声がかかった。

男は軀を停止させたまま、首だけを曲げて、声のした方を見る。

白人の大男が、Ｍ16Ａ２を構えてジャングルから出て来た。

死んだ黒人と同じオレンジ色の制服を着用しているが、軍用ライフルの銃身の下には、筒状の武器が取り付けられている。四十ミリ榴弾を遠距離まで撃ち出せる、Ｍ203グレネード・ランチャーだ。

砂色の髪をＧＩカットにした巨漢は、樽に手足が生えたような重量感たっぷりの体型をしていた。顎は二重で、ほとんど首がない。

そばかすだらけの顔に、サディスティックな嗤いを浮かべながら、

「ライフルを、そこへ置け。ブッシュナイフと拳銃も、ゆっくりと抜いて、そこへ置

くんだ。妙な真似をしたら、蜂の巣みてえに穴だらけにするぜ」

男が、その命令に従うと、

「よし。イエロー・モンキーにしちゃあ、聞き分けのいい野郎だな。退がれ……そうだ、そこで止まって、両手を頭の後ろで組め」

川のほとりまで後退した男から視線を外さずに、巨漢は、黒人の死骸のところまで来る。

「この阿呆が」

ちらっと死骸を一瞥すると、驚いたことに唾を吐きかけた。

「手榴弾が破裂する時は地べたに伏せろと、あれほど言われてたのに、忘れたのか」

手榴弾の有効殺傷範囲は、十メートルから十五メートルくらいである。

しかし、破片の飛散は地面から扇状に広がるので、爆心点から三メートルほど離れ、手榴弾の方へ足を向けて腹這いになれば、無事に助かる確率が高いのだ。

「まったく、黄色も黒も赤も、色つきどもは出来が悪い奴ばっかりだぜ。大体、聖書にも載っていない下等動物が白人様と肩を並べようってのが、間違いなんだよ」

「――そいつは仲間じゃないのか」

無抵抗の姿勢をとっている男が、冷ややかな声で言う。彼の右の親指は、ヴェストの裏側にあるものに触れていた。

「黙れっ」

コルトM16A2を腰だめにした巨漢は、怒鳴りつけた。

「尾なし猿の分際で小生意気な口を叩きやがると、その薄汚い脳味噌を吹っ飛ばすぞ。お前、密林育ちのヴェトコンか、それとも銭亡者のジャップか。どうやって、このダンテ島へもぐりこみやがったんだ」

「ダンテ島……それが、この島の名か」

「とぼけた口をきくと、一発お見舞いするぜ。そうだな、とりあえず、右膝にでも喰らわせてやろうか」

残忍そうな目つきになった巨漢が、軍用ライフルの銃口を斜め下へ向けた時、ハイビスカスの繁みが、ガサリと動いた。

彼の注意が一瞬、繁みから顔を出した少女の方にそれる。

その隙を、男は逃さなかった。

躯を沈めながら、ヴェストの裏側の鞘からダガーを抜き取ると、投げた。

「うっ」

両刃のダガーは、巨漢の右腕に突き刺さった。が、それでも憎悪に瞳を燃やしながら、意志の力で引金を絞ろうとする。

しかし、その時には、男が拳大の石を拾って、全力で投げつけていた。

「ぐはっ」

胸の真ん中に石の直撃を受けて、巨漢はＭ16Ａ2を放り出し、仰向けに倒れた。

黒豹のようにダッシュした男は、その軍用ライフルを拾い上げて、素早く巨漢の喉元に銃口を向ける。

もがくようにして、腰のホルスターから拳銃を抜こうとしていた巨漢は、その動きを止めた。

「くそっ……何者だ、てめえはっ」

肋骨が折れて肺を傷つけたらしく、咳きこみながら、巨漢は言った。

「さあ、な」

こっちが知りたいんだ――と胸の中で呟きながら、男は、相手のホルスターから重いリボルバーを抜き取る。スミス&ウェッソン・Ｍ29――いわゆる、44マグナムだ。

「来るな、そこにいるんだ」

少女が無事なのを視界の隅で確認してから、男は、タックルできないように巨漢から間合をとった。

殺すつもりなら、最初のダガーで巨漢の心臓を貫くことも可能だったが、それでは尋問できなくなる。

「ダンテ島といったな。この島は一体、どういう場所なんだ」

「知ってるだろう、そんなこと」

男は、無造作に引金を絞った。仰向けに倒れている巨漢の左足の爪先が、吹っ飛ぶ。

「畜生……お、俺の足が……」

さすがに巨漢は苦悶し、ギザギザになったコンバット・ブーツの先端から、鮮血が周囲にふり撒（ま）かれた。

「わかった、撃つな！」

脂汗まみれになって、巨漢は呻くように言った。

「この島は……〈聖域（サンクチュアリ）〉が造った殺人ゲーム施設なんだっ！」

3

パイルの絨毯（じゅうたん）を敷きつめた部屋の中央に、木製の大きな台があり、その上に飼育用の透明なケージが載っていた。

長さ四メートル、奥行三メートル、高さ一・五メートルほどのサイズであった。四方は、分厚い鉄線入りの強化ガラスで、中央にプラスティックの仕切りがある。

仕切りの右側は、水場と石を並べた砂場になっていて、そこに、体長五十センチほどの灰色の亀がいた。手足が異様に太く、上顎の先端がオウムの嘴（くちばし）のように鋭く尖っている。

左側は、倒木のある乾いた砂場で、木の脇に黒っぽい蛇がトグロを巻いていた。体長一メートルくらいで、鱗がガラス細工のように光っている。

「カミツキガメは、爬虫類カメ目の中でも最も凶暴なカメとして知られています。力が強く、夜中にケージの上蓋を押しのけて抜け出し、飼い主の顔面を喰いちぎったという話もあるくらいです」

車椅子に座っているアングロ・サクソン系の老婦人が、穏やかな口調で言った。

銀髪を上品に束ねて、縁なし眼鏡をかけている。年齢は六十代から七十代といったところだが、ピンク色の肌は健康そうであった。皺の数は少なく、若い頃の美貌が、無惨にならない程度に残っている。

「そして、このアフリカ出身のリンカルスの方も、爬虫類有鱗目コブラ科の中で最も危険な毒蛇といわれていますの」

「最も危険な毒蛇は、インドのキングコブラではないのですか、マダム」

肘掛椅子で、パイナップル・ジュースのグラスを手にしていた小男が、尋ねた。

エア・コンディショナーによって適度な室温に保たれたその部屋には、マダムと呼ばれた老婦人以外に、四人の男女がいた。全員、日本人である。

ヨットパーカを着た小柄な男は、斎藤明男という。

かなり額が後退した童顔の中年男だが、アメリカでは〈アキ・サイトー〉と呼ばれる、有名な宝石デザイナーだ。年齢は四十二歳である。

単に作品のデザインセンスに優れているだけではなく、発光ダイオードなどを利用したギミックのユニークさが好評で、ハリウッドの映画スターにも斎藤の常連客が多い。

その隣の肘掛椅子にいるのは、彼の二人目の妻である斎藤麗子だ。

二十八歳の麗子は、夫よりも二十センチほど背が高く、グラマラスな肉体と硬質の美貌の持ち主である。

元は〈レイコ〉の名前でモデルをしていたが、宝石展示会の仕事で斎藤と知り合い、翌日には挙式して、周囲の人々を驚かせた。

永住権をとっている二人は、いつもは、ニューヨークの豪勢なペントハウスに住んでいる。

麗子が艶やかな黒髪を、いささか時代遅れなクレオパトラ・カットにしているのは、それがアジア系の女として、欧米の白人たちに最も神秘的な印象を与えるヘアスタイルだからだ。ホットパンツから伸びた脚は、すらりと長く、白人女性にはない艶かしさがある。

マダムを挟んで、斎藤夫妻と反対側の肘掛椅子に座っているのは、身長が百九十センチを超える大男だった。

名を、室井登という。

岩から鏨で削り出したような、ごつい面構えだ。髪をオールバックにし、うなじのあたりで括っている。

肩幅が異様に広く、胸も分厚く盛り上がっている。まるで、筋肉見本のような肉体だ。上膊部など、女性の腿ほどの太さがあり、Tシャツの袖を破らんばかりである。

三十一歳の室井は、中学の頃からパソコンに熱中し、高校と大学時代にはフルコンタクト系の空手道場に通いながら、主に金融機関をターゲットにした凄腕のハッカー――正確にいえばクラッカーだが――として暴れまわった。

大学卒業後はシステム・プログラマーの仕事についていたが、二十代半ばからは、そのダークサイドのキャリアを活かして、逆ハッカー――すなわち、保険会社などに依頼されて、企業ネットワークのセキュリティをチェックする仕事をしている。

報酬のほとんどが裏金で、税金を支払う必要がないのが有難い……。

室井の隣の椅子で紅茶を飲んでいるのは、痩身の青年だった。

龍崎達彦――日本でビッグ・スリーに入る食品メーカーのオーナー社長の次男だ。

年齢は、二十六歳。父親の会社の非常勤役員ということになっている。

身長は百七十五センチだから、現代の若者としては普通の背丈だが、睫が長くて鼻筋が通った繊細な風貌をしていた。

美青年といってもいいだろう。白い麻のスーツを着て、薄い唇に控えめな微笑を浮かべている。

彼らがいる部屋は、ダンテ島の北東部にある洋館の中にあった。

銀髪の老婦人は、この島の最高責任者で、マダムQと呼ばれていた。

そして、この四人の日本人は、非合法殺人クラブの会員なのである。

「いいえ、斎藤さん。たしかに、キングコブラは牛をも倒すような猛毒を持っていますけれどね。ですが、ヨーロッパには、〈バジリスク〉という怪物の伝説があります」

「──あなた様のお目は」

すかさず龍崎が、完璧(かんぺき)に近い発音で暗唱した。

「これまでそれを仰ぎ見たフランス人にとって、ひとにらみで人を殺すという怪獣バジリスクのような力を持っておりました」

ゆったりと脚を組んだ彼の全身からは、目に見えないオーラのようなものが滲(にじ)み出して、室内に広がってゆく。

「シェークスピアの『ヘンリー五世』……」

パフスリーブのブラウスを着たマダムQは、満足気に微笑(ほほえ)んだ。

「さすがに、龍崎さん。よくご存じね。このリンカルスは、そのバジリスク伝説のモデルになったといわれる毒蛇なのですよ」

「この蛇は、視線でひとを殺せるのかい」

いかつい顔に似合わず、怯えたような表情で、室井はケージの方を見た。斎藤や龍崎に比べると、あまり、英語が上手ではない。

「ご心配はいりませんわ、室井さん。わたくしたちは安全です」

幼児に言い聞かせるように、マダムQは言う。

「で、マダム。凶暴なカメと猛毒の蛇のデスマッチは、いつ見せていただけるの」

斎藤麗子が、期待に目を輝かせて訊いた。

「今すぐですよ、麗子さん」

マダムは、部屋の隅に控えていた執事の方を見て、軽く頷いた。

タキシードに身を固めた初老の執事は、足音を立てずにケージに近づいた。そして、プラスティックの仕切りを、静かに引き抜く。

カミツキガメが、ぬうと頭を突き出した。

リンカルスの方も、のたりと鎌首をもたげる。

いきなり、カミツキガメが信じられないような速さで走り出した。

と、カッと口を大きく開いたリンカルスの毒牙の先端に近い部分から、シューッと水鉄砲のように液体が二メートルも噴出した。

その毒液が顔面を直撃すると、視力を奪われたカミツキガメは、激痛のあまり横転する。

苦悶するカメに止どめを刺すべく、リンカルスは、軀をくねらせながら接近した。

だが、それを待っていたかのように、俯せの姿勢に戻ったカミツキガメが、素早くリンカルスの首に嚙みつく。

カミソリのように鋭利なカミツキガメの口は、一嚙みで毒蛇の首を切断してしまう。

頭部を失ったリンカルスの胴体は、鉄板の上で焙られたミミズのように七転八倒した。太い尾で透明な壁面を叩いたが、鉄線入りの強化ガラスは無事であった。

やがて、力尽きたのか、ほとんど動かなくなる。

カミツキガメの方は、ガツガツと蛇の頭を貪欲に平らげていた。毒液で顔面が爛れているくせにタフな生き物で、残った胴体に近づくと、それも喰い始める。

ほぅ……と麗子が溜息をついた。頰が薔薇色に上気して、目が潤んでいる。

この残忍なショウを見物しただけで、軽いエクスタシィに達してしまったのだ。

もっとも、他の三人も興奮して、リンカルスが始末される様子を、喰いいるように見つめていた。

禿頭の執事は、視線を床に落としている。平然としているのは、マダムQだけであった。

「普通の毒蛇は、相手に嚙みついてから注射するように毒液を注ぎこみますが、このリンカルスは、毒牙の前方に向かって毒液孔が開いているので、このように遠くの敵に向かって毒液を浴びせることができるのです。視線で人間を殺すというバジリスクの伝説も、この毒液噴射の能力がヨーロッパに大げさに伝わったのでしょう」

カミツキガメが食事を終えると、マダムが説明した。

「ねえ、マダム」

龍崎達彦が、静かに訊いた。

「興味深いものを見せていただいたお礼に、我々はゲーム開始まで、どれだけ待たないといけないのですか」

「あなたには、かないませんわね。実は、別のアメリカ人のパーティーが、まだゲーム中ですの。あなた方の予約の方が先でした。でも、とても強引な方たちで……――ええ、わかっています、室井さん。昨日の午後、突然に来島して、無理にゲームを始めてしまいましたの」

室井や斎藤が、不満の呻きを洩らす。

「やはり、ヨーロッパから逃げ出した貧乏な移民の子孫は、慎みというものを知りませんわね。わたくしからも、お詫びします。あと五時間ほど、待ってくださいな。昼食を用意させていますから」

世界的な犯罪組織〈サンクチュアリ〉の最高幹部の一人は、唇の両端を持ち上げて、やさしげな微笑を浮かべた。

4

十五世紀後半——十字軍の遠征によって刺激された西欧諸国の膨張志向は、クリストファー・コロンブスやヴァスコ・ダ・ガマらの新航路開拓によって、さらに熱狂的になった。

いわゆる、大航海時代の幕開けである。

そして、アフリカ大陸、アジア大陸、アメリカ大陸に植民地が築かれ、金や胡椒などの物品とともに、多くの先住民が奴隷としてヨーロッパに送られた。

それと逆に、ヨーロッパから植民地へ送られた者たちがいた。売春婦である。

植民地に住むヨーロッパ人や船乗りたちは、現地の女性を欲望の捌け口としていたが、当然のことながら、白い肌への渇望を抑えることが出来なかった。だが、本国から妻を同行できるのは、商館長くらいだ。

そこで、ヨーロッパから送られた白人娘を揃えた売春宿が、大繁盛することになる。植民地への長い航海の間に、船が沈んだり病死したりするので、白人売春婦は非常に高価な〈商品〉となった。

当時、ヨーロッパに複数あった人身売買組織は、この莫大な利権をめぐって熾烈な抗争を繰り広げ、ついに、イギリスに本拠を置く組織が勝利をおさめた。

この組織が、サンクチュアリであった。

組織の創始者は、神学者として有名だったアレクサンダー・ドルイット卿である。卿自身は、強度のマゾヒストであったらしい。

サンクチュアリが巧みだったのは、敵対した組織を完全には潰さずに、その傘下におさめて末端として利用したことだ。

こうして、サンクチュアリは、都市の貧民窟や地方の農村で誘拐した少年少女や娘をヨーロッパ各地や海外へ送る一方で、異人種の娘や少女を輸入し、言葉と性交技術を教えこみ、高級ＳＥＸ奴隷として各国へ売り捌いた。

その人身売買ネットワークは、十六世紀になると、遠く日本にまで及んでいた。徳川家康や伊達政宗が青い目の側室を持っていたという話があるが、南蛮貿易の始まりとともに、白人娘が有力大名などに献上されたことは事実であり、彼女たちを送りこんだのはサンクチュアリの下部組織であった。

見返りとして、日本の娘が東南アジアやヨーロッパへ輸出され、彼女たちは二度と故国の土を踏むことは出来なかった……。

フランス国王のルイ十五世は、ヴェルサイユ宮殿の中にパルク・オー・セルフというハーレムを持っていた。少女好みの国王のために、この建物の宿舎には、常に多数の女子がストックされていたが、それを供給していたのが、サンクチュアリであった。

一七八〇年には、ロンドンだけで実に五万人もの売春婦がいたから、人身売買組織の利益も莫大なものであった。街娼の中には、八歳から九歳くらいの少女もいたという。

イギリスの漫画家であるトマス・ローランドソンは、一七八五年、カルカッタへ送りこまれたイギリス娘が港で競(せ)りにかけられている様子をカラーで描いているが、これはサンクチュアリの海外での実態を知ることのできる貴重な資料である。

この十八世紀末に、世界で一番贅沢(ぜいたく)な娼婦館といわれたのが、ロンドンの〈バーニヨー〉だ。

豊満な熟女から何も知らない少女まで、そして肌の色の違う異人種の女性まで、何から何まで揃っていたし、普通の刺激では不能の男や老人のために、色々な器具を備えた特製の拷問室まで用意され、顧客は、ありとあらゆる変態性欲を満たすことができた。

表向きは、貴婦人風のグールド夫人が経営者ということになっていたが、その実態は、サンクチュアリの直営店のひとつなのだった。

これより一世紀ほど後――一八八四年に発表された『近代バビロンにおける処女の貢物(みつぎもの)』というリポートは、ロンドンにある〈処女凌辱組織〉を告発している。

この組織は、年齢や容姿、髪の色などの詳しい希望を顧客から聞いて、その条件に合致した娘を誘拐し、完全な処女だという医者の証明書まで付けて、提供していた。ある〈紳士〉は、十六歳以下の処女を一年間で七十人も買ったという。

指摘するまでもなく、この組織も、無数にあるサンクチュアリの枝の一本にすぎない。

一八八八年八月八日——ロンドンの貧民窟で、老売春婦が惨殺された。

一ヵ月後に、二人目の犠牲者が出たが、この直後に、セントラル・ニューズ・エージェンシーに犯行声明文が送りつけられた。

赤インクで書かれた、その手紙の署名は——切り裂きジャック（ジャック・ザ・リッパー）。

世界史上で最初の劇場型犯罪の始まりであった。

それから、十一月十日まで、三人の売春婦が同じような手口で殺され、それを最後に犯行は止んだ。スコットランド・ヤードは、翌年一月に突如、切り裂きジャック事件の捜査を打ち切り、今日に至るまで事件は未解決のままである。

実は、五人の売春婦を殺して解剖した〈ジャック〉をパリへ逃がし、英国政府の閣僚に圧力をかけて捜査を中止させたのもまた、サンクチュアリであった……。

5

その勢力が拡大するに連れて、サンクチュアリは、コーザ・ノストラやカモラやユニオン・コルスなどと衝突もしたが、最終的には友好関係を結ぶことで和解した。

サンクチュアリは、麻薬や武器密輸、美術品窃盗、地下賭博などには手を出さず、もっぱらSEX関連ビジネスに専念し、世界中の犯罪組織に対して〈商品〉の卸し売りをすると約束したのだ。

逆に、犯罪組織やプロの犯罪者たちは、自分たちが調達した〈商品〉をサンクチュアリに買い上げてもらうという、持ちつ持たれつの関係である。

巨大な闇の流通産業の誕生であった。

二十世紀に入って映画産業が発達してくると、ブルーフィルムは、サンクチュアリの重要な商品となった。

八〇年代以降、家庭にビデオデッキが普及すると、フィルム作品よりもビデオ作品に比重が移ったが、どちらにしても売れ筋のジャンルは〈殺害物(スナッフ)〉であった。

スナッフ物とは、屈強な大人たちが、何の罪もない幼児をよってたかって凌辱したあげくに刺し殺したり、妖艶な美女を苛酷な拷問で責め苛(さいな)み、正気を失ったところを生きたまま刃物で肉を削いで喰う——というような内容の極悪非道の作品のことである。

一九九六年八月——ベルギーのブリュッセルで、ショッキングな連続少女誘拐殺人事件の犯人グループが逮捕された。

マルク・ドゥトルーを主犯とする犯人グループは、判明しているだけで六人の少女を誘拐した。そして、数ヵ月にわたって監禁し、麻薬を投与して繰り返し繰り返し性器や肛門を犯した。

　さらに、犯人たちは、凄惨な凌辱の一部始終をスチルカメラやビデオムービーカメラで撮影していたのである。

　四人が餓死させられ、生きて警察に保護された少女は、二人だけであった。

　ドゥトルーは逮捕から二年後には、何と、裁判所の建物から脱走して四時間後に逮捕されるなどの騒ぎを起こしたが、余罪も背後関係も白状してはいない。

　ベルリンの壁が崩壊して社会主義国家が破綻して以来、ヨーロッパでは治安が悪化し、少年少女や若い女性の失踪事件が激増している。

　失踪した婦女子の何割かは、ドゥトルーのような犯罪グループの毒牙にかかって売り飛ばされたり殺されたりしたのであり、サンクチュアリは、その犯行ビデオや写真を買い上げて、地下ルートで売り捌いているというわけだ。

　サンクチュアリの総本部はロンドンにあるが、ヨーロッパ随一の電脳自由都市アムステルダムに、ダミーの本部が置かれていて、そこから商品を世界中の犯罪組織に送っている。

　かつては、幼児やローティーンでしか満足できない異常者たちの多くは、サンクチュアリの下部組織が主催する観光ツアーに参加して、フィリピンやタイやスリランカで屈折した欲望を発散させていた。

アジア人の子供は、一般的に、白人の子供よりも体格が華奢で体毛の発育が遅い。

それに、肌が綺麗で従順であり、実際の年齢よりも幼く見えるから、欧州から来た狩人たちには好ましいものだったのだ。

なお、狩人は〈彼ら〉だけではなく、〈彼女たち〉でもある。

が、男性が少年の排泄孔を蹂躙するのと違って、女性の性的異常者が年少者を相手に満足を得ようとすると、ある種の困難がつきまとう。

そのため、幼い男性器を強制的に勃起させる薬物を注射することになるが、これは少年の肉体に重大なダメージを残すのだ。

最悪の場合には、犠牲者を死にいたらしめるのだが、勿論、アジア人の子供が死のうが生きようが、自分たちの知ったことではない――と彼女たちは考えている。

ところが、これらの地帯でＡＩＤＳが猖獗を極めるや、性的異常者たちは――自分の健康のために――地元で、獲物を調達する必要が生じた。ヨーロッパでこの種の犯罪が急増した、もうひとつの理由が、これであった。

一九八九年、独裁者ニコラエ・チャウシェスクが処刑された後のルーマニアは、国中がほとんど無法地帯と化した。

その混乱の最中に、慈善団体を名乗る組織が、厳密な審査も手続きもなしに、養護施設から二千人以上の子供たちを引き取ってしまうという事件が起こった。

それらの子供たちの内の何割か、金髪碧眼(へきがん)の可愛い赤ん坊や幼児ばかりが、〈養子〉という名目で西欧や米国へ送られたのだが、その後の消息は誰にもわからない。

真相は――ペットショップが愛犬家にマルチーズの仔犬を配達するように、サンクチュアリが、性的異常者に子供を売りつけたのである。

養父や養母の仮面をかぶって、赤ん坊や幼児の時から調教すれば、理想的なSEX奴隷に育て上げられるからだ。飽きたら、サンクチュアリに下取りしてもらえばいい。

もう少し年齢が上で容貌の美(よ)い少年少女たちは、直接、売春窟で働かされたり、ビデオに出演させられた。

容貌の劣る子供たちには、別の酷い運命が待っていた。非合法な臓器売買のために利用されたのである。

医学の発達は、多くの人々の命を救ったが、同時に、古典的な人身売買組織に新たな儲け口を提供もしたのであった。

医療業界にとって人体は、ほとんど鯨(くじら)と同じくらい無駄がない。心臓や腎臓、角膜、骨、肝臓、血液だけではなく、皮膚や毛髪も立派な商品価値がある。

サンクチュアリは、東欧諸国やロシアだけではなく、中南米にも臓器売買のための幼児調達ルートを持っている。未婚の妊婦に金を払って、健康な赤ん坊を産ませ、飼育するための赤ん坊農場（ベビー・ファーム）すら存在するのだ。

一九九七年四月――イタリアのリナテ空港で、十二歳の中国人少女が保護された。

彼女は福建省の農家の娘だが、五百万円で売り飛ばされ、他の少女たちとともにバンコックの秘密訓練場妖精館（フェアリー・ハウス）で性交技術や英語を叩きこまれた。

そして、日本人と中国人の偽装夫婦によって、ヨーロッパ経由でアメリカのマイアミに送りこまれる予定だったという。

ジャーナリズムは、「ヨーロッパ最大の人身売買ルートが解明された！」と興奮したが、サンクチュアリにとっては、たくさんある触手の一本が千切れたにすぎない……。

ダークサイドの優良企業として躍進して来たサンクチュアリだが、数年前に、新たな分野に乗り出すことにした。

人類の社会は、様々な欲望を他人に無害な形で満たすことで発展して来た。演劇、文学、映画、ＴＶ、漫画、プロスポーツ、ビデオゲームなどが、その好例だ。

だが、この社会には最後のタブーが存在する。〈殺人〉である。

サンクチュアリの現在の最高責任者であるケネス・ドルイット卿は、世界の犯罪組織に根回しをしてから、殺人欲を満たす会員制殺人ゲーム場を造ることに決めた。

初めに候補地として選ばれたのは、地中海とカリブ海の孤島であったが、秘密保持の観点から、太平洋の無人島に決定した。

グアム島と硫黄島の中間の公海上にあるこの島は、〈ダンテ島〉と名付けられ、ヘリポートと港、それに宿泊施設のシルバーハウスが造られた。完成したのは、二年前であった。

三千七百ヘクタールの広さのダンテ島は、小笠原諸島と同じように大洋島であるから、固有の生物相を持ち、危険な毒蛇や肉食獣の類が存在しない。

この島の会員は、各国の政財界の大物や、その推薦を受けた者がほとんどだ。

入会金は五十万ドル、年会費が十万ドル。獲物が一人につき、二万ドルだ。その代わりに、島の滞在費は無料である。

会員は、グアム島からトローリングの名目で出港した大型ヨットに乗って、ダンテ島へやって来る。

島の責任者であるマダムQの丁重なもてなしを受けた後、会員たちはパーティーを組んで、銃を持ってハンティングに出発する。

制限時間は、二十四時間。この時間内に、島中を逃げまわる獲物を追いつめて、殺すというわけだ。

その獲物は、〈仔羊(ラム)〉と呼ばれる十二歳以下の少年少女である。

彼らは、サンクチュアリの非合法ビデオの出演者として使われ、新鮮味がなくなったところで売春宿に払い下げられた。そして、そこで散々に酷使された後、最後に、この生きては帰れぬ殺戮の島へ送りこまれたのだ。

年齢制限があるのは、それよりも年上だと、会員に逆襲する怖れがあるからだ。

しかも、会員は、哀れな少年少女たちを射殺するだけではなく、拷問しても犯して喰っても、好きなようにしていい。そのための、様々な拷問設備が、島のあちこちに配置されているのだ。

まさに、〈殺しのテーマパーク〉である。

仔羊の少年少女たちは、シルバーハウスの飼育棟に監禁され、十分な栄養が与えられて、注意深く世話をされていた。病み衰えてシラミがたかった薄汚い獲物では、会員たちの狂った欲望が満たされないからである。

仮に会員の銃を奪ったとしても、仔羊たちが、島から脱出することは不可能であった。

武装した警備隊が四六時中、パトロールをしているし、特に、シルバーハウスと港、ヘリポートの警備は厳重である。それに、周囲の海には、人肉の味を覚えた鮫が群れているのだ。

ただし、会員たちの追跡から二十四時間、逃げ切れば、生き延びられる。次の会員が来島するまでは……。

今――マダムQの前にいる龍崎たちは、数少ない日本人会員の中の四人なのであった。

「あの……マダム」

室井登が、自分の英語の稚拙さを恥じるように、遠慮がちに訊いた。

「今、放たれている仔羊の中には、彼女は含まれているのですか」

「ええ、残念ながら」

落胆した室井を、マダムは励ますように、

「でも、心配なさらないで。あの子は、不思議なほど逃走能力に長けていますから、きっと、今度も無事に逃げのびますわ」

「そ、そうでしょうか」

「室井さんは、あの子にご執心ですわね」

「はあ……」

真性幼児性愛者の室井は、頰を赤らめて巨体を縮めた。

高校二年生の夏に、自転車旅行していた北海道で幼稚園児を絞め殺して以来、この男は、日本国内で七件の幼児強姦殺害を重ねている。もしも、昨年、ダンテ島の会員にならなければ、次の犯行を抑えることは出来なかったであろう。

他の三人は、醒めた目つきで、人間ゴリラのような巨漢を眺める。

その時、ドアがノックされた。

「マダム、ご報告がありますっ」

警備隊長のシャノンの声であった。

マダムが目で合図すると、執事がドアを開ける。オレンジ色の制服を着た、ただならぬ形相のシャノンが、車椅子の老婦人に近づく。

ちらっ、と四人の日本人を見渡した。

「かまいません。報告なさい」

「はあ、実は……」

SAS――英国特別航空任務部隊（スペシャル・エア・サービス）出身の警備隊長は、ためらいながら言う。

「ファインバーグ様ご一行と連絡がとれないので、ドノヴァンとナッシュを派遣（はけん）しましたところ、この二名も連絡が途絶いたしました」

第三章　J(ジェイ)

1

「サンクチュアリというのは……そんなに巨大な組織なのか」

ダンテ島警備隊員の巨漢――ナッシュの話を聞いて、ＡＫ74を構えた男の全身は、冷たい汗でずぶ濡れになっていた。

暑さのためだけではない。目撃した児童殺戮の蛮行も衝撃的であったが、世界中の暗黒街に根をはっている人身売買組織の全貌は、さらに冷酷で悍(おぞ)ましいものであった。

伝記作家ガイウス・スエトニウス・トランクィルスの『ローマ皇帝伝』によれば――古代ローマ帝国第二代皇帝のティベリウスは、治安と性風俗の取り締まりを第一とし、民衆の暴動は仮借なきまでに罰した。

市民に密告を奨励して報奨金を与え、それが真実かどうか確かめることもなく、次々と処刑して、その死骸を〈阿鼻叫喚(あびきょうかん)の石段〉という晒(さら)し場に置いた。古来より、処女を絞首刑にすることは出来なかったので、男知らずの娘は死刑執行人に凌辱させ非処女にしてから、刑を執行させた。

そのくせ、自分は晩年、断崖絶壁に囲まれたカプリ島に隠棲して、あらゆる種類の悪徳に耽っていたのだ。

すなわち、館のあちこちで、各地から集めた少年少女たちに乱交を行なわせて、衰えた性機能を発奮させる刺激にしたのである。

さらに、プールのように巨大な浴槽に、たくさんの幼児を配置し、自分が泳ぐ時に股の間をくぐらせて、舌や歯で男性器を愛撫させたのだ。赤ん坊に、胸や局部を吸わせることまでした。

召使と笛吹きの兄弟を二人一緒に犯した時には、あまりの恥辱に兄弟が互いに相手をなじり合うと、兵士に命じて二人の脚を折らせてしまったという。

声高に倫理や道徳を唱える者が、蔭では破廉恥な行為に耽っていたというのは、いつの時代にもよくあることだ。おそらく、自分が悪徳にまみれていることの後ろめたさから、必要以上に潔癖な人物を装うのであろう。

しかも、拷問好きのティベリウス帝は、自らも新手の拷問法を考案した。

それは、被告人を騙して大量に飲酒させ、紐で男根の根元をきつく縛り上げるというものだ。紐の喰いこむ苦痛と膀胱が破裂しそうになる苦痛で、被告人は、ひどく苦しむことになる。

また、拷問で半死半生になった罪人を島の崖から突き落とし、浮かんで来た死体を兵士たちに滅多打ちにさせ、それを見物した。

あまりにも残虐非道な振る舞いに、ティベリウス帝が七十八歳でようやく病死した時には、民衆は狂喜した。

一説によれば、彼の孫のカリギュラは、刺客を送って祖父を暗殺させたのだという。ところが、次の第三代皇帝の座についたカリギュラこそ、ローマ帝国史上最悪の淫魔皇帝だったのである……。

サンクチュアリの首領であるケネス・ドルイット卿は、このティベリウス帝の故事をヒントにして、少年少女を獲物とする人間狩りの島を造ることを思いついたのであろう。

「へ、へへ……驚いたか」

ナッシュは、そばかすだらけの顔に、得意げな嗤いを浮かべた。腕にナイフが突き刺さり、肋骨を骨折し、足の指を吹っ飛ばされて血を流しているというのに、とてつもないタフネスである。

「お前が殺した三人は、誰だと思う」

銀髪の老人が、民和党の大物上院議員。白蝦蟇男がコンピューターソフト会社の専務で、赤毛の男が原子炉製造会社の副社長だという。

「奴らは、どういう繋がりなんだ」

「何でも、中国に原子炉を輸出するために、あの議員様を接待していたらしいぜ。核兵器を持ってるくらいだから、中国にだって自前の原子炉が幾つもあるが、とんでもないポンコツばっかりで、いつ、ボーンと爆発するかわからねえらしいぞ。なぜか、わかるか」

「………」

「あいつら、目が細いから、設計図がよく見えねえんだよっ」

自分では気のきいた冗談を言ったと思ったらしく、ナッシュは馬鹿笑いした。救いようのない人間の屑(くず)である。

「くそっ。来週は休暇でトーキョーへ遊びに行く予定だったのに……この足に合う靴がねえや」

それを聞いた時、男の頭の奥から浮かび上がってきた言葉があった。

「サイバートピアＴＯＫＹＯ……って知ってるか」

その名称にどんな意味があるのかわからないが、何か重大なことだという気がする。

「知らん。が、そういう名前なら、きっとトーキョーにあるんだろう」

巨漢は探るような目になって、

「やっぱり、貴様はジャップなんだな」

「勘違いするな。尋問してるのは、俺の方だぜ」

男は、冷たく言い返した。

「島の警備隊の人数は」

「五十人ほどだ。普段は、十五人ずつ一日三交替で勤務している。だが、今は非常事態だから、全員が出張(でば)って来るだろうよ」

「お前たち二人は、どこから来たんだ」

「この島には、警備艇が三隻に、グアムへの連絡船やヘリコプターまで揃っている。俺たちは警備艇で、向こうの岬に先まわりしたのさ」

「先まわり……そうか」

男は、ハイビスカスの繁みの前に座りこんでいる少女を手招きした。

「この左手首のブレスレットが、電波発信機か何かになっているんだなっ」

男は、惨殺された少年少女が皆、これと同じブレスレットをしていたことを思い出したのである。

サンクチュアリ側が、逃走防止のために、ジャングルに隠れた子供たちの居場所を探知するシステムを用意しているのは、当然であった。

ブレスレットの繋ぎ目は、ねじこみ式でロックされており、簡単には外れない。

「今頃気づいても、もう遅いぜ」

怪我のために発熱しているらしく、ナッシュの両眼は真っ赤に濁っていた。

「この島のあちこちに、樹木に偽装した追跡装置が置かれてるのさ。だから、貴様らは、どこにも逃げ隠れできねえんだ。間抜けな議員様の死体を見つけた仲間たちも、こっちに向かっているんだぜ」

男は、少女にブッシュナイフを渡して、ブレスレットを切断するように命じた。手首をハンカチで保護するように注意する。

「無駄だ、無駄だ。今さら発信機を捨てたところで、五十人近い警備隊を相手に勝てるわけがねえだろう」

少女は、男に言われた通りに手首にハンカチを巻いて、そこにナイフのブレードを通した。ねじるようにしてナイフを引くと、金色のブレスレットが切断されてC字型になる。

それを手首から外して、少女は、男に渡した。

「お前さんが生き延びる方法が、一つだけあるぜ」

ナッシュは狡猾(こうかつ)な表情になって、

「そのマリーを、警備隊に差し出せ。大事な商品だからな。無論、俺も殺すなよ。そして、この島へ潜入した目的を洗い浚(ざら)いしゃべるんだ。そうすりゃあ、あのお高くとまったマダムQも、お前さんの命だけは助けてくださるだろうよ」

「君の名は、マリーというのか」

ふてぶてしい巨漢から視線を外さずに、男は、金髪の少女に訊(き)いた。

「……そう呼ばれてる」

少女は、呟(つぶや)くように言う。

「そのガキに本名なんかねえんだよ」

ナッシュは嘲笑(ちょうしょう)した。

「言葉を覚えるより先にファッキング・ビデオに出演して、ロリポップよりも先に男のコックのしゃぶり方を覚えたっていう、筋金入りのポルノ・スターだ。その芸名がマリー・O(オー)だ。素直で従順な上に、天使みてえに可愛かったから、ヨーロッパの薄汚い変態どもの間では、最も人気のある〈女優〉だったそうだ。だから、サンクチュアリは、成長しすぎて人気が落ちてからも、スナッフ物に出して始末せずに、ガキ専門の売春宿へ送った。ビデオや写真でしか見られなかった有名女優のマリーとやれるっていうんで、特別料金にもかかわらず、ずいぶんと客が押しかけたらしいぜ。が、その人気も一年くらいしかもたなかった。それで最後は、このダンテ島に送られて目玉商品になったというわけさ。まあ、ジュラシック・パークのティラノサウルス・レックスみてえなもんだな」

「…………」

悲惨という言葉では、とても形容しきれないほどの酷(むご)すぎる過去を背負った少女に対して、男は、慰めの言葉が見つからなかった。

先ほど、男に抱きしめられて繁みの中に転がりこんだ時に、虚脱したようになった理由も推測できた。

非道な地下ビデオに出演した時に、抵抗したり軀（からだ）を強（こわ）ばらせていたら、殴られるか麻薬を打たれてしまうだろう。それに泣き喚（わめ）けば、ますます相手のサディズムを刺激する。

だから、大人に抱かれたり捕まったりした時には、全身の力を抜いて無抵抗になることが生き延びる唯一の道だと知ったのだ。

そして、いつの間にか、その反応が本能のようになってしまったのだろう。

「おいおい。まさか、そのガキに同情して、命を捨てようなんて馬鹿なことを考えてるんじゃねえだろうな。そんな価値はねえぞ。売春宿での人気が落ちた理由を知ってるか？」

「どういう理由だ」

男の目の端の筋肉が、漣（さざなみ）のように細かく痙攣（けいれん）した。

「へへへ……実はな。小（ち）っちゃい頃から酷使しすぎて、あそこが、プッシィが子供らしくなくなったからだとよ！」

ゲラゲラと馬鹿笑いしたナッシュは、卑猥（ひわい）な手つきをして、

「もう、味見したのか。遠慮することはねえぞ。見かけはガキだが、どうせ、使い古

しの廃品だ。もっとも、お前のおふくろよりもガバガバかも知れねえが……」

軍用ライフルの高速弾が、巨漢の広い胸の真ん中を貫いた。大量の肉片が、背中の射出孔から、周囲にぶち撒けられる。

その一発でナッシュは即死していたが、男は、ＡＫ74のセレクターをフルオートにして、弾倉が空になるまで撃ちまくった。

純粋な怒りの感情だけが、男を支配していた。

血煙が立ちのぼり、怒濤（どとう）のような二十九発の五・四五ミリ弾の攻撃が、さしもの巨体をもミンチのように粉々に砕いてしまう。

銃声が止んだ時、ナッシュの軀は、人間としての原形をとどめてはいなかった。下衆（げす）にふさわしい死（し）にざまであった。

弾倉を交換すると、男は、傍らに立っているマリーに目をやる。少女の細い肩は、震えていた。

男は、金色のブレスレットを、川の向こうの繁みの中へ投げこみ、彼女に言った。

「行くぞ。追っ手が来る前に、こいつらが乗って来た警備艇で逃げるんだっ」

2

タコノキの林を抜けて灌木(かんぼく)の生い茂る広い砂地を行くと、小さな湾に出た。

エメラルド色の太平洋に向かって、湾の右端から細い岬が突き出している。

その褐色の岩は、巧妙に塗装されたコンクリートの桟橋であった。上空から航空機で見たくらいでは、自然物としか思えない。桟橋の周囲の海底も深く抉(えぐ)られて、航行に支障のないようにしてある。

その桟橋の突端に、ナッシュの言った通り、大きな警備艇が繋がれていた。

グレイの地に白いラインが入った、百フィート級の外洋クルーザーである。レジャー用でない証拠に、艦首には、防盾(ぼうじゅん)付きの二十ミリ機関砲が据えられていた。

男は、岩蔭からＭ16Ａ2を突き出すと、警備艇の方へ向けた。

ナッシュから奪った、グレネード・ランチャー装着の軍用ライフルである。ＡＫ74の方は、肩に担(かつ)いでいた。

セレクターを単発にすると、男は、キャビンすれすれに、三発を速射する。

至近距離を銃弾が通過しても、警備艇の内部からは、何の反応もない。本当に、無人のようであった。

マリーを連れ、男は偽装桟橋を渡って、その警備艇に乗りこんだ。

後部甲板のクレーンには、船外機を搭載した四人乗りテンダーボートが固定されていた。

惨殺された子供たちの死体を与えて、人肉の味を覚えさせたという人喰い鮫の群れは、警備艇から見える範囲にはいない。

船内をざっと調べて、冷蔵庫のレモン・ジュースをマリーに与えてから、操舵室へ入り電気系統のスウィッチを入れる。何も考えなくとも、自然に手が動いた。

これだけの船だから、オートパイロットやカラーGPSプロッタだけではなく、レーダーも備えつけられていた。

GPSプロッタで確認すると、日本の本州までは、最短でも六百海里以上ある。燃料計は、ほぼ満タンだ。備え付けのマニュアル・ブックを見ると、この警備艇の巡航速度は三十九ノット、航続距離は六百五十海里であった。

近距離の硫黄島の海上自衛隊や小笠原諸島の警察に助けを求めるなどというのは、問題外だ。

正当防衛に近い行為とはいえ、男は、すでに五人の人間を殺しているのだ。しかも、最初から、軍用ライフルや拳銃などで武装していたのである。

自分が何者なのか、何の目的でダンテ島に潜入したのか——を確かめるまでは、警察に捕まるわけにはいかないのだ。

それに、自衛隊ならともかく、離島の警察の武力では、警備隊の連中にかなうわけがない。

この警備艇ならば、数字の上では本州に着ける可能性がある。日本に上陸したら、〈サイバートピアTOKYO〉という言葉を手がかりにして、自分の過去を捜すのだ……。

「――マリー」

男は片膝をついて、少女と同じ目の高さになった。両肩をつかもうとしたが、はっと気づいて、手を引っこめる。

まっすぐにマリーの瞳を見つめて、英語で話す。

「聞いてくれ。俺は、この船を奪って日本まで逃げるつもりだ。日本、知っているね？」

「日本に行けば、君を警察に保護してもらえるし、本当の両親を捜すこともできるだろう。しかし、警備隊は必死で追撃して来るだろうから、この逃走は命賭けだ。無事に日本へたどりつけるという保証はない。だから俺は、君を無理に船に乗せようとは思わない。君は、警備隊に投降すれば、とりあえず命は助かる。ただし……この島に残れば、遅かれ早かれ、狂った殺人鬼どもの餌食になるが」

「………」

「俺は……俺は君を助けたい」

悲惨すぎる過去ゆえに、人間不信の塊になっている少女の凍りついた魂を溶かそうと、もどかしげに、だが真心をこめて、男は説得する。

「俺自身、身を守るためとはいえ人を殺しているから、君の目から見れば、奴らと同じかも知れないが。それに俺は、自分の過去どころか、名前すらわからない不気味な人間だ。しかし……君を放っておけない。君を、この地獄から助けたいと心底思っているんだよ。出来ることなら……胸を切り裂いて俺の心を取り出し、嘘をついていないことを君に証明したいくらいだ」

黄金の髪の少女は無言のままで、茶色の瞳は感情のないガラス玉のようであったが、閉ざされた心の扉の向こうで何かが激しく動いているのを、男は感じた。

「今までずっと、君は、大人たちの好き勝手に引きずりまわされ利用され、辱められて来た。おそらく、一度も自分で何かを決めたことはないはずだ。だから、いくら善意であっても、俺が君を無理に船に乗せたら、サンクチュアリの連中と同じと思うだろう。それでは、いけないんだ」

一呼吸おいて、男は言った。

「マリー、自分で選ぶんだ——俺を信用して一緒に日本へ行くか、それとも、この島に残るか」

デスマスクのように無表情だったマリーの顔に、変化が現われた。

金色に縁取りされた茶色の眉が動いて、眉間に小皺が寄る。次いで、唇の両脇の筋肉が、ひくひくと痙攣した。細い喉が動いて、唾を呑みこむ音がする。

少女の淡紅色の唇がわずかに開いて、何かを言おうとした、まさにその時、レーダーが警戒音を発した。

「！」

立ち上がってレーダースコープを見ると、北東の方から来た白い輝点が、この警備艇に急速に近づきつつある。

「このスピードは、船じゃない。……ヘリかっ」

男は、エンジンのスウィッチを入れた。アイドリングの音を確認すると、マリーを連れて急いで警備艇を下りた。

海岸から砂地へと戻り、その外れの灌木の繁みの中へ少女を隠す。

「ここから出るなよ。もしも、俺がヘリの連中に殺られたら……」

その先は言う必要がなかった。

砂地を横切って、マリーがいるのとは反対側の岩場の蔭に身を隠す。

そして、M203グレネード・ランチャーのバレル・アッセンブリーを前進させて、グレネード弾を装塡した。

警備艇で逃げようにも、船舶とヘリコプターでは、最高速度が三倍から五倍も違う。

　さらに、船上から高速で飛行するヘリに軍用ライフルの銃弾を浴びせかけても、なかなか致命傷を与えることは出来ない。逆に、ヘリに搭載されている機関銃で狙われたら、勝負にならないのだ。

　だから男は、わざとエンジンを動かして、自分たちが警備艇に乗っているかのように見せかけたのである。

　船の様子を見るために、ヘリが砂地に着陸したら、その時が勝負だ。四十ミリ・グレネード弾をぶちこんで、乗員ごと吹っ飛ばしてやるのだ。

（戦闘やメカに関する知識はいくらでも思い浮かぶのに、自分のことは名前すら思い出せないとはな……）

　男は苦笑した。

　待つほどのこともなく、ジャングルの彼方から、死の天使が襲来した。

　ベル412HPであった。

　メイン・ローターは四枚ブレードで、九百馬力のエンジンを二基搭載している。最高速度は時速二百三十キロ。やはり、警備艇が振り切れる相手ではない。

　ヘリは右へ大きく曲がると、海へ出た。そして、かなりの距離をおいて、警備艇の上空を旋回する。

　後部ドアがスライドして、警備隊の制服を来た男が姿を見せた。警備隊長のシャノンであったが、岩蔭でM16A2を構えている男には、それはわからない。

（すぐに着陸するという見込みは、甘かったか……）

旋回の速度は落ちたが、ヘリが着陸する様子はない。グレネード弾は、有効射程こそ四百メートルだが、秒速七十メートル程度なので、高速で飛行している目標に命中させるのは、至難の業だ。

だが、男の反撃を警戒して、いきなり、警備艇にロケット弾でも撃ちこまれたら、この島から脱出する手段がなくなってしまう。

こうなったら、フルオートで撃ち落とすしかない——と男は決断した。

その時、繁みの中からマリーが飛び出した。

「っ！」

男は、後ろ髪が逆立つような感覚を味わった。

少女は、砂地の真ん中に走り出て、そこで立ち止まり、空を見上げる。男の隠れている岩場を見ようとはしなかった。

ヘリの乗員たちも、マリーの姿に気づいたようだ。大きくターンして砂地の上を通過すると、反転して、少女の斜め上空でホヴァリングする。

風圧で砂が舞い上がり、マリーの金髪が泡立つように流れた。

五十口径重機関銃の台座に座ったシャノンは、少女が飛び出して来た灌木の繁みに、銃口を向けた。

フルオートで、撃ちまくる。五十口径の巨弾の群れが、地面を抉りまくる様子は、小型の爆発のようであった。

排泄中のカラスのように空薬莢をばら撒いているヘリに向かって、男は、グレネード弾を発射した。

飛来するグレネード弾に気づいたシャノンが、恐怖に顔面を引きつらせながら、大きく口を開けて何か叫んだ。たぶん、パイロットに向かって、逃げろと指示したのであろう。

が、ヘリが上昇するよりも早く、開いた後部ドアから、M三八一高性能炸薬榴弾がシャノンの脇に飛びこんだ。

半密閉状態で破裂したグレネード弾の威力は、凄まじいものであった。

RDX火薬の爆発によって飛散した三百もの破片は、シャノンの肉体をブツ切りにしてしまう。頭部と胴と四肢がバラバラになったシャノンの肉体は、機外へ吹き飛ばされた。

ヘリのパイロットも破片で頭部を破壊され、機体が空中で傾く。

「マリ――っ‼」

岩場から飛び出した男は、少女めがけて走った。

立ちすくんでいる少女にタックルすると、彼女を抱えたまま、砂地を数回転する。

ほとんど同時に、錐揉みしながらベル412HP・ヘリコプターが墜落して来た。燃料タンクに火がついて、大爆発を起こす。

キノコ型の火球が高々と舞い上がり、黒煙がそれに続いた。

マリーの軀の上に覆いかぶさった男の背中に、ヘリの破片が落ちて来たが、幸いにも軽いものばかりであった。

ようやく落下物がなくなったので、男は顔を上げ、少女の脇へどいた。

ぐったりと横たわっているマリーであったが、先ほどと違って、顔は男の方に向けている。

「なんて危険な真似をするんだ、自分が囮になってヘリを呼び寄せるなんてっ」

きつい口調で言った男は、すぐに表情を和らげて、

「でも、おかげで奴をやっつけることが出来た。ありがとう」

マリーの唇の両端が持ち上がった。ぎこちないが、微笑んだのであった。

「ジャ……」

男に呼びかけようとして、少女は、口をつぐんだ。〈ジャップ〉と言いかけて、それが蔑称であることに気づいたのであろう。

「――そうだな」男は片眉を上げて、

「仮にでも名前がないと不便だ。〈J〉というのは、どうかな。JAPANESEのJだ」

「J……」

マリーは、はっきりとした口調で言った。

「あたし、あなたと一緒に行くわ」

3

「まだ、捕獲できないの」

マダムQが尖った声で言うと、シャノンの代わりに警備隊の指揮をとっている副隊長のバーンズが、頭を垂れて、

「申し訳ありません、マダム。奴らに奪われた三号艇は、他の一号艇や二号艇よりも速いものですから、とても追いつけません。グアム島からヘリか飛行機をまわして貰うことになっているのですが、まだ、その手配がつきません」

毒蛇と亀の死闘が行なわれたケージは、すでに片付けられていた。龍崎達彦ら四人の会員は、飲み物のグラスを片手に、両者の会話を聞いている。

お目当てのマリーに逃げられたと知ったペドファイル殺人鬼の室井登は、ひどく落

ちこんでいた。

「それに、問題が二つあります」

「あら、そうなの」

銀髪の老婦人の口元に、意地の悪い笑みが浮かんだ。

「聖ジョージ海岸から上陸した侵入者の存在を、ゲストの方々が殺害されるまで気づかなかった以外に、問題なんてあるかしら。それとも、もっと侵入者がいるとでも」

「海中から侵入したとはいえ、敵の存在に気づかなかったのは、我々の落度であります。ただ、岩場の奥に隠されていたスキューバ・ダイビングの装備からして、侵入者の数は一名のみと思われます。おそらく、夜明け前に島の沖を通過した船から、海中に身を投じたのでしょう」

バーンズは、テノール歌手のような声で説明した。

「問題と申しますのは、まず、警備艇がすでに日本の領海内に入ってしまったこと。それに、超大型の台風が接近しつつあることです」

「つまり、ヘリコプターや飛行機の手配が出来ても、警備艇三号に追いつけないというわけね」

「その通りです、マダム」

「ダンテ島から仔羊(ラム)が一匹、逃げ出した。それも、外部からの侵入者とともに……それが何を意味するか、わかる？」

「大変重大な事態です……」

日焼けした傭兵の額に、じっとりと脂汗が浮かび上がった。

「マダム、よろしいですか」

控えめな口調で、龍崎が口をはさむ。

「あら、御免なさい。おもてなしも中途半端のままで」

「いえ、それは構いません」

龍崎は微笑して、

「先ほどからのお話をうかがっていると、どうやら、警備艇は日本本土を目指しているようですね。そして、侵入者は、警備隊の方々を多数、殺害している。すると、その者の正体も目的も不明ですが、日本に上陸しても警察へ駆けこむ可能性は薄いのではないでしょうか。その気があれば、小笠原の警察か硫黄島の自衛隊に助けを求めることも出来たはずです」

「――続けて、龍崎さん」

興味深げな表情で、マダムは言う。

「そこで、奴がマリーを連れて日本に上陸した場合のことを、考えてみましょう。奴は警察へは行かずに、仲間に会うか隠れ家に戻るかするはず。台風が通過した後に、グアム島から明日のジェット機で日本へ向かえば、上陸して間もない奴らを捕捉することも可能でしょう。そして、口をふさいでしまえばいい」

「わたくしの記憶では、日本の国土は、ダンテ島よりも多少は広いはずよ」

「三十七万二千平方キロメートルです、マダム。でも、あなた方は、仔羊に発信機を埋めこんでいると思いますがね。あの、如何にも目立つブレスレット以外に」

「ご明察、畏れ入ります」

マダムQは、優雅に一礼した。

「で、何か提案があるのね」

「外国人は、日本の街では大変に目立ちます。同じアジア系の外国人でさえ、赤いリボンをつけたウサギみたいに、一目瞭然です。しかし——同じ日本人なら、ごく自然に行動できるし、奴らを追いつめることも出来ます」

落ちこんでいた室井が、はっと顔を上げた。

「ということは、つまり——」

マダムが言いかけると、龍崎達彦が両手を胸にあてて、ピクニックの打ち合せでもしているかのように、爽やかな表情で言った。

「つまり、我々四人がハンターになって、奴らを狩りだし始末しようというわけです」

第四章　凶人軍団

1

翌日の昼過ぎ――JR横浜駅のホームのベンチで、茶色の髪をしたアメリカ人が、つまらなそうな顔で煙草をふかしていた。

脇には、バックパックと大きなダッフルバッグが置いてある。

半袖のプルオーバー・シャツを着たその男――マイケル・ウォーカーは、米海軍横須賀基地所属の下士官だ。

三十前のウォーカーは、甘さと逞しさが適当に入りまじったハンサムな顔立ちの男で、細い口髭を生やしている。

構内放送が、京浜東北線の下り列車の到着を告げると、ウォーカーの顔が引き締まった。携帯電話を取り出す。

ホームへ滑りこんだ快速電車から、次々に乗客が降りて来る。平日だが、ターミナル駅だから、その数はかなり多い。

それでも、その電車が駅から出る頃には、ホームに人影は疎らになった。

そのホームの中央付近に、四人の男女が立っている。

龍崎達彦、斎藤明男と麗子、それに室井登であった。四人とも、トラベルバッグなどを提げていた。そして左手首に、同じデザインの金のブレスレットをしている。

龍崎は、クリームイエローの麻のサマースーツにピンストライプのボタンダウン・シャツという服装だ。

巨漢の室井は、Vネックのカットソーの上に、チェックの半袖シャツを引っ掛けていた。ストレートのジーンズが、まるでスリムではないかと思えるほど、ピッタリと太腿の筋肉に密着している。

小柄な斎藤は、ポロシャツの上にサファリジャケット、それにチノパンツという姿であった。

彼らに視線を向けたウォーカーは、携帯電話のリダイヤルのボタンを押す。ややあって、達彦が、上着の胸のあたりを右手で押さえた。

内ポケットから取り出した携帯電話を達彦が耳にあてると、ウォーカーは、「待ってたぜ。俺は今、あんたたちを見ている」と言う。

ホームを見まわした達彦たちが、彼の姿に目を留めると、ウォーカーは右の二本指を立てて敬礼の真似をした。

携帯電話をしまった達彦と斎藤たちは、荷物を持ってウォーカーに近づく。

ラークを床に捨てると、ウォーカーは靴底で踏みにじった。

「ハッケイジマ・シーパラダイスって遊戯施設があってな」

誰に聞かせるともなく、ウォーカーは、早口で喋り出す。

「シーパラダイス！　天国だとよ！　なんて大げさな名前なんだ。最大の呼び物は、でかい水槽の中のトンネルをエスカレーターで通り抜けるだけなんだが、こいつが日本娘には好評でね。ここでデートして酒を飲ませ、カタコトの日本語で甘い言葉を囁くと、ド素人のくせに、最低の淫売よりも簡単に股を開きやがる。——おっと、失礼」

シルクのブラウスにロングスカートという姿の麗子に目を向けて、ウォーカーは、わざとらしく頭を下げてみせた。

「台風一過で、空は快晴。俺は勤務明けで、ケイコって娘とデートするはずだった。これがまた、針金細工みたいに骨組みが華奢で、オッパイも白人娘の三分の一くらいしかねえが、ジューシィで味のよさそうな娘でな」

達彦たちは黙って、喋り続ける米人水兵を眺めている。

「ところが！」

ウォーカーは、パッと立ち上がった。

「何と上官殿のご命令で、見たことも聞いたこともない相手に、〈荷物〉を届けろと来たもんだっ」

自分よりも背の高い室井を、下から睨みつけ噛みつくような勢いで、

「あのリトル・ナスティ・ガールと俺様のデートは、どうなるっ⁉」

無言のままの室井の首筋から頬にかけて、血が上り赤みがさした時、龍崎が脇から、二つ折りにした二枚の一万円札を差し出した。

「伍長、オフなのにご苦労でした。だが、夕方のデートも悪くないでしょう」

龍崎が柔らかい口調で言うと、ウォーカーは、そのチップを素早くポケットにねじこむ。

「サンキュー・サー」

人が変わったように、満面に大げさな笑みを浮かべた。

「たしかに、女は暗くなってからの方が口説きやすい……どうぞ。これが、ご注文の品です」

ダッフルバッグのジッパーを開く。

龍崎たちは、それを弓形に取り囲んで、周囲への目隠しにした。

プラスティック製の黒い長方形のケースが四個と茶色の紙包みが入っている。ウォーカーは、バッグから取り出さずに、そのケースを開いて見せた。

その中身は――銃であった。

ドイツ製のワルサーP38、ルガーP08、モーゼル・ミリタリーという拳銃が三挺、

それにアメリカ製のイングラムＭＡＣ10が、ハンドガン・ケースに納まっていた。ワルサーＰ38は、一九三八年にナチス・ドイツ軍の制式拳銃となったカール・ワルサー社の名銃である。

第二次大戦後も、その優秀な性能ゆえに、西ドイツ国防軍や警察関係で広く使用されていた。

ちなみに、ベルリン陥落の時、アドルフ・ヒトラーが自殺に使用したのは、カール・ワルサー社が彼の五十歳の誕生記念に送った純金製のワルサーＰＰ特別モデルであった……。

官能的とすらいえる独特のフォルムを持つルガーＰ08は、ドイツのＤＷＭの製品で、一九〇八年にドイツ陸軍の制式拳銃に採用された。

第一次大戦に敗れてのちは、製造施設等がモーゼル社に移され、ワルサーＰ38に首位の座を明け渡すまでは、ナチス・ドイツ軍の制式拳銃として愛用されていたのである。

モーゼル・ミリタリーは、十九世紀末にパウル・モーゼルによって開発された大型拳銃だが、その名称に反して、一度もドイツ軍の制式拳銃に採用されたことはない。

だが、その性能の優秀さから、ヨーロッパはもとよりロシアや中国の軍隊でも一時期、制式採用されたほどだ。

通常は、七・六三ミリ弾を使用するが、この銃のグリップには、大きな〈９〉という数字が焼印されているから、九ミリ・パラベラム弾を使うM１９１６だとわかる。

四挺の中で唯一のアメリカ製のＭＡＣ10は、拳銃サイズのサブマシンガンだ。姉妹品のＭ11が登場するまでは、世界最小のサブマシンガンといわれていた。

オイル缶を横に寝かせてグリップをつけたような素っ気ないデザインだが、発射速度は毎分九百五十発という凄まじさである。

構造が単純な上、小さくて軽いくせに威力が大きいので、隠密行動をとる米陸軍のグリーンベレーや海軍のＳＥＡＬｓ（シールズ）に採用され、ヴェトナムで使われた。

そして、一九七三年公開のジョン・ウエインが豪快にＭＡＣ10を撃ちまくる映画『マックＱ』のおかげで、知名度が飛躍的に上昇し、大ヒット商品となった。

ＭＡＣ10には、四十五ＡＣＰ弾を使用するタイプと九ミリ・パラベラム弾を使用するタイプの二種類があるが、ダッフルバッグに入っていたのは、後者であった。

茶色の紙包みの中は、各々の銃に合うホルスターである。

「ＭＡＣ10を除いては、第二次大戦中のものばかりだな。まともに作動するのか」

斎藤明男が鼻の頭に皺（しわ）をよせて、疑わしげに訊（き）く。

「馬鹿を言うなよ。このワルサーＰ38は、一九八六年のワルサー社創立百周年記念モデルって、逸品だぜ。ルガーもモーゼル（マウザー）も、使用回数は少ないし、メンテナンスも完璧さ。銃身内部のライフリングも、すり減っちゃいない。日本娘のアス・ホールと同じくらい締まりがいいぜ。はっはっは」

ウォーカーは、場末の自動車ディーラーのように、下卑た冗談を言う。

「大体だな、今朝、いきなり、四挺の銃を揃えろって、うちのボスに連絡があって、昼過ぎの引き渡しだろう。まさか、デカい軍用ライフルを渡すわけにもいかないしな。使い勝手を考えて、九ミリ・パラベラム弾を共用する銃ばかりを揃えたって努力を、評価して欲しいね。無論、製造番号はみんな、削りとってあるよ」

2

昨日、謎の侵入者とマリー・O（オー）の乗った警備艇は、やはり、ダンテ島警備隊の追撃から逃げ切った。

直後に、超大型台風が通過したため、警備艇は嵐の海で沈没してしまったのではないか――という期待も持たれた。

が、海上保安庁の無線を傍受していた担当者から、本日の早朝、四人乗りの船外機搭載テンダーボートが、神奈川県大磯の海岸に沈んでいるのが発見されたという報告が入ったのである。

海上保安庁と地元の警察は、海難事故と盗難の両面から捜査を始めたという。

嵐の大海を乗り切った侵入者が、警備艇を捨ててテンダーボートで日本に上陸したのだとすれば、理屈は合うのだ。

侵入者は、小笠原の警察はともかく、硫黄島の海上自衛隊第四航空群救難飛行隊にも、上陸した大磯近辺の警察署にも、マリーを連れて行って保護を求めてはいない。

彼が何を企んでいるのかは不明だが、すぐにダンテ島の存在を公表するつもりはないようだ。ということは、今のうちならば、ひそかに二人を抹殺することも可能と思われる。

ダンテ島の総責任者であるマダムQは、ついに決断した――逃亡した仔羊（ラム）と狐を狩りだすために、黄色い顔をした四頭の猟犬（ハウンド）を放つことを。

その猟犬――龍崎達彦たちは、ダンテ島から連絡船でグアム島へ戻り、ジェット旅客機で日本へ向かった。

三時間半ほどで成田空港へ着くと、京成線で上野へ向かい、さらに京浜東北線に乗り換えて、横浜へやって来たというわけだ。

ダンテ島の銃器を持ったまま、旅客機に乗るのは不可能である。しかし、狐狩りには銃が必要だ。

それで、ダンテ島の会員の一人――横須賀基地の高級将校に連絡して、龍崎たちの銃と弾薬を揃えてもらったというわけだ。

その受け渡し場所が、大胆にも、ＪＲ横浜駅の構内だったのである。

英語で会話している五人に話しかけられるのを怖れてか、誰も近くを通らない。

「実包は、五十個入りの箱が八つ、こっちのバックパックに入ってる。ハンディ・ナビゲーターも、二台だ」

前にも述べたように、ＧＰＳはアメリカ軍が開発した衛星利用の位置把握システムだ。二十四基の航法衛星が発する信号には、Ｃ／Ａコード、Ｐコード、Ｙコードの三段階がある。精度のやや劣るＣ／ＡコードとＰコードは、カーナビゲーションなどで民間でも利用されていた。

そして、最も精度の高い第三段階のＹコードも、軍事機密となっていたのが、アメリカ東部時間の二〇〇〇年五月一日の午後八時から、解禁になった。

これによって、民間ＧＰＳの精度が十倍になり、百メートルだった誤差が十メートルまで縮小された。さらに、高性能の機器では、誤差が一メートルにまで縮まったという。

しかし、ＧＰＳには、極秘のＳコードが存在する。位置情報の誤差は、六十センチ以下という正確さだ。そのＳコード利用の軍用ハンディ・ナビゲーターが、この〈イーグル・アイ〉なのだ。

龍崎達彦が推理した通り、仔羊（ラム）の少年少女の肉体には、金のブレスレットとは別に、超小型発信機が埋めこまれている。

その電波は、このイーグル・アイに組み込まれた受信機によって、条件のよい場所なら十キロ先でもキャッチできるのだ。

二方向からハンディ・ナビゲーターを使って探査すれば、より正確に、マリーたちを追いつめることが出来る。

さらに、龍崎たち四人の左手首には、マダムQから渡された発信機内蔵のブレスレットが装着されていた。

これによって、四人が二組に分かれて行動しても、一々連絡を取り合わなくとも、互いの居場所を確認できるというわけだ。

「最後に、こっちのゴツい機械が〈ウィスパー〉だ」

バックパックの口を広げて、ウォーカーは説明する。

一九八〇年代前半、警察のアナログ通信が傍受されて捜査に支障をきたす事件が起きたため、警察庁ではデジタル無線の導入を決定した。

アナログ通信の傍受防止策には、音声反転方式やスペクトラム拡散方式などがあるが、その解読は決して不可能ではない。

それに対して、数百億円の予算で整備された警察のデジタル無線には、四億通りもの暗号コードが使用されており、世界一の機密性を誇っている。

だが、日本政府を全面的に信頼はしていない在日米軍は、日本の警察が米軍に対して不利益な行為や敵対行動をとった場合の対策として、ひそかに警察無線の傍受解読機を開発していた。

それが、このデジタル無線傍受解読機ウィスパーで、傍受した暗号電波を自動的に解読して、通常の音声に復元できるというものだ。

これを使用すれば、警察の捜査情報が筒抜けになるし、緊急配備などの裏をかくことができる。

ちなみに、〈盗聴〉とは、個人の家や会社などに発信機を仕掛けたり、電話線に細工して、私的な会話を盗み聴きする違法行為のことで、携帯電話や無線機の電波をキャッチすることは〈傍受〉といい、両者は全くの別物である……。

ウォーカー伍長は、イーグル・アイとウィスパーの使用方法を説明した。

「なるほど。たしかに、こちらの希望の物は、すべてあるようですね」

もう一度、ダッフルバッグとバックパックの中身を確認してから、龍崎達彦は頷く。

ウォーカーは、新しいラークを咥えてから、

「ところで、あんたたちはラインスター大佐とは、どういう関係……」

言葉が途切れた。突如として四人から発せられた凶暴な気が、ウォーカーの顔面を打ったのだ。

彼の唇の端から、ぽとりと煙草が落ちる。

ウォーカーは、最前線ですら経験したことのない、背骨を握り潰されるような激烈な恐怖を感じていた。民間人のはずだが、このジャップどもは一体、何者なのか――と震え上がる。

「すまん……」かすれ声で伍長は詫びた。

「これで、俺の役目は終わったな。じゃあ」

ぎごちなく片手を上げて、ウォーカーは足早に歩き去った。

その背中に、麗子が小声で、〈自分の母親と性行為をする下劣な男〉という意味の悪態を投げつける。さらに、彼の母親が種馬とでも性行為をするほど動物愛護の精神に溢れた開放的な女性だと言い、彼の生殖器が肉眼では確認できないほど矮小だという意味の言葉も、付け加えた。

龍崎と斎藤は笑ったが、なぜか、室井の表情が強ばった。

「室井さん」

すぐに、とりなすように、龍崎が言う。

「早速、このナビゲーターの初期設定をしてくれませんか。メカのことは、室井さんが一番詳しいから」

「ああ、いいよ」

ようやく、巨漢の表情がほぐれる。

彼がバックパックに手を伸ばした時、腰に衝撃があった。振り向くと、小学校低学年らしい男の子が、ホームに臀もちをついていた。生意気そうな顔立ちをしている。前も見ずに走って来た男の子が、室井にぶつかり、あまりの体重差に自分の方が跳ねとばされてしまったらしい。

「バカっ、ボケっ、虫ケラ――っ！」

高級ブランドのロゴが入った黒いTシャツを着た男の子は、足をバタつかせて喚き出した。

すぐに、二十代後半の母親が駆けつけて来て、男の子を抱き起こす。子供と同じTシャツとストレッチストレートのパンツ、ヒールサンダルという姿であった。

「どうしたの、マーくん、大丈夫？」

「このクソジジイが、俺を突き飛ばしたんだっ、ブッ殺すぞ、てめェ！」

母親の腰にすがりつき、甘やかされ放題に育った子供特有の図々しさで、男の子は喚く。

「何てひどいことをするのよ。罪もない子供に暴力をふるうなんて、あんた、それでも人間なのっ」

母親は目を吊り上げて居丈高に叫んだが、室井登の本当の正体を知ったら、腰を抜かすであろう。

「その子が勝手にぶつかって来て、勝手に転んだんですよ、奥さん」

脇から、斎藤が穏やかに言った。

室井を庇うつもりはないが、ダッフルバッグとバックパックの中身を考えれば、ここで人目に立つのはまずい。

「自分たちの暴力を被害者のせいにするなんて、社会常識の欠片もない人間の屑ね。子供は純真な天使なのよ。この子の軀に傷が残ったら、どうするの。真っ白で純白な心に、幼いころに見も知らない他人に突き飛ばされたというトラウマが残ったら、あんたたちは、どうやって償うつもりなの！」

ただでさえ狐のような顔に、さらに狐じみた化粧をした母親は、カジュアル・ショートの髪を振り乱して、とてつもなく飛躍した論理をまくしたてる。

「たった一度しかない、この子の神聖な人生に責任をとりなさいっ！　民事裁判を起こして、懲罰的慰謝料をとってやるから！」

ホームにいた人々は、野次馬根性丸出しで彼らの方を見ているが、さすがに、誰も仲裁しようとはしない。

「おい。いい加減に……」

殺意を漲らせた室井が前に出ようとした時、龍崎が片手でそれを押し止どめた。

「どうもすみません、奥さん。僕たちが、うっかりしていたものですから」

甘い風貌の龍崎が、偽りの誠意に満ちた謝罪をする。

「この人にも、よく言いきかせておきますから。許してください」

「まあ、それならいいけど……」

美青年に見つめられた母親は、急に顔を赤らめて、

「地球は、あんたたちのために回っているんじゃないのよ。反省しなさい」

残念なことに、世の中には、自己中心的で、その場の雰囲気が読めない鈍感な人間というのが存在する。この無神経な女は、ウォーカー伍長と違って、彼らが発しているどす黒い気に気づかなかった。

それが、彼女の運命を決めたのである。

「はい、すみません」

龍崎が、無理に室井に頭を下げさせると、母親は子供の手を引いて、凱旋将軍のように堂々と去った。

ホームにいた他の客たちも、騒ぎが終息したと見て、龍崎たちに興味を失う。

「………」

室井は、無言で龍崎の顔を見た。頷いた龍崎は、斎藤と麗子の方を見る。夫婦は顔を見合わせたが、斎藤の方が頷いた。

四人とも何も言わなくとも、考えていることは完全に一致していた。

「頼みますよ」

龍崎が微笑する。

さりげない足取りで、斎藤は、先ほどの母子の後を追った。他の客は、誰もそれを気にとめない。

斎藤明男は、連絡通路を渡って、東海道線上りホームへ向かう。

母子は、そのホームで電車が来るのを待っていた。母親は、子供の軀を腰に密着させている。

龍崎たち三人は、残忍な期待に満ちた眼で、傲慢不遜な母子を見つめていた。

上り列車がホームへ入って来た。ラインの後ろに退がるようにという構内アナウンスを無視して、母親と男の子は、ホームの縁から身を乗り出すようにしている。

その時、斎藤は母子の背後を通過しながら、さりげなく、絶妙のタイミングで二人を突きとばした。

「っ⁉」

何が起こったのかすら、わからなかったに違いない。悲鳴を上げる暇もなく、二人は線路に転げ落ちた。

運転士が急ブレーキをかけるよりも、鋼鉄の車輪が母子の肉体を容赦なく切り刻む方が、早かった。

一秒前までは人間であったものが、ただの有機物の破片になってしまう。

ようやく列車が急停止した時には、二人の血と肉と内臓と骨は引き裂かれたブランド製品ともども、線路と砂利の上にバラ撒(ま)かれていた。

上りホームの人々は時間が凍りついたように、立ちすくんでいた。

ややあって、煮えくり返るようなパニック状態に陥(おちい)ったが、その時には、斎藤は連絡通路を渡っていた。

そんな彼に注目している者は、龍崎たち以外には、誰もいなかった。

斎藤は、彼らのところへ戻ると、親指を立てて見せる。

「見事な手際(てぎわ)だったぜ」

室井が、うらやましそうに言う。目立つ巨体でなければ、自分があの母子を殺(や)りたかったのだ。

「勿論(もちろん)よ、うちのダーリンだもの」

麗子は、身長差が二十センチ近くある斎藤を抱き締めた。傍目(はため)には、悲惨な事故を目撃した恐怖におののいて、夫に抱きついているように見えるだろう。

「日本で殺(や)ったのは初めてだが……意外と簡単だな」

斎藤は照れ笑いを浮かべて言った。

「そうとも。何しろ、我々は場数を踏んでいるからね」

龍崎が言う。ダンテ島での少年少女の虐殺体験が、この四人を筋金入りの殺人者に仕立て上げていたのだ。

「それにしても……どうやら、この国は腐りきってるようだな」

夢見るような口調で呟いた龍崎の陰湿な興奮は、他の三人にも即座に伝染する。

「そうだな。殺さなきゃわからない馬鹿どもが、大勢いるようだしな」

「生きてる価値のない虫ケラもね」

「旨(うま)そうな仔羊(ラム)も、たくさんいるしよォ」

斎藤夫婦と室井も、熱に浮かされたような表情になった。龍崎は、銃器のつまったダッフルバッグを撫でながら、微笑んだ。

「ここが……我々に与えられた、本当のキリング・フィールドなのかも知れない」

歩く殺戮(さつりく)マシーンとでもいうべき、極悪無類の武装凶人軍団の誕生であった。

3

列車が急停止した時、出入口の近くに立っていたJが最初に考えたのは、鉄道警察隊が自分たちを逮捕しに来たのではないか――ということだった。

斜めに傾(かし)いだJの腕に、マリーがギュッとしがみつく。

「大丈夫だ」

Ｊは、金髪の美少女に頷いてやった。

マリーは、ダンガリーのショートパンツに白のタンクトップ、それに半袖のカーディガンという活動的なスタイルだ。肩から斜めに、ポシェットを下げている。

庇が反りかえった白い帽子をかぶり、長い金髪は、少しでも目立たないように、その中に押しこんであった。

Ｊの方は、ストレートのブルージーンズに、同じ色の半袖のＴシャツという姿だ。Ｔシャツの上には、やたらにポケットの多いフィッシング・ヴェストを着ている。

頭には、ペイズリー柄のバンダナを巻いていた。

二人とも、ダンテ島から脱出した時とは全く違う服装で、手荷物はない。

実は――台風に直撃された海を警備艇で乗り切ったものの、夜明け前に、大磯の沖で燃料が切れてしまった。

二人は下着だけの姿になると、衣服を防水バッグに詰めこみ、別の防水バッグに武器類を詰めこんだ。そして、そのバッグと一緒に、テンダーボートに乗りこんだ。

警備艇の方は、無人のまま漂流されては具合が悪いので、船底に穴を開けて浸水させた。

そして、船外機を始動させて陸地を目指したのだが、台風の影響で海は荒れ放題。

武器類を詰めたバッグは、波にさらわれてしまった。

ようやく、大磯の海岸に辿りつくと、テンダーボートを沈めてから、二人は衣服を着こんだ。

幸いにも、米ドルの詰まった財布とデジタルスチルカメラ、それに黒人の警備隊員から奪ったガーバーのフォールディングナイフは無事であった。

十数時間も不眠不休で警備艇を操縦していたJの肉体は、疲労の極に達していた。一晩中、木の葉のように翻弄される船に乗っていたマリーも、同じであった。

二人は、〈本日休業〉という貼り紙のある無人の海の家に潜りこんで、水道の水をガブ飲みすると、畳の奥座敷に転がって、泥のように眠りこんだ。

そして、五時間ほどの睡眠で何とか動けるようになると、大磯駅近くの複数の銀行をまわって、ドルを日本円に換金した。

もしも、服を着たままテンダーボートに乗っていたら、海水でズブ濡れの服がゴワゴワに乾いて塩をふき、ひどい格好になって、換金するのに怪しまれたことであろう。

次にスーパーマーケットへ行って、新しい衣類やスニーカーを買うと、二人は、ドライヤーも使えるコイン・シャワーへ行って汗を洗い流し、髪も洗った。

新しい服に着替えると、今まで着ていた服や下着、靴などは、まとめて半透明のゴミ袋に詰めて、集積所に捨てる。

ようやく、小ざっぱりした格好になったので、Ｊたちはファミリーレストランへ行き、食事をした。横須賀に米軍基地があるので、金髪の少女を連れていても、あまり目立たない。

二人とも空腹の極限であったが、動物性蛋白質中心の食事を摂り、腹八分目でやめておく。満腹になると軀の動きが鈍るし、睡眠の誘惑に抗し切れなくなるからだ。

食後のコーヒーを飲みながら、Ｊは、レストランへ入る前に書店で購入した東京のガイドブックに目を通した。〈サイバートピアＴＯＫＹＯ〉の場所は、すぐにわかった。

それは、渋谷の道玄坂にあるアミューズメント・ビルであった。実在すると知って、Ｊは安堵の溜息をつく。

黒く塗りつぶされた記憶の海から浮かび上がって来た唯一の言葉が、この建物を指している以上、行ってみなければならない。

そのビルへ入れば、他の記憶も甦るかも知れないのだ。マリーの身柄をどうするかは、それから考えるつもりだ。

身に着けている武器がナイフだけなのは残念だが、ダンテ島から脱出できた以上、銃器が必要な事態は起こらないであろう。

こうして、Ｊはマリーを連れて、ＪＲ東海道線の上り列車に乗りこんだ。

そして、品川で山手線に乗り換えて渋谷へ向かうつもりだったが、横浜駅で〈事故〉

に遭遇したというわけだ……。

乗客たちが顔を見合わせて、ざわざわと不安げに話していると、

「お客様に申し上げます。只今、当列車において人身事故が発生いたしました。再出発の目処が立ちませんので、どなた様も、この列車からホームへ降りて、他の列車をご利用くださるよう、お願いいたします――」

緊張した声で、車内放送が告げた。

そのホームは、駅員や他のホームからも押し寄せた野次馬で、ごった返している。

ドアが開いたので、Jはマリーを連れて降りようとした。

「Jっ！」

マリーが、彼の腕を強く引いた。

「どうした」

蒼ざめた少女の視線の方に目をやると、京浜東北線のホームに、四人の男女がいる。

「あの四人が、どうかしたのか」

かがみこんで、Jはマリーの耳元に囁く。

「追って来た……あいつら、ダンテ島から追って来たのよ……」

震える少女の額に、冷たい汗が噴き出していた。

「何だとっ」

Ｊが顔を上げた時、

「――どうかしましたか」

背後から声がかかった。さっと振り向くと、中年の駅員が、こちらを覗きこんでいる。

「いえ。人が轢かれたと聞いて、ショックだったらしくて……」

「そうですか。すみませんが、降りてください。医務室へご案内しましょう」

気の毒そうに、駅員が言う。

「大丈夫です、冷たいものでも飲ませますから。ありがとう」

マリーの顔を見せないようにして車両から降りると、Ｊは人ごみの中を抜けて、連絡通路へ向かった。

「あいつら、日本人のようだが……警備隊じゃなくて、会員か」

「そうよ。特に、あの大男は、あたしに執着していて……」

マリーが小声で答える。

拳銃がなくても大丈夫だと考えた自分の甘さを、Ｊは心の中で罵った。

こうなったら、電車での移動は危険だ。追っ手が、あの四人だけとは限らない。

車内に乗りこまれたり、到着ホームで待ち伏せされたら、逃げ道がないのだ。

横浜駅西口から外へ出ると、真夏の都市部特有の熱塊のような空気に包まれた。あまりの眩しさに、一瞬、目がくらむ。

左手に、交番が見えた。右へ折れて東急ホテルの方へ行く。

「どうするの、J」

不安そうに、マリーが訊いた。

「心配するな。車を手に入れて、ここから逃げるんだ」

Jは彼女の手を引いて、路上駐車の列の右脇を、ゆっくりと歩いた。

期待にたがわず、五台目の黒い4WDがキイを付けっ放しだった。頑丈そうな特大のグリルガードをつけた、トヨタのハイラックス・サーフワゴンである。

毎年必ず、台風の季節に港へ高波を見物に行って死亡する者が何人もいるように、この世の中には、自分だけはどんな災難にも遭わないと考えている楽天家が、わりと大勢いるのだ。

目だけで周囲を素早く一瞥してから、ごく自然な動作で、Jは4WDのドアを開けて、マリーを乗せた。それから、少女を助手席の方へやって、運転席に座る。

免許証を所持していないJが車を手に入れる方法は、これしかない。

車内の空気には、涼しさが残っていた。つまり、持ち主が車を離れて間もないということだ。

もう一度、周囲を見回して、持ち主らしい人物が近くにいないことを確認してから、Jはキイをひねって、車のエンジンを始動させる。

4

Jとマリーが西口へ出た頃――室井登は、京浜東北線のホームで、軍用ハンディ・ナビゲーターのイーグル・アイの初期設定を行なっていた。

「あれ？」

画面のマップを最大に拡大した室井が、首をひねった。

「おかしいな。俺たちは四人ともここにいるのに、なんで西側に別の輝点があるんだ」

脇から、それを覗きこんだ龍崎達彦の眼が、刃物のように険しくなる。

「仔羊(ラム)だっ、あの列車に乗っていたんだ！」

「ええっ？」

他の三人が驚いている間に、龍崎の頭はフル回転して判断を下していた。

ダッフルバッグから、ルガーP08とイングラムMAC10のケースを取り出して、斎藤明男と麗子に渡す。ホルスターと実包箱も四箱、渡した。

それから、初期設定を終えているイーグル・アイも斎藤に渡して、

「追ってください。僕たちも、こっちのイーグル・アイを設定してから、追います。連絡は携帯でとりましょう。だが、まだ発砲はしないで。走ると目立ちますよ」

「わかった」

「いいわっ」

興奮に顔を火照（ほて）らせながら、斎藤夫婦は、ハンドガン・ケースをトラベルバッグに突っこむと、足早に連絡通路の方へ向かった。

急いで二台目のイーグル・アイの初期設定をする室井のバッグに、龍崎は、モーゼル・ミリタリーのケースとホルスターと実包箱を突っこむ。

ダッフルバッグに残っているのは、ワルサーP38のケースだけとなった。

そこへ、龍崎は自分のバッグと二箱の実包箱を入れる。

「できたぞっ」

室井が、龍崎にイーグル・アイの画面を見せる。やはり、西方向に二つの輝点が映っていた。

頼りなく明滅している方が、マリーの肉体に埋めこまれた超小型発信機の電波で、くっきりと映っている方が、斎藤夫婦のブレスレットが発する電波であろう。

「これを頼みます」

龍崎は、室井からイーグル・アイを受け取ると、巨漢にバックパックを背負わせた。

そして、連絡通路へ向かう。

「東海道線だな。あの上り列車に、仔羊（ラム）たちは乗っていたんだな」

室井は、勢いこんで訊いた。

「そういうことです。徹夜で逃亡したから、たぶん、午前中は大磯のどこかで休息をとっていたのでしょう」

西口から外へ出ると、あまりの暑さに、室井は瞬時に汗まみれになった。どういうわけか、龍崎の方は、ほとんど汗をかいていない。

「マップから消えているな」

龍崎は、ハンディ・ナビゲーターの画面を見ながら、マップの縮小率を切り替えた。表示エリアが広がると、弱々しく明滅する輝点が北の方へ移動してゆくのが映る。

「この移動速度は……車だな。タクシーを拾うか」

室井が言うと、龍崎は首を横に振った。

「もっと自由に使える足が必要です」

イーグル・アイを巨漢に渡して、龍崎は、携帯電話を取り出した。斎藤の携帯へかける。

「今、どこです？　……わかりました。相手は車です。その近くで、レンタカーを借りてください。あまり目立たない４ドアの普通乗用車がいいですね。ええ、あれを使って。借りたら、三越の北側で待っていてください。こちらも、車を手に入れます。では――」

龍崎が指示を出している間、電波マニアらしい若者が、珍しいハンディ・ナビゲーターを持っている室井に近づいて来た。だが、彼に一睨(ひとにら)みされると、あわてて逃げ出す。

「室井さん、あそこのレンタカーの会社で、ワンボックスカーを借りてください。なるべく大きいやつを」

「わかった。免許証は、あれを使うんだな」

彼らの言う〈あれ〉とは、マダムQから貰った偽造免許証のことなのである。マリーと侵入者を追うために、四人は三枚ずつ、名義の異なる免許証を所持しているのだ。

「ええ。僕も、ちょっと買物をしてきます。車を借りたら、先に三越の北へ行っててください」

室井と別れた龍崎は、携帯電話で会話しながら目をつけていた看板の店へ向かう。

それは、雑居ビルの二階にあるミリタリーグッズ・ショップだった。米軍の放出品などを所狭しと並べた店の一角に、ナイフのコーナーがある。

龍崎は、そこで、全長が二十センチ以内の小さなナイフを四本、選んだ。砥石や手錠、特殊警棒なども買いこむ。現金で支払いを済ませて、有名な漫画雑誌を出している出版社の名前で領収書をもらった。

それから、トイレの個室に入って、領収書を引き裂いて水に流す。そして、ワルサーP38の弾倉に実包を詰めて、グリップに叩きこんだ。

遊底をスライドして、薬室に一発目の実包を送りこむと、安全装置をかけた。それを、左脇の下に装着したホルスターに入れる。

紙袋を提げて雑居ビルから出ると、龍崎は、普通の速さで三越デパートの方へ歩く。

新田間川に面した道の端に、ダークブルーのトヨタ・ハイエースと三菱のギャラン・VR－4Tが停車していた。

ハイエースの脇には室井が、臙脂（えんじ）色のギャランの横には斎藤夫妻が立っている。

新田間川の上には、首都高速神奈川2号三ツ沢線の高架が覆（おお）いかぶさり、日光を遮（さえぎ）っている。人通りはない。

龍崎は片手を軽く上げて、三人に近づいた。

「待ちくたびれたよ」室井が早口で言う。

「北へ向かってる仔羊（ラム）の電波が、消えちまいそうだ。すぐに追おうぜっ」

「その前に、ちょっと相談があります。そこの路地の奥まで付き合ってください」

荷物をワンボックスカーの中に入れた龍崎が、そう言うと、室井たちはムッとした。

「そんな悠長なことを言ってる場合じゃないだろう。大体、君が私たちのボスと決まったわけでもないのに……」

斎藤は語尾を呑（の）みこんだ。

彼を見つめる龍崎の瞳孔が、針の先端のように小さく窄（すぼ）まって、金色の光を放ったからだ。

「……わかった。手短に頼むよ」

目をそらせて、斎藤は自分から路地へ入った。麗子と室井も、気圧されたように無言で路地へ入る。

最後に路地へ入った龍崎は、積み上げられたコンテナの蔭に、三人を隠れさせた。自分も、そこへ隠れると、ワルサーP38をホルスターから抜き取る。

「何を――」

問いかけようとした室井の唇に、龍崎は、左の人差し指をあてがう。巨漢は、口をつぐんだ。

しばらくして、路地の入口の方から足音が近づいて来た。不審そうであった室井たちの顔が、途端に緊張する。

足音の主が姿を現わす直前に、龍崎が飛び出した。驚愕した相手のこめかみに、ワルサーのグリップの底部を叩きこむ。

サングラスが吹っ飛んだそいつは、コンテナに上体をぶつけて、昏倒した。

「室井さんっ、車を路地の入口に！」

「おうっ」

龍崎の指示に、張り切って室井は路地から駆け出る。

「斎藤さん、手伝ってください」

「う……うん」

斎藤は、倒れている男の左腕をかかえた。拳銃をしまった龍崎は、男の右腕をかかえて、起き上がらせる。

中肉中背のラテン系の男だ。麗子は、レンズの割れたサングラスを拾い上げた。

室井が、ハイエースをピタリと路地の入口に停めて、後部のスライドドアを電動で開ける。

気を失っている男を後部座席に転がすと、龍崎は、後ろ手にした腕に手錠を嵌(は)めた。

それから、手際よくタオルで猿轡(さるぐつわ)を嚙ませる。

「さあ、行きましょう」

龍崎は、三人に笑いかけた。

「で……誰なんだ、そいつは？」

唖然(あぜん)としつつ、斎藤が訊いた。

第五章　炎の約束

1

室井登が無造作に地面に放り出すと、男は呻(うめ)いて意識を取り戻した。

自分が後ろ手に手錠をかけられ、龍崎達彦たちに取り囲まれていると知って、がたがたと震え出す。

そこは——横浜市青葉区にある〈ふるさとの森〉の奥だった。森の入口に車を停めて、室井が、この男を肩に担いで運んだのである。

うるさいほどの蟬時雨(せみしぐれ)の中で、斎藤明男が焦(じ)れたように、

「勿体(もったい)ぶらないで、教えてくれ。こいつは何者だ？　なんで、私たちの後を尾行(つけ)て来たんだ？」

「見覚えありませんか、この顔に」

「え……」

龍崎に言われて、三人は男の顔を覗(のぞ)きこむ。

「あら」

麗子が眉をひそめて、

「この男……ダンテ島のシルバーハウスにいた給仕じゃないっ」

「マダムQの手下かっ」

斎藤と室井も驚いた。

「ご名答」

龍崎はかがみこんで、男の猿轡を少し緩(ゆる)めてやった。

「こんにちは(ブエナス・タルデス)」

嘲(あざけ)るようにスペイン語で挨拶してから、ワルサーP38を抜いて、英語で尋(たず)ねる。

「たしか、ラウルといったね。僕たちと同じ飛行機に乗るのはいいが、新聞で顔を隠すなら、もう少し上手(うま)くやった方がいいよ。三時間半も同じ頁(ページ)を見ているのは、とても不自然だ」

「マレーカっ！」

不明瞭な声で、ラウルは〈オカマ野郎〉という意味のスラングを喚く。

間髪を入れずに、龍崎は拳銃のグリップの底部を、彼の右の鎖骨に叩きつけた。

くぐもった悲鳴を上げて、ラウルは、胎児のように丸くなって苦悶する。鎖骨が折れたのであろう。

「あのババアめ。監視役を付けるなんて、よっぽど、俺たちを信用してねえんだな」

室井が吐き捨てるように言う。

「イギリス人はイギリス人しか信用しない。フランス人もドイツ人もアメリカ人も信用しない。まして、黄色人種なんて絶対に信用しませんよ。このラウルは片言の日本語が喋(しゃべ)れるし、背丈も普通で髪も目も黒いから、日本人の間にいても、さほど目立たない。それで、僕たちの監視役に選ばれたんでしょう」

江戸時代初期——徳川家康によってキリスト教の布教が禁じられた後も、イエズス会の伝道師たちは修験者などに変装して、関所も通り抜けていたという記録がある。ラテン系の男性は蓬髪(ほうはつ)に顎鬚(あごひげ)などをたくわえると、彫りの深い日本人に見えてしまうからだ。

「それに、どうもこいつは、ただの監視役ではなさそうです」

上着の内ポケットから、龍崎は、電卓くらいのサイズの機械を取り出した。上部にデジタル式の四桁の表示窓があり、その下には数字のボタンが並んでいる。

「ラウルが持っていたリモコンです」

「リモコン？」

「飛行機で、こいつを見つけてから考えたのですが……あの悪党のマダムQが何の保険もかけずに、僕たちに武器を持たせて野放しにするわけがない。たとえば、仔羊(ラム)たちを始末した僕たちが警察に捕まったら、どうするのか。ダンテ島の秘密を守るために、即座に口封じをする必要がある。たとえば、リモコンの電波で、このブレスレットから毒針が飛び出すとか……」

「ええっ⁉」

斎藤たち三人は、あわてて金のブレスレットを外そうとした。そのブレスレットは手錠のような中折れ式で、広げるとアラビア数字の〈3〉という形になるものだ。

「待った」龍崎が制止する。

「下手にいじらない方がいい」

ラウルの折れた鎖骨に、龍崎は拳銃の銃口をあてがい、英語で、

「さあ、教えてもらおう。このブレスレットには、発信機以外にどんな仕掛けがしてあるんだ」

ぐいっと銃口を、骨折部にねじ入れる。

「止めろっ！　……そ、その内部にはＲＤＸ爆薬が詰めてある」

苦痛に喘ぎながら、ラウルが英語で答えた。

グレネード弾の炸薬としても使われているＲＤＸは、ニトロアミン系の爆薬で、ＴＮＴ爆薬の三倍もの破壊力がある。そんなものが爆発したら、左腕が千切れ飛ぶのは勿論、上半身も目茶苦茶になってしまうだろう。

それを聞いた斎藤夫婦と室井は、反射的に左腕をまっすぐに伸ばして、軀から離した。三人とも、蒼白になっている。

「やはりそうか」と龍崎。

「では、安全に外す方法も教えてもらおう。たぶん、切断したり無理に外そうとすると、起爆スウィッチが入るんだろうから」

「その通りだ。手首に嵌めた瞬間に、その先端はロックされている。ロックを解除するためには、先端の脇についている小さなリングを、手の方向に二回、肘の方向に一回、カチッという感触があるまで回すんだ。そうすれば、爆発させずに外せる」

「本当かい」

「やってみりゃあ、わかるさ」

脂汗にまみれたラウルの顔に、ちらっと狡猾な嗤いが走るのを、龍崎は見逃さなかった。

「いいだろう」

龍崎は、ワルサーP38を斎藤へ渡して、

「みんな、五メートルばかり後ろに退がっていてください。これから、ラウルの顔の前で、僕のブレスレットを外してみますから」

「き、危険じゃないのか。こいつが嘘を言ってるかも知れない」

「だから、試してみるんですよ。さあ、退がって」

斎藤たちが二人を遠巻きにすると、龍崎は、上着の左袖をまくり上げて、ブレスレットをラウルの顔の上にかざすようにする。

「さて――まず、手の方向に二回まわすんだったな」

時計の竜頭(りゅうず)のように、ギザギザの細かい切れこみが入った飾りのリングを、右の親指と人差し指でつまんだ。

その顔は平静そのもので、何の怖れの色もない。反対に、ラウルの顔は恐怖のあまり土気色になっていた。

「待て、待ってくれ！」ラウルは叫んだ。

「思い違いしていたっ！　手の方に一回、肘の方に二回が本当の外し方なんだっ」

「……なるほど」

龍崎は落ち着いた様子で、その通りにリングを回した。カチッと先端が抜けて、ブレスレットが外れる。

静かに吐息を洩(も)らすと、龍崎は立ち上がった。

斎藤たちが、よろよろと近づいて来る。見守っていた彼らの方が、膝(ひざ)に力が入らないようであった。

龍崎が、正しい外し方を日本語で説明してやると、三人も何事もなくブレスレットを外すことが出来た。

少しの間、斎藤夫婦と室井は、呆然(ぼうぜん)としていた。顔の筋肉が、炎天下のアイスクリームのように弛緩(しかん)している。

ダンテ島で罪のない少年少女を虐殺してきた彼らでも、やはり、自分の命は惜しいのであろう。

ようやく正気に戻った斎藤夫婦は、「ダーリンっ」「ハニーっ」と呼び合い、力いっぱい抱き合って、幼児のようにはしゃいだ。

眉をしかめた室井は、これ見よがしに地面に唾を吐く。

「ラウル。この爆薬ブレスレットの起爆コードは？」

龍崎の質問に、ラウルは投げやりな口調で答える。

龍崎が５０００１、斎藤が５０００２、麗子が５０００３、室井が５０００４だという。

「そのコードも出鱈目(でたらめ)じゃねえのか」

自分の起爆コードが最後だったことに、いささか不満げの様子で、室井が言った。

「それは今、わかります。こいつの軀を俯せにして、押さえてください」

斎藤と室井が言われた通りにすると、龍崎は、四個のブレスレットを、ラウルの両手首と両足首に嵌(は)めた。

「タ、タスケテ！　オネガイ！」

何をされるのか気づいたラウルは、稚拙な日本語で命乞いをする。恐怖のあまり見開いた目は、眼窩から飛び出しそうだ。

その場に彼を残したまま、龍崎たちは十メートルほど後退する。

辺りが急に薄暗くなって来たのは、陽が落ちたのではなく、真っ黒な雲が西から流れて来たからであった。

「夕立が来そうだな。ところで――」

龍崎は悪戯っぽい顔になって、

「僕のブレスレットは、奴のどこに嵌まっていると思いますか」

「ええと、左の足首じゃねえかな」

室井が自信なさそうに言うと、斎藤が、

「右の手首だろう」

「いいえ、ダーリン。左の手首よ」

それを聞いた龍崎は、

「じゃあ、僕は右の足首だ。幾ら賭けます？」

「五千円……いや、一万円だっ。当てた者に、残りの三人が一万円ずつ払うんだっ」

室井の提案に他の三人も同意して、財布から紙幣を取り出す。

ラウルの方は、尺取虫のように軀を動かして、何とか電波の有効範囲から逃れようと、無駄な努力を続けていた。

龍崎は、５・０・０……とボタンを押して、

「じゃあ、行きますよ」

芝居っ気たっぷりに、最後の1を押す。

表示窓に〈５００1〉という薄緑色の数字が灯った瞬間、鈍い爆発音が轟いた。

ラウルの右膝から下が、喰い千切られたように消失してしまった。太腿もズタズタに引き裂かれて、出血がひどい。

四散した肉片や靴の破片は、龍崎たちの三メートルほど手前にまで達した。

これほどの威力の爆発が左手首で起こったら、間違いなく、龍崎たちは即死していたであろう。

「くそっ」

室井が舌打ちする。

龍崎の方は、爆発の直前に目を閉じていた。

森林浴で胸いっぱいにオゾンを吸いこむハイカーのように、ゆっくりと深呼吸をする。爆煙と血のにおいを、鼻粘膜と肺胞で味わっているかのようだ。

そして、静かに双眸を開けると、

「いただきですね」

にこやかな笑いを浮かべて、片手を出す。三人は悔しそうに、一万円札を載せた。

それから、室井、麗子、斎藤の順で、起爆コードをプッシュすることになった。

左足をも吹っ飛ばされた時点で、ラウルは息絶えていた。右手首のブレスレットが爆発すると、ほぼ同時に、数センチの距離にあった左のブレスレットも誘爆する。

マダムＱの配下の上半身は、コンクリート・ミキサーに巻きこまれたかのようにグチャグチャになってしまった。下肢（かし）も膝から下が消失という無惨な姿で、ラウルは、異郷の林の中に粗大ゴミのように転がっている。

順番が回って来なかった斎藤は肩をすくめて、龍崎に、

「私は、奴の尾行に気づかなかった。認めるよ、ボスは君だ」

「ダーリンがそう言うなら、あたしも従うわ」

室井も鼻孔を膨らませて、

「俺も異存はねえよ」

三人の顔を順番に眺めてから、龍崎は頷いた。

「僕たちは、マダムＱの軛（くびき）から逃れて、自由な狩人になることが出来ました。武器もある。仔羊（ラム）の輝点は北へ向かった。これからが……ハンティングの本番ですよ」

天が闘いのドラムを打ち鳴らしたかのように、遠雷の響きが黒雲に木霊（こだま）する――。

2

ぽつり、ぽつりと降りだした大粒の雨は、たちまち南洋のスコールのような土砂降りとなった。

上半身裸のＪは作業の手を休めて、開け放してあるベランダから、じっとその雨を見つめる。

左肩に古い傷跡があった。

「Ｊ……」

部屋の隅に座って、缶コーヒーを飲んでいたマリーが、遠慮がちに声をかけた。

「ん？」

夢から覚めたように、Ｊは振り向いた。

「どうかしたの」

「いや……前にも、どこかで、こんな土砂降りの雨の中にいたような気がしたんだ」

少女の問いかけに、Ｊは英語で答える。

二人がいるのは、川崎市高津区の東急田園都市線梶が谷駅近くにある、建設途中のマンションの二階であった。

バブル景気時代に計画された八階建てのマンションだが、長引く不況のせいで施工主の不動産業者が倒産、その余波で建設会社も倒産した上に、権利関係が複雑に入り組んでいるため、管理者もいないまま放置されているという建物である。

横浜駅前で盗んだトヨタ・ハイラックス・サーフワゴンで隠れ家を物色していて、このマンションを見つけたのだ。

その黒の4WDは、塀の内側の目立たない場所に停めて、防水シートをかけてあるから、盗難車だと通報される怖れはない。

内装がまだなので、室内はコンクリートの打ちっ放しという状態だが、真夏の今はそれが幸いして、ひんやりとして涼しかった。

通路の奥に積み上げてあったダンボール箱を平らに潰して、六坪ほどの広さの部屋に敷いてある。

そのベランダの近くで、Jは、ある作業に没頭していた。

ここへ来る途中に、彼は逃亡生活に必要な品々を購入するために、国道沿いの巨大な総合ディスカウント・ショップへ寄った。

リュックサックや下着、医薬品、サバイバル・グッズなどを買いこんで、そこの工具売場に立った時に、あるツールの作り方が自然と頭に浮かんできたのだ。

工具売場で購入した小型万力などの器材を使って、ブランク・キイに複雑な形の切れこみを入れてゆく。やはり、頭で考えなくとも、自然と手が動いていた。

　こうして、万能キイが完成した。

　普通は、ピックとテンションの二種類のツールを使わないと開錠できないといわれているが、これは本物のキイと同じように、一本で、その両者の働きをするのだ。

　実際に作って、このマンションのドアの鍵で試してみると、何の抵抗もなく開いた。外へ出て、例の4WDで試しても、無理なくドアが開いた。

　免許証がないから、レンタカーを借りることも中古車を買うこともできない以上、不本意ではあるが、車は盗むより手はない。

　だが、これさえ有れば、キイを付けっ放しの車を探さなくても、どんな車でも盗むことができるし、施錠された建物に侵入することも容易だ――とJの中の誰かが囁くのである。

　Jは、頭の形が違う万能キイを次々に作ってゆく。

「こんな物を簡単に作れるし、銃器の扱い方も詳しい。その上、人殺しのテクニックまで軀にしみこんでいる……どうやら、俺は、まともな人間ではないようだな」

　自嘲するように、Jは言う。

「だが、俺は自分の過去が知りたい。たとえ、自分の正体が犯罪者であっても何でも、頭の中にぽっかりと昏い虚があるよりは、よっぽどましだ」

ふと気づいてマリーの方を見ると、少女は俯いて、自分の膝のあたりを見ていた。

「マリー、何か厭なことでも思い出したのかい」

「……あたしの覚えていることで、楽しいことは一つもないわ」

Jが迂闊であった。物心ついて以来、ずっと、非合法SEXビデオに出演させられて来た少女に、甘やかな子供らしい思い出などあるはずもない。

「すまない」

「いいの」マリーは、かぶりを振った。

「ずっと同じような毎日だったから、苦しいとも悲しいとも思わなくなった……明日も、きっと昨日と同じだと思うだけ」

淡々とした口調で、少女は、撮影現場の様子を語った。聞く者にとっても、それは拷問に等しかった。

ジャーマン・シェパードと共演した悍ましすぎる話には、さすがにJも耳をふさぎたくなったが、マリーが話し続けている以上、彼には、それを聞き続ける義務があった。

「大したことじゃないわ……そのことが始まったら、心を軀から切り離してしまえば、何も感じなくなる。そして、軀から力を抜いて、終わるのを待てばいいだけ……そうすれば、その日は生きていられるもの」

抵抗したり頻繁に苦痛を訴えたりする子供は、ドラッグを射たれる。そうすれば、幼くして廃人への道が待っているのだ。

だから、マリーは、スタッフの要求に従うべく努力した。従順であれば、ドラッグを射たれずに済むし、ドラッグを射たれなければ、肉体の鮮度を維持できるから、それだけ商品としての寿命が延びる。

マリーと同じように、幼くして誘拐され、または買われて来た少年少女たちは、当然のことながら、ほとんど教育も躾も受けていなかった。

文字もろくに読めないから、彼らの楽しみは、食べることと寝ること、それに、ＴＶの娯楽番組を見ることとぐらいだ。

あまりにも異常な環境のためか、ニンフォマニアのようになってしまい、撮影が終わっても、仲間と乱交したり、ひたすらマスターベーションに耽る者も少なくなかった。

だが、マリーは、少しでも暇があれば、ひそかに英語の読解力を身につけて行った。英語だけでなく、オランダ語やフランス語、イタリア語、スペイン語などの単語も、片っ端から覚えてゆく。

また、ビデオ制作組織のスタッフや出演者たちの会話にも耳をそばだてて、色々な言語のヒヤリング能力を鍛える。

そして表面上は、他の子供たちと同じように、字が読めないし英語以外はわからないフリをしていた。

だから、関係者たちは油断して、新聞や雑誌だけでなく、組織の重要な書類なども無造作に置いておくことがある。それらの書類の単語を拾い読みするだけでも、マリーは、ずいぶんと貴重な情報を得ることができた。ドラッグも射たれず、常に周囲にアンテナを張りめぐらせて状況を敏感に察知することによって、彼女は、現代の奴隷集団で生き延びて来たのである。

そのマリーも、ダンテ島に送られた時には、もう終りだと観念した。しかし、シルバーハウスの常駐医師である藤原（ふじわら）という日本人が、マリーの熱狂的なファンだったことが幸いした。

飼育棟に監禁されている仔羊（ラム）たちは、定期的に性病などの検査を受ける。その時、藤原医師は我慢できずにマリーを犯してしまった。大事な商品に手をつけたことが発覚したら、スタッフは厳罰を受ける。黄色人種である藤原は、良くて銃殺刑、下手をすれば生きたまま人喰い鮫のいる海へ放りこまれるだろう。

藤原は土下座せんばかりにして、マリーにこの件を喋らないようにと哀願した。沈黙の交換条件として、マリーは、彼に日本語を教えてもらうことにしたのだ。

ダンテ島の会員には日本人もいると仲間の仔羊（ラム）から聞いていたからだ。日本語の会話の内容がわかれば、それだけジャングルの中で逃げるのに有利になる。

それで、マリーは、巨漢のペドファイルである室井などの追跡をかわすことが出来たのであった……。

少しの沈黙の後に、Jは訊いた。

「ご両親のことは覚えているのか」

「わからない。パパの名前も、ママの顔も……自分の本当の名前も」

少女の唇の両端が、奇妙な形に歪んだ。微笑したらしい。

「ひょっとしたら、本当の名前なんか、最初からなかったのかも知れない。だって、あたしは、ルーマニアの病院の新生児室から買われて来たんだって」

チャウシェスク政権が崩壊した時、ルーマニアは内戦状態に陥ったことは、前にも述べた。その混乱の中で、養護施設や病院は、サンクチュアリの手先の狩り場になったのである。

マリーもまた、その時に不法に連れ出された乳幼児の一人なのであろう。そして、おそらくは、ただ一人の生き残りではないのか。

「生きてさえいれば、もっと別の明日がある。現に、今の君は、サンクチュアリの虜じゃないだろう」

「あたしも、普通の生活ができるの？　でも……普通の生活って何？」

Jは胸を突かれた。それは、J自身にも、答えられない質問であった。

「夜になったら、食料を買いこんで、別の車を手に入れる。それまで、眠るんだ」

「はい」

マリーは、おとなしくダンボール箱のベッドに横になる。

しばらくしてから、Jは、その背中に、

「マリー、君は俺が必ず守る」

「……うん」

少女は呟くように言った。

3

マリーが目覚めた時、窓の外には夕闇が迫っていた。雨は上がっている。

Jは、仰向けになって眠っていた。

そばには、完成した八本の万能キイが各々、派手な飾りのあるキイホルダーに付けられて、並べてあった。ベランダの脇には、先ほどまではなかったクーラーボックスが置いてある。

部屋の中には、かすかに刺激臭が漂っていた。

Jの顔には、疲労の影が濃い。

マリーは、彼の裸の上半身に、ふわりとバスタオルをかけてやる。

ちょっと考えてから、バスタオルの端を何度か動かして、形を整える。それで、Jの躯に対して、バスタオルは、きれいに直角になった。

満足げに頷いたマリーは、母親が赤ん坊の寝顔を見守るように、飽きずにJの顔を見つめる。

だが、何の理由もなく、急に、彼女の心に不安の種が芽を出した。

（この人を、本当に信じてもいいのかな……今までに見てきた大人たちと同じように、何か目的があって、あたしを利用しようとしているんじゃあ……あたしにあれをしないのも、信用させるための手口かも知れない……）

一度考えだすと、その不安は風船のように膨れ上がって行った。心臓が勝手に動きを速めて、耳の奥に、どくっどくっどくっ……と鼓動が轟（とどろ）きわたる。

生まれてから、ただの一度も人間らしい扱いをされたことがなく、信頼できる人物に会ったこともないマリーは、心底、誰かを信じるということに、途方もない恐怖を感じているのだった。

気がついた時には——マリーはマンションの外へ飛び出していた。

敷地から道路へ出て、何のあてもなく路地から路地へと歩きだす。

人けのない異国の都市の住宅街を、ただ一人で歩いていると、先ほどの不安が少しずつ鎮まってゆくのがわかった。

同時に、間一髪、ダンテ島の処刑台からＪに救われたことや、Ｊを助けるために武装ヘリの前に姿をさらしたことなどが、次々に頭に浮かんでくる。

（Ｊは他の人と違うような気がする……Ｊは信じられるような……いいえ、Ｊだけは信じたいっ）

街灯の下で、マリーは立ち止まった。

この世の中は、血と汗と体液と排泄物にまみれた永遠の地獄で、自分は、その底を這いずり廻っているちっぽけな虫なのだと、ずっとずっと思っていた。だけど――。

マリーは踵をかえすと、今来た道を早足に戻る。

（逃げてはいけない……誰かを信じなかったら、あたしの人生は、いつまでもドロドロの地獄の底を這い廻っているだけだ。Ｊと一緒に、そこから抜け出すんだっ）

マンションが見えて来た。入口のあたりでＪが待っているのではないか――と都合のよいことを考えたが、人影はない。

敷地の入口から建物の入口までは、まだ舗装が済んでいなくて、地面が剝き出しになっている。先ほどの雨で、土が軟らかくなっていた。

マリーが、水溜まりを避けながら、そこへ足を踏み入れた瞬間、

「――何をしているんだね」

その声に、マリーは全身が凍りついたようになった。

「このマンションは立ち入り禁止だよ」

ゆっくりと振り向くと、制服を着た若い警官が、そこに立っている。

「君はどこの子？　この近くに、外人さんの家はなかったと思うけど」

マリーは咄嗟に、

「ジュ・ヌ・コンプラン・パ」

おっしゃった事がわかりません——という意味のフランス語を口にした。例の藤原医師に、日本人は数ある外国語の中でも、フランス語で話しかけられた時に、一番困惑する——と聞かされていたからだ。

どうせ、ルーマニア人とフランス人の区別なんてつくはずがない。当のフランス人にだって、区別できないだろう。

「イヤティル・ケルカン・キ・パルル・フランセ？」

フランス語のわかる人はいませんか——と早口で畳みかけると、警官は困りきって、

「参ったなあ。フランセ……ってフランス語だろ。全然、駄目だよ」

警官——二十四歳の木内悟巡査は、腰をかがめて、マリーと同じ目の高さになった。

「ポリスってフランス語でも同じだったよな。ポリス、私、ポリス……わかる？」

木内は少女の肩に手をかけて、

「ここォ、危なァいィ。ポリス・ボックスでェ、お話を聞きたいィ。わかるかなァ」

日本語の発音をフランス語風にするという奇策に出た。

マリーは迷った。この手を振り払って逃げ出したところで、事態が悪化するだけだ。しかし、自分が交番に連れて行かれたことをJに伝えなければ、助けにも来てもらえない。どうすればいいのか……。

突然、マリーの頭に名案が閃いた。

「このまま、放っておくわけにもいかんし、署のパトカーを呼ぶしかないかな。ねえ、ポリス・ボックスへ……あ、来てくれるのか」

おとなしく歩きだした少女に、木内は心底、ほっとした。

「よかった、よかった。さあ、こっちだよ」

木内巡査に手を引かれて歩きながら、マリーは、胸の中で呟いていた。

Jならば必ず、あのサインに気づいてくれるはずだ――と。

4

「なんてこった」

室井は吐き捨てるように言った。

「今の見たか。仔羊（ラム）は……マリーは、あの交番の中だぜっ」

バス通り沿いの交番から五十メートルほど離れた薄暗い場所に、トヨタ・ハイエースを停める。

その背後に、ギャラン・VR－4Tが停車した。ドアが開いて、斎藤夫婦が降りて来る。

室井が、後方のスライドドアを電動で開くと、二人はハイエースに乗りこんだ。

斎藤は、煙草を咥（くわ）えた麗子にライターで火をつけてやりながら、

「折角（せっかく）、四時間もかかって見つけたら、警察の手の中かね」

ふるさとの森を出てから、四人のハンターは、マリーが発している電波をつかまえるために、二台のレンタカーに軍用ハンディ・ナビゲーター〈イーグル・アイ〉を一台ずつ積んだ。

そして、彼らは携帯電話で連絡を取り合いながら、東京の調布市や狛江市を捜しまわり、見つからずに川崎市へ南下して来た。

で、ついに、木内巡査によって交番に保護されているマリーを発見したのである。

ハイエースに搭載した〈ウィスパー〉で、警察無線も傍受していたのだが、森の奥で爆殺したラウルの件は、まだ発覚していないようだ。

おそらく、爆発音が直後の雷鳴にまぎれてしまったのだろう。それに、死骸が発見

されたとしても、身元の手がかりになる物は奪ってあるし、あの豪雨で現場も荒れてしまったはずだ……。

麗子が、せわしなくジタンをふかしながら、

「あそこにいるカップが英語に堪能だとは思えないけど、本署に連れて行かれて通訳を手配されたら、おしまいよ。ダンテ島の存在が明るみに出てしまうわ。どうするの？」

それまで沈黙していた龍崎が、冷笑して、

「無論、手はひとつだけです。仔羊(ラム)が交番の中にいる――だったら、警官たちを皆殺しにして、仔羊(ラム)を奪えばいい」

あっさりと言う。

「やるか」

室井の眼が輝いた。斎藤夫婦も、興奮して顔が赧(あか)らんでくる。

「今、道のこちら側から見た限りでは、あそこにいる警官は二人です。奥に、もう一人ぐらいはいる可能性がある。ですから――」

龍崎は、手短に作戦を説明した。

他の三人は、それに賛成して、斎藤夫婦はギャランに戻った。

龍崎は薄手の手袋をして、ワルサーP38を抜き出し、点検する。それから、上着の左右のポケットに、実包の箱を突っこんだ。

室井も手袋をすると、モーゼル・ミリタリーの遊底をスライドさせて、弾倉の第一弾を薬室に送りこみ、安全装置をかける。そして、ジーンズのヒップポケットに、実包の箱を納めた。

ギャランの助手席の窓から、レースの手袋をした麗子の手が出て、親指を立てる。

それを見た龍崎も、窓から手を出して、親指を立てた。

滑らかに発進したギャランの後から、ハイエースも続いて発進する。

三十メートルほど先で二台ともUターンすると、ゆっくりと交番に近づいた。

ギャランは、道路から目隠しをするように交番の前で停まり、ハイエースは、その五メートルほど後ろで停まった。

通行人はいない。交番の両側は空き地になっている。

助手席から降りた麗子は、左手に口の開いたバッグを持っていた。運転席から降りた斎藤のサファリジャケットのポケットは、不自然に膨らんでいる。

交番の表の部屋には、木内巡査と年配の今田巡査長が、マリーと一緒にいた。

今田とマリーはスチールの机に向かって座り、木内は、その脇に立っている。

車から降りた麗子の抜群のスタイルと美貌に、今田たちは思わず見惚れてしまった。

「あのォ、すいません」

微笑しながら、麗子は甘えるような口調で、

「梶ケ谷三丁目のレジデンスハイツ川崎って、どういう風に行ったらいいんでしょう」

麗子を見上げていたマリーは、ハッと顔色を変えた。

「はあ、三丁目ですか」

今田たちの視線が、壁に貼ってある近隣地図の方を向いた瞬間、麗子は、バッグの中からイングラムＭＡＣ10を取り出した。

無警告で、いきなり、今田に向けて発砲する。

フルオートだから、大型掘削機が稼働したような凄まじい銃声が、交番の内部に反響する。

至近距離から、十数発の九ミリ・パラベラム弾を顔と胸部に喰らった今田は、回転椅子ごと後ろに吹っ飛んだ。即死だ。

それを見た木内は、反射的に腰のホルスターへ手を伸ばした。だが、カバーを外してニューナンブＭ60に手を触れないうちに、甲高い銃声が響いた。

木内は腹部に被弾して、倒れる。

彼を撃ったのは、麗子の背後にいた斎藤であった。

マリーは銃を見た瞬間に床に伏せたが、今田の血まみれの死体を見て悲鳴を上げる。

その脇腹を、麗子が尖った靴先で無造作に蹴った。息がつまったマリーは、胎児のように背中を丸めて苦悶する。

斎藤は、その少女の軀を跨ぎ越えて、木内の顔面にルガーP08の銃口を向けた。

「奥に、まだ誰かいるのか」

苦痛に喘ぐ木内巡査の顔に、しぶとい決意の色が走った。

「誰もいない……この二人だけだ……」

歯を喰いしばり、軋むような声で木内は言う。

「そうかね」

斎藤は唇を歪めて、引金を絞った。

銃声がして、ルガーP08独特のトグル・ジョイントが、逆V字型に後退した。金色の薬莢が、斜め後方へ弾き出される。

額の真ん中を撃ち抜かれた木内は、後頭部が破裂してしまう。頭蓋骨の中身が、髪の毛の束と一緒に床にぶちまけられた。

その時、奥の部屋から銃声がして、三八スペシャル弾が手前の部屋の天井にめりこんだ。

斎藤と麗子は、ぱっとしゃがみこむ。

「て、抵抗は止めろ……銃を捨てるんだっ」

奥にいた三人目の森脇巡査が、両手でニューナンブを構えているのが、半開きになっている境のドアの隙間から見えた。

麗子が、イングラムを使うまでもなかった。

森脇巡査の右手にある窓が、続け様の銃声とともに、粉々に砕けて飛び散る。外から、室井がモーゼル・ミリタリーを撃ったのだ。

全身に四発の銃弾を浴びた森脇は、床に叩きつけられる。右手からニューナンブが落ちたが、カールコードで腰の帯革に繋がっているので、遠くへは転がらない。

裏口のドアが開いて、龍崎と室井が入って来た。

「こんばんは」

嘲るように挨拶すると、ワルサーで、痙攣している森脇の左胸に二発撃ちこむ。

森脇巡査は動かなくなった。

血溜まりを踏まないようにして、龍崎と室井は、表の部屋へ出て来る。

交番の内部には、硝煙と血の臭いが充満していた。銃撃戦というよりも、ハンターたちの一方的な虐殺であった。

木内巡査たちが、警戒不足なのではない。日本の交番の建物も、警察官の訓練も、銃器で武装した複数の犯罪者に襲撃されるという事態を想定していないのだ。まして、その先兵がゴージャスな美女である可能性など、誰も考えつかないだろう。

龍崎は、スチール机の上にあった書きかけの迷子用の保護カードを見つけると、それを奪った。

「みんな、二階級特進できるんだから、僕らに感謝してますよ。さあ、行きましょう」

「よいしょっと」

室井は、床に倒れているマリーを軽々と抱き上げる。その柔らかな獲物の感触に、陶然とした表情になった。

5

Jは、交番まで二十メートルほどに迫った時、複数の銃声を聞いた。

瞬間的に、ダンテ島からの追跡者が交番を襲ったのだと直感する。銃声の始まりがフルオートだったからだ。

(まさか……っ!)

交番の警察官が、フルオートの機能がある銃器を持っているわけがない。

――つい先ほど、眠りから覚めたJは、帽子と半袖のカーディガンを残してマリーの姿が消えていることに気づいた。トイレの中にもいなかった。

外へ出てみると、濡れた地面の上に二種類の足跡を見つけた。一つはマリーのもの、もう一つは、大人の男性のものであった。

そして、マリーの足跡のそばに、〈PB〉と読める跡が残っていた。どうやら、靴の爪先で、とっさに書いたものらしい。

PBが〈ポリス・ボックス〉であることは、すぐにわかった。そして、一番近い交番がバス通りにあったことも、Jは思い出した。

経過はわからないが、マリーは警邏中の警官に連れて行かれたに違いない——すぐに部屋に引き返したJは、買いこんだ品物を詰めたスポーツバッグと、クーラーボックスを持って、建物から出た。

そして、黒の4WDに乗って、バス通りへ出たのである。

非常にまずい事態だ。身分を証明する物を所持していないし、乗っている車が盗難車なのだから、Jが正面から交番へ入ってゆくわけにはいかない。

とにかく、交番の前を通って様子を見ようとしたのだが、もっと最悪の事態が発生したのである。

相手は銃を持っているのに、こちらの武器はナイフだけなのだ。それと……。

交番の手前に、ダークブルーのワンボックスカーが、その前方に臙脂色の乗用車が停まっているのが、見えた。

そして、マリーを肩に担いだ巨漢が、ワンボックスカーに近づいている。

「！」

Jは、とっさに、アクセルを踏みこんだ。

加速した4WDは、トヨタ・ハイエースの後部に激突する。リア・ウィンドウが粉々になって、ハイエースは衝撃で斜めになりながら、ギャランに玉突き衝突する。

4WDの方は、頑丈なバンパーのおかげで無傷だ。

後ろに跳びのいた巨漢――室井は、呆然としていた。

Jは、4WDをバックさせると、室井に向かって突っこむ。

「わっ」

室井の巨体は、バンパーではね飛ばされて、吹っ飛ぶ。そして、マリーの軀は4WDのボンネットの上に落ちた。

シートベルトを外したJは、ドアを開けて身を乗り出し、片手でマリーを運転席に引っ張りこんだ。

その時、麗子のイングラムのフルオート射撃が、4WDの左側のヘッドライトを破壊した。だが、一本の弾倉の装弾数が三十二発で、交番の中で半分は消費しているから、すぐに弾が尽きる。

Jは、車を二十数メートルほどバックさせた。

そして、マリーを助手席に移すと、緩衝材を詰めたクーラーボックスの中から、大きなインスタント・コーヒーのガラス壜を二本、取り出した。

その中身は、ガソリンに市販の二種類の物質を混合した簡易焼夷剤だ。上蓋の裏側には、濃硫酸を入れたアンプルが取り付けてあり、これが起爆剤となる。

龍崎と斎藤が撃ってきたが、距離があるので、4WDの車体にも当たらない。

しかも、信じられないことに、巨漢の室井が起き上がっているではないか。とてつもなくタフな奴だ。

再び運転席のドアを開けると、Jは、二本の焼夷弾を連続して投げつけた。

最初の一本がギャランの屋根に命中して、濃硫酸と焼夷剤が反応を起こし、爆発的に炎上する。次の焼夷弾は、ハイエースのひしゃげた後部に命中し、これも炎に包まれた。

「しまった！」

「ダーリン、大変っ！」

斎藤たちは、銃を撃つどころではなくなった。ギャランの中からバッグなどを持ち出そうとするが、ドアノブに手がかけられる状態ではない。

龍崎の方は、素早く助手席のドアを開けると、ダッフルバッグなどを外へ放り出す。

それから、ウィスパーとイーグル・アイをかかえて、車外へ脱出する。

「逃げろっ、車が爆発するぞっ」

龍崎は、斎藤夫婦に言った。室井がバッグを一纏（ひとまとめ）にしてかかえて、走り出す。

斎藤と麗子も仕方なく、走り出した。

その背後で、ギャランのガソリンタンクが爆発した。四人は爆風で、道路に倒れる。爆発の炎は、交番までも呑みこんだ。

そして、起き上がりかけた四人の脇を、黒の4WDが猛スピードで走り去る。

「大丈夫か、マリー」

バックミラーで後方の火災を確認しながら、Jは訊いた。

「すまない。あいつに車をぶつけるのは危険だったが、他に手がなかったんだ」

「……………J」

マリーは、彼のフィッシング・ヴェストを握った。

「どうした、どこか痛むのか」

「助けに来てくれたのね」

ちらっと少女の方を見て、Jは、笑って見せる。

「約束しただろう、必ず守るって」

「そう……そうよね……でも、嬉しい」

マリーは、彼の左腕に顔を伏せた。Jは、その左腕で少女の肩を抱いてやる。

救出劇は思った以上に上手くいったが、事態は一層、悪化してしまった。

あれだけの事をしでかした以上、Jたちは、ダンテ島から来た四人のハンターだけではなく、警察からも追われる身となったのだ。

第六章　鬼畜の宴

1

「あのマンションはどうだ」

世田谷通りに架かった横断歩道橋の手前で、斎藤明男が言った。

先に、道路に面して五階建てのマンションが建てられ、その後に、歩道橋がマンションに密着するような形で造られたらしい。

歩道橋の階段の踊り場と、マンション二階の端の部屋のベランダとの間隔は、一メートル半ほどしかなかった。

しかも、街灯は、歩道橋の向こう側の離れた場所にあるので、その踊り場やベランダの辺りは薄暗くなっている。

ベランダには給湯器の外部ボイラーとエアコンの室外機があった。

そのベランダに面した部屋はカーテンが閉まり、灯りはついていないが、その室外機は稼働しているから、住人が中にいるのであろう。

「いいでしょう。いつまでも四人でうろついていると、職務質問に引っかかってしまいますからね」

龍崎達彦が言う。

梶ケ谷東交番襲撃という凶行——それから、小一時間ほどが過ぎていた。

龍崎たち四人のハンターは、三人の警察官を皆殺しにして、仔羊（ラム）のマリー・O（オー）を捕獲したと思った瞬間、例の侵入者に奪回されたのである。

しかも、二台のレンタカーを簡易焼夷弾で燃やされてしまい、マリーたちを追うどころではなくなってしまった。銃器と一緒に実包の箱を身につけていたのは、幸いといえる。

こうなったら、警官の死体が転がっている現場から、出来るだけ遠くに逃れなければならない。

タクシーでは顔を覚えられる怖れがあるので、四人は梶が谷駅から電車に乗り、県境を越えて東京都へ入ると、世田谷区の三軒茶屋駅で降りた。

警視庁——すなわち、東京都警察本部と神奈川県警本部が不仲なのは有名な話である。

だから、現職の警察官三名が射殺されるという大事件ではあるが、管轄が違えば手配にも乱れが生じる可能性があるのだ。

そして、ハンターたちは、今夜の〈宿泊場所〉を物色していたのである。

レンタカーを借りた時に、室井登と斎藤が使ったのは偽造免許証だから、本名や身元がばれる心配はない。だが、次に車を借りる時には、龍崎か麗子が契約した方がいいだろう。

「早く熱いシャワーを浴びたいわ」と麗子。

「俺も腹が減って死にそうだよ」

バックパックを背負った巨漢の室井も、情けなさそうに言う。

斎藤夫婦は、炎上したギャランから自分たちの荷物を取り出せなかったので、三軒茶屋の駅前で買ったナイロン地のバッグに、着替えの服や下着などを入れてある。

「じゃあ、見張りを頼む」

そのバッグを麗子に預けて、斎藤は歩道橋の階段を上がって行った。

龍崎たちは、さりげなく三方に散って、周囲を見張る。車の流れは多いが、通行人は見当らなかった。

そのベランダには、歩道橋からの侵入者を防ぐために、並の大人の背丈よりも高い柵が付けられていたが、庇と柵の上部との間が五十センチほど開いている。

靴を脱いだ斎藤は、歩道橋の踊り場の手摺りの上に乗ると、さっとベランダに飛び移った。そして、スルスルと柵を登ると、その上からベランダの内側へ音もなく降りる。

見事な手並みだったが、斎藤に窃盗の前科があるわけではない。

銃器を所持しているという安心感が、たとえ見つかっても、目撃者を皆殺しにすればいいという絶大な自信となって、彼の動作をスムーズにしているのだった。

四人のハンターは、普通の犯罪者が味わう不安感や恐怖感とは無縁なのだ。それゆえ、彼らは、とてつもなく大胆不敵で危険極まりない存在なのである。

ルガーP08を抜くと、斎藤はガラス戸に手をかけた。案の定、背よりも高い柵に守られているという心理的な油断があって、内鍵はロックされていない。

ガラス戸を開けた斎藤は、滑るようにして中へ入ると、戸を閉じた。

それを見届けた三人は、すぐに行動を開始する。麗子が、斎藤の靴を拾ってバッグに入れると、三人で足早にマンションの入口へ向かった。

斎藤が侵入した201号室の前で、待つ。あまり上手ではない字で、〈高橋信明（たかはしのぶあき）・渡辺朝美（わたなべあさみ）〉と書いた表札が掛けてあった。

内部でドアチェーンとロックの外れる音がして、ドアが静かに開いた。

中から斎藤が顔を見せて、無言で頷く。三人は物も言わずに、無駄のない動きで部屋へ入った。

「何人？」と龍崎。

「一人だ。しかも」斎藤は目を輝かせて、

「若い男なんだよ。拳銃で殴って気絶させてある」

その部屋は二ＤＫになっていた。八畳ほどの広さのダイニングキッチンと、和室が六畳と四畳半の二間だ。浴室とトイレは分かれている。

ベランダに面しているのは六畳間で、インテリアや机の上の本の量からして、どうも浪人生同士のカップルの同棲のようだ。

アルバイトで苦労している様子もないから、親からたっぷりと仕送りがあるのだろう。

ダイニングキッチンに、二十歳ぐらいの若者が横向きに倒れていた。これが、高橋信明に違いない。

素肌にアロハシャツ、それにニットのショートパンツという姿で、背丈は普通だが瘦せてヒョロリとした体型だ。胸の厚みが、ウエストと同じくらいしかない。だが、太腿や脛(すね)の体毛は意外に濃かった。

草食動物のように、おとなしそうな顔をしている。薄く髭が伸びていた。

「やれやれ、涼しい部屋に入ると生き返るなあ」

バックパックを下ろして、室井が、六畳間のソファに腰をおろす。

４ＷＤがぶつかったというのに、打ち身程度で骨折も何もなく平然としていた。空手で鍛えたとはいえ、驚くべきタフネスである。

「あたし、先にシャワー使うわね」

浴室に入ろうとした麗子に、室井が情けなさそうな声で、

「おいおい。その前に晩飯を作ってくれよ」

「あんたねえ、食事の用意は女がするものだと決めつけるわけ？　今時、そんなこと言うのは、文明から取り残された野蛮人だけよ」

キッと室井を睨みつけると、さっさと浴室へ入ってしまう。

「悪かったな、野蛮人で。だけど、エレガントなレディは、イングラムＭＡＣ10なんか振りまわさねえと思うぞ」

「食事の支度なら、僕がやりますよ」

上着をハンガーにかけながら、龍崎が言った。

「斎藤さんも忙しいようだし」

「す、すまんな、龍崎くん」

高橋を四畳半の部屋へ運びこんだ斎藤は、涎を垂らしそうな表情になっている。

「いいんですよ。斎藤さんが犯ってしまった方が、そいつも扱いやすくなるから」

斎藤は、高橋のアロハシャツを脱がせると、梱包用のプラスティックの紐で、背中側で両手首を縛った。

それから、ショートパンツとその下のトランクスを一緒に脱がせる。

さらに、斎藤は、若者にタオルで猿轡を嚙ませた。

「なあ、ビールあるかい」

ＴＶをつけた室井が、のんびりした口調で訊く。

「国産ですよ」

冷蔵庫を覗いている龍崎が言った。

「俺はバドしか飲まねえんだけど……まあ、いいや。ちょうだい」

龍崎は中サイズの缶を、ヒョイと放って、

「この中にある食材だと、今夜のメニューは和風スパゲッティとハムサラダってところですね」

「麺類じゃ力がでないけどな。ドカッと大盛りで頼むよ、ドカッと」

室井は、年下の龍崎に甘えるように言って、プルタブを引く。画面の中では、関西出身の下品な女性コメディアンが、丼よりも大きな口を開いて、卑猥な俗語を喚いていた。

「はいはい。ウィスパーとイーグル・アイを、よろしく」

「ああ、わかった」

その時、高橋という若者が異様な呻きを洩らして、気絶から醒めた。下半身だけ裸になった斎藤から、いきなり、背後の門を男根で抉られたのである。

前戯も何もない上に、小男のくせに斎藤のそれは、ひどく巨きかった。ビール壜ほどもある黒々とした巨根なのだ。

その長大で硬い肉塊が、高橋の排泄孔に半ばまで埋まっている。当然、内部粘膜や括約筋が裂けて出血していた。

斎藤明男――実は彼は、男性専門の強姦殺人鬼なのである。

それも、ダンテ島では仔羊（ラム）の幼い少年たちの排泄孔を犯し殺すことで我慢していたが、本当は、ホモセクシュアルではないストレートの成人男性を、無理矢理に犯しまくるのが趣味という凶人なのだ。

「んぐ……ぐっ！」

全身から脂汗を噴き出しながら、高橋は膝で這って逃げようとした。

が、斎藤は背後から彼の髪を左手でつかむと、右手のナイフを首筋にあてがう。そのナイフは、龍崎が横浜駅前の店で買って、皆に配ったものの一本だ。

高橋は凍りついたようになった。

「動くと困ったことになるよ」

若者の耳朶（じだ）をペロペロと舐（な）めながら、斎藤が囁（ささや）く。

「君も、その若さで死にたくはないだろう。おとなしく臀（しり）を差し出してるんだ。なに、大したことじゃない。君が男じゃなくなるだけなんだからね」

そのまま、斎藤は腰を進めた。巨根が根元まで、若者の体内に没する。

「〜〜〜っ‼」

躯が真っ二つになるような激痛の中で、高橋は仰けぞった。

「んんっ、よく締まる。やっぱり、初物はいいなあ」

斎藤は、うっとりした声で言う。

世界の犯罪史上、最も有名なホモセクシュアル殺人鬼は、〈ミルウォーキーの食人鬼〉と呼ばれたジェフリー・ダーマーであろう。

ダーマーは身長百八十五センチ、金髪のハンサムな白人だったが、他人との付き合いが苦手で友達もいなかった。根っからの同性愛者で、女性との性的体験はなかったらしい。

十八歳の時に、彼は行きずりの男性と初体験し、直後に、その相手をバットで殴り殺した。

それから、陸軍に志願し、除隊後はミルウォーキーの工場に勤める。

そして、ゲイバーや酒場で黒人の若者をハントし、自分のアパートに連れこんでは睡眠薬入りの酒を飲ませると、手錠でベッドに拘束した。

ダーマーは、無抵抗の相手を強姦して殺し、さらに死体を凌辱して写真を撮り、被害者の肉体をナイフや電動ノコギリでバラバラにすると、その肉塊を生のままで、またはフライにして、喰っていたのである。

その犠牲者は、五年間で十六人に及び、その中で一人だけ、十四歳のアジア人の少年が犠牲になっている。

一九九一年七月――警察隊が、ダーマーの部屋に踏みこむと、そこは堪え難いほどの腐敗臭にみちて、冷蔵庫の冷凍室には人間の生首が三つ納まっていた。キッチンの鍋では、脳みそや手足が煮込みになっており、ガラス壜の塩水の中には切断された男性器が浮かんでいたという。

あまりにも凄惨な現場であったため、捜査員全員が、後で専門家のカウンセリングを受けねばならなかったほどである。

イギリスの最多連続殺人犯のデニス・ニールセンは、一九八三年に逮捕されるまで、十五人の男性を殺した。ダーマーと同じく、ニールセンはパブで相手を拾ってＳＥＸし、絞殺し、何日間も死体と暮らして交わり、その写真を撮っていた。

最近の例としては、世界的に有名なスティーヴン・スピルバーグ監督のストーカーだった三十一歳の男が、カリフォルニア州の上級地方裁判所で有罪を宣告されている。

その男――ジョナサン・ノーマンは、二十歳近くも年上の監督を、彼の家族の前で強姦したいという奇怪な願望に取りつかれていたのだ……。

「ああ、斎藤さん。同居の女の子がいつ帰るのか、訊いといてください」

ガスレンジに大鍋をかけて点火しながら、龍崎が言う。

彼も室井も、斎藤の同性強姦の様子など見慣れているので、まるで気にしていない。

室井はビールを飲みながら、警察無線傍受機の電源を入れて、周波数を調整している。

「聞こえたろう。一緒に住んでる女の子は、いつ、帰って来るの。もうすぐ？　それとも、遅いのかな？　答えないと、こうだよ」

斎藤は、ぐいっぐいっと腰を使った。悲鳴を上げることすら出来ない若者は、必死で頭を横に振る。

平穏な自分の日常の中に、突如、無法非道な集団が乱入して来て、生命の危機に陥る――という状態が理解できずに、発狂しそうな表情になっていた。

そもそも、男である自分が男に犯されるという事態が、彼の想像を超えているのだろう。

しかも、手首を縛ったプラスティック紐の留め具には戻り防止の爪が付いているので、暴れれば暴れるほど、きつく締まってしまうのだ。

「答える気になったのか。一時間後かい」

高橋は頷いた。

「一人だろうね。友達か誰かを連れて来ることはないね。他に誰かが、今晩、訪ねて来る予定もないだろうね」

再び、高橋は頷いた。同性強姦魔の斎藤は、ニヤリと嗤って、

「――だ、そうだよ、龍崎くん」

「わかりました。後は、お好きなように」

ロースハムに包丁を入れながら、龍崎は言う。

「じゃあ、遠慮なく」

ナイフを哀れな高橋の顔の脇に突き立てると、斎藤は、本格的に律動を開始した。

あまりの激痛に背中を痙攣させる高橋の内腿に、鮮血が流れ落ちた……。

2

「あっ、馬鹿！」

佐伯亮輔刑事が罵るのと、急発進したマツダ・カペラが前方に駐車していたニッサン・マキシマの右後部に追突するのが、ほぼ同時であった。

新宿区西戸山公園近くの路上、コンビニエンス・ストアの前だ——川崎市高津区の交番襲撃から、すでに二時間ほどが過ぎている。

カペラのフロントが潰れて、歪んだボンネットが口を開いた。ラジエーターからは、白い蒸気が噴き出す。

佐伯が助手席側のドアを開き、同僚の石原刑事が運転席側のドアを開いた。

「道交法違反の現行犯っ」

追突のショックで朦朧としている男を、佐伯は車の外へ突き飛ばした。石原が、路上に転がった男に、すぐに手錠をかける。

「そして、毒物及び劇物取締法違反だっ、いらん罪を重ねやがって」

佐伯は、イグニッションからキイを抜き取った。

助手席の床に置かれた箱の中には、栄養ドリンクの壜が数十本、入っている。中身は有機溶剤のトルエンだ。それも、〈純トロ〉とか〈マグロ〉とか呼ばれる、純度九十九パーセントの上物であった。

ちなみに、純トロは〈純粋トルエン〉を略した呼称だし、さらに、〈トロ〉からの連想でマグロという隠語が生まれた。

しかし、鉄道の轢断死体を指す隠語もまた——ブツ切りからの連想なのか——〈マグロ〉というのだから、ややこしい。

ポロシャツにサマージャケット姿の佐伯亮輔は、大久保署生活安全課二係の主任である。四十六歳だが、階級は巡査部長だ。

背は低いが猪首で、がっしりした頑丈そうな軀つきである。顔は、平家蟹に似ていた。額は普通の人よりも狭いくらいで、髪の生え際はクッキリと濃いくせに、頭の天辺がゴビ砂漠のようになりかけているのが、悩みの種だ。

生活安全課二係は、主に薬物と売春を扱っている。

ヘロイン、コカイン、覚醒剤のように国外から持ちこまねばならぬ非合法ドラッグと違って、〈シンナー〉と総称される有機溶剤は、工業製品として市場に流通しているため、比較的入手が容易だ。価格も、非合法ドラッグより安い。

そのため、日本では一九六〇年代から、お手軽なドラッグとして広まり、現在でも十代から二十代の若者層に蔓延（まんえん）している。

だが、有機溶剤は、快楽を得るためのドラッグとしては最低のものであり、その副作用や後遺症は深刻だ。常用すると脳組織や骨を溶かし、精神を破壊する最悪のドラッグなのである。

幻覚剤的な性質も持っているので、危険な被害妄想にかられた中毒者が、無関係な人々を襲い死傷させるという事件を数多く引きおこしている点も、社会的に重大な問題だ。

暴力団が支配するトルエンの密売市場の規模は、大久保署と隣の新宿署を合わせただけでも、年間十六億円といわれる。

昔は、末端の組員が小遣い稼ぎに売ることが多かったが、暴力団新法のために収入が激減したことと、覚醒剤などの非合法ドラッグの取締が厳しくなったことなどから、組織暴力団が組ぐるみでトルエン密売に乗り出すことも、珍しくなくなった。

何しろ、正価二千円ほどの十六リットル缶が、小分けして栄養ドリンクの壜に詰めると百六十本ほどになる。これが一本、二千円で売れるのだから、諸経費を差し引いても原価の百五十倍にもなるのだ。

それでいて、非合法ドラッグよりも手間がかからず、逮捕される確率が低いのだから、裏社会の住人にとっては魅力的な商売だ。

そんな商売をのさばらせておくわけにはいかないから、今夜、大久保署の生活安全課が張り込みをして、トルエン密売の現場を押さえたというわけだ。

密売人は、綾小路組の末端組員の柿崎、それに暴走族くずれの後藤という若者の二人組である。

後藤が、道路の東側で客を捕まえては代金を受け取り、道路の西側に駐車してあるカペラのところへ客が行くと、柿崎が黙ってドリンク壜を渡すという、使い古された手法である。

柿崎が、中学生風の少年に壜を渡した瞬間に、佐伯たちは飛び出した。それを見た柿崎が、泡を喰ってカペラを発進させ、追突してしまったのだ。

トルエンを買った少年も、柿崎も、他の捜査員たちが押さえている。

追突されたマキシマには、誰も乗っていなかった。振り向くと、コンビニの入口には、体格のよい男と小さな女の子が立っている。

突然の捕物劇に驚いているようだ。

「あなたのお車ですか」

一般市民に余計な恐怖を与えないように、なるべく人畜無害の顔をして、佐伯が尋ねると、

「いえ、違います」

ジーンズのジャケットを着た男は、軽く頭を下げて、女の子の手を引いて高田馬場駅の方へ歩き去った。

女の子は、キャップを目深にかぶっているので、顔は見えなかったが、後ろ髪は美しい金髪であった。食料品の入った白いポリ袋を下げている。

男の方は、頭にバンダナを巻いて、大きなスポーツバッグを肩から下げていた。日焼けした、タフそうな顔立ちの男だった。

(今時、日本人の男に、金髪の娘がいても不思議じゃないが……)

佐伯は周囲を見回したが、マキシマの持ち主らしい人物はいない。運転席を覗くと、キイはついていなかった。

その車のナンバーを読むと、佐伯は待機していた覆面パトカーのところへ行って、運転席の川上刑事に、通信司令本部への照会を頼んだ。

それから、コンビニの入口でウロウロしているアルバイトらしき従業員に、

「あなた、あのマキシマの持ち主を見ませんでしたか」

「さあ……でも、さっき出て行ったお客さんが、そうだったような」

気弱そうな若者は、ぼそぼそと自信なさそうに答える。

「ここ、防犯カメラは有りますよね」

「はい。あそこに」

若者は、店の天井の一隅を指差した。

ならば、あの二人の姿が記録されているはずだ――と佐伯は考えた。

「佐伯さんっ」

ただならぬ声で、川上が呼んだ。佐伯は、すぐに覆面パトカーの方へ戻る。

「あの車、盗難車です！　一時間ほど前に、世田谷で盗まれた車だそうですっ」

佐伯は、バッと顔を上げて、二人が歩き去った方を見た。もう、姿は見えない。

「本部へ連絡っ、犯人は長身の三十歳前後の男で、十歳くらいの金髪の少女を連れており、誘拐の可能性ありっ」

それだけ言うと、猪のように走りだしていた。

「くそっ、舐めやがって！」

佐伯は赤鬼みたいに顔を真っ赤にして、高田馬場駅の方へ全力で走る――。

3

ガバッと浴槽から顔を上げてやると、渡辺朝美は鼻孔から大量の水を噴き出して、激しく咳きこんだ。しかし、タオルで猿轡を噛まされているので、うまく空気を吸うことができない。

「わあ、凄い。まるで鯨みたいね」

朝美の髪を鷲(わし)づかみにしている斎藤麗子は、ニヤニヤと嗤(わら)いながら腰を使う。

浴室の中で、全裸の麗子は、やはり全裸の朝美を四ん這いにして、後ろ手に縛り、背後から犯しているのだった。

窓のない浴室だし、換気扇(ファン)も回していないから、外へ音が洩れる心配は少ない。

麗子の腰には、T字型のベルトによって、疑似男根(ディルドゥ)が装着されている。ただのディルドゥではなく、太く長く、表面には無数の突起がついており、まるでニガウリのような形状だった。

そいつで掻きまわされたのだから、朝美の内部は、すでにズタズタになっている。

アルバイト先から帰宅した朝美は、いきなり龍崎たちに拳銃を突きつけられ、何が何だかわからないうちに裸にされて、麗子のディルドゥに貫かれたのである。

ただ犯すだけではなく、麗子は、彼女の頭部を浴槽の水の中に浸けては、溺死寸前に引き上げるという残酷な行為を繰り返していた。

Ｔ字型ベルトの内側には、外側のディルドゥと対になる形で、弾力のある細身のディルドゥがあり、それが麗子の体内に納められている。そして、呼吸ができない被害者のもがきや痙攣が、そのディルドゥを通して、麗子に伝わるという仕掛けなのだ。

つまり――この斎藤麗子は、レズビアン殺人鬼なのである。ホモ強姦殺人鬼の斎藤明男とは、まことに似合いのカップルであった。

男が女を犯して殺すのは、残念ながら珍しい犯罪とはいえない。が、それに比べれば、斎藤やジェフリー・ダーマーのように男相手の強姦殺人鬼というのは、数が少ないのだ。

それよりも少ないのは、女が女を凌辱して殺すという殺人だ。だが、希少ではあるけれども、皆無ではない。

一九八〇年――アメリカのジョージア州ダルトンのモーテルで、十九歳の少女が百カ所も滅多刺しにされて殺された。

犯人は、麻薬中毒者のダニー・バットラムと十八歳のジャニスという夫婦者だった。妻が少女を押さえつけ、夫が強姦した。被害者が激しく抵抗したので、二人は殴りつけ、ポケットナイフで少女の軀のあちこちを刺した。

ダニーが、抵抗の弱まった少女を俯せにして肛門を犯している間も、ジャニスは彼女を刺し続けた。

満足した夫が一休みしていると、ジャニスは、瀕死(ひんし)の少女の股間を舐めまわしながら、腹部を二十センチも切り裂いたのだ。

それでも生きていた少女の直腸と膣に、口の周りを血まみれにしたジャニスは、電動歯ブラシのホルダーを突っこんで、息絶えるまで凌辱したのである……。

また、一九六一年――オレゴン州の公園で、幼い兄妹が惨殺される事件が起こった。六歳の兄は殴られ絞め殺され、タイヤレバーで性器を切断されて、高さ百メートルの断崖から突き落とされた。四歳の妹もまた、性器を切りとられ、生きたまま断崖から突き落とされたのである。

この犯人は、全身に彫物(タトゥー)を入れたレズビアンの男役(タチ)で、十九歳のジーネス・フリーマン。

ジーネスは、愛人(ネコ)である三十七歳の女と一緒に、この冷血極まりない殺人事件を起こした。しかも、被害者の兄妹は、何と、愛人の子供だったのである。

従犯にして被害者の母親である愛人の方は、終身刑を宣告されたが、七年後には仮釈放された。

主犯のジーネスは、第一級殺人で死刑の宣告を受けたものの、オレゴン州が死刑を廃止したために終身刑に減刑され、さらに二十数年後に釈放された。

犯罪自体も残酷だが、最も驚くべきは、服役十四年目に、ジーネスが新聞社に送った公開状である。

この中で、彼女は、自分は愛人を殺そうとしただけなのに、愛人が少年を盾にしたから、誤って殺害してしまったのだ——と弁明した。さらに、自分がレズビアンになったのは、四歳の時にレイプされたからで、裁判で有罪になったのは、自分がレズビアンだから差別されたのだ——と主張した。

そして、仮釈放審議会に、自分の犯した罪を償うには十四年の刑期で、もう「十分だ」と訴えている。勿論、仮釈放審議会は、彼女の主張を無視した……。

「信明っ、助けて！」

猿轡を噛まされている朝美が、ダイニングキッチンの方へ首をねじ向けて、不明瞭な声で叫んだ。

だが、キッチンの向こうの部屋に転がされている高橋の足が見えるが、彼はピクリとも動かない。

それもそのはず、高橋は彼女が帰宅する直前に、斎藤に犯されながら睾丸をペンチで潰され、悶死していたのであった。

「残念ねえ、彼氏はオネムみたいよ」

そう言って、麗子は腰を回した。凶暴な形状のディルドゥに抉られた朝美は、結合部から鮮血を溢れさせる。

ダンテ島では、幼い少女しか殺せなかったから、久々に大人の女をいたぶることが出来て、麗子は実に楽しそうであった。

龍崎はキッチンの椅子に座り、寛いだ様子でホットの紅茶を飲みながら、レズ殺人鬼の蛮行を眺めている。彼は、朝美の軀に指一本触れていないし、犯される娘を見物しても勃起していなかった。

ペドファイル殺人鬼の室井は、初めのうちこそ、朝美の服を脱がせたり、性器に指を突っこんで悪戯していたが、すぐに飽きてしまった。成長した女体には興味がないのだ。

今は、警察無線を流し聴きしながら、TVの吹き替えのアメリカ映画を喰いいるように見ている。それは、『フリッパー』という健全無害なファミリー・ピクチュアで、イルカと友達になる可愛い男の子の桜色の乳輪を見つめて、室井は涎の垂れそうな顔をしていた。

斎藤はというと、トランクス一枚の姿で、妻の麗子の汗を拭いてやったり、ダイエットペプシを飲ませてやったりと、甲斐甲斐しく嬉しそうに世話をしている。

「ねえ、ダーリン。試してみる？」

律動を続けながら麗子が言うと、斎藤は目を瞬かせて、

「ん……そ、そうだな。久しぶりにやってみるか」

斎藤はトランクスを脱いだ。高橋の体内に三度も放った長大なものが、ダラリと下を向いている。

麗子が、朝美の猿轡に使っていたタオルを外して、彼女の首に巻いた。斎藤は、喘いでいる朝美の顔の前に、柔らかい男根を突き出す。

「さあ、ご主人様のものをしゃぶりなさい。心をこめてご奉仕するのよ。歯なんか立てたら、こうだからね」

彼女を貫いたまま、麗子は、濡れタオルをひねった。喉を絞められた朝美は、必死で頷く。

そして泣きながら、恋人の排泄孔を犯した肉塊を、口に含んだ。懸命に舌を使う。

朝美は前後から、斎藤夫婦に犯されている格好だ。

しかし、斎藤の祈るような真剣な表情にもかかわらず、彼の生殖器は何の反応も示さない。

「……もう、いいや」

斎藤は、ずるりと彼女の口腔から男根を引き出すと、トランクスを穿いた。高橋の死体が転がっている部屋へ戻って、座りこむ。

この斎藤明男は、根っからのホモセクシュアルではなかった。

七年前――彼は、最初の妻の芳恵（よしえ）とアメリカに渡り、アリゾナ州フェニックスの宝石店で働いていた。

ある日、生後半年の息子の勇（いさむ）の具合が悪くなったので、近所の医者に連れていったところ、いきなり、警察官がクリニックに踏みこんで来て、斎藤夫婦は緊急逮捕されてしまった。

実は、無知なアメリカ人の女医が、勇の臀部（でんぶ）にある蒙古斑（もうこはん）を見て折檻（せっかん）の跡と勘違いし、警察に通報したのであった。

児童虐待の疑いで逮捕された斎藤は、取り調べも何もなく、妻とは別々に、留置場に叩きこまれた。

そこには、大勢の犯罪常習者たちが待っていた。そして、「ガキをいたぶるような奴は、人間の屑だ。俺たちが成敗してやる」という勝手極まる理屈で、彼らに集団で肛門強姦されたのである。

中年にさしかかった斎藤でも、彼らからはアジア人の男は若く見えるし、小柄なために、まるで少年を犯しているような快感があるらしい。

順番を待ち兼ねた大男たちは、斎藤の口の中に男根をねじこんだ。

偶然にも、その留置場にいた全員がホモセクシュアルだったのではない。ほとんどの奴は、性欲を発散するためではなく、黄色い猿を面白半分に痛めつけるために犯したのであった。

朝になって、看守に檻の中から引き出された時には、斎藤は下半身を血まみれにして息も絶え絶えの有様であった。無論、彼の胃袋の中には、大量の精液や尿が詰まっていた。

警察の嘱託医によって、勇の臀部の蒙古斑は虐待のためではないと証明された。しかし、その時点では、もう手遅れであった。

妻の芳恵もまた、女性用の檻の中で、同性から残酷な凌辱を受けていた。

傷が癒えた斎藤夫婦は、警察や女医を訴えようとしたが、彼らの行為は適法であったと退けられてしまう。芳恵はショックから立ち直れずに、斎藤と離婚し、勇を連れて日本へ帰った。

斎藤もまた、同性輪姦と離婚の二重のショックによって、不能になってしまった。

アキ・サイトーの名前で、宝石デザイナーとして成功してからも、毛色の違う美女たちとベッドを共にして濃厚なサービスを受けたが、勃起せずに軽蔑されたり罵倒されたりした。

ただ、金で買った売春夫の背後の門を責める時だけは、雄々しく屹立できた。が、それも、絞殺寸前まで首を絞めたり痛めつけたりしないと満足できない。

自分が大男たちに輪姦された時の、脳細胞が沸騰するような記憶を思い出しながら、相手を痛めつけないと、性交を行なえなくなってしまったのだ。

そんな時、斎藤は、新作ジュエリー・ショウのモデルを務めた日本人の麗子と意気投合し、久しぶりに女性と同衾した。

結果はいつも通り、役立たずのままだった。

いつもと違うのは、麗子が彼を嗤ったりせずに、やさしく慰めてくれたことである。感激した斎藤は、自分がホモ強姦でしか満足できない異常者だと告白した。それに対して、麗子もまた、自分は女を痛めつけることに歓びを感じるレズビアンのサディストだ——と告白したのである。そして、自分の性癖を理解してくれるパートナーを、ずっと探していたのだ、と。

翌日、斎藤と麗子は、たった二人で結婚式を挙げた。そして、互いに相手のための獲物を見つけては、協力して拷問し、死骸を捨てていた。

しかし、いくらアメリカの警察の犯罪捜査が杜撰だといっても、まともな社会生活を営みながら連続殺人を続けるのは、非常に難しい。

それで、芸能界にドラッグを供給しているディーラーに紹介されて、昨年、ダンテ島の会員になったのである……。

「この役立たずっ！」

憤怒に目を吊り上げた麗子は、両手で濡れタオルを力いっぱいにねじった。低い低い呻き声を洩らして、哀れな浪人生は息絶えた。膨れ上がった紫色の舌が、歯の間から突き出される。

何の罪もない朝美の断末魔の痙攣が、ディルドゥを通じて麗子にも伝わると、この鬼畜女は四肢を震わせて絶頂に達した。

それを見物していた龍崎も、小鼻を膨らませる。目のふちが火照っていた。

T字型ベルトを外した麗子は、全裸のまま、斎藤のところに行った。そして、彼の肩を抱いて、

「大丈夫よ、ダーリン。あの一時間四百ドルもふんだくる精神科医も、言ってたじゃない。必ず治るって」

「うん、ありがとう。ハニー」

斎藤は、力なく微笑んでみせる。

彼が留置場で受けたような暴行は、実は、アメリカでは珍しいことではない。

一説によれば、年間三十六万人が、刑務所内で同性の囚人に強姦されているという。

しかも、あれほど女子供や少数民族の人権に敏感な国が、刑務所や留置場という逃げ場のない閉鎖空間で、男が男を強姦、もしくは輪姦する事件に関しては、ほとんど問題にしないのである。

なぜかといえば、それはアメリカという国の本質が、日本などとは比較にならないほどの、超〈男性主義〉に貫かれているからだろう。

何しろ、大統領たる者、どんなに体調が悪くても、報道陣の前でジョギングしたり、テニスをしたりしないと、国民が納得しないという国なのである。その後の晩餐会で、嘔吐してブッ倒れようとも。

男は常に強く逞しく、肉体的にも精神的にも強者でなくてはならない――これが、アメリカ人の精神の根本なのだ。

だから、暴力に屈して、相手の男根を咥えたり臀を差し出したりするような奴は、男の屑なのだから、同情する必要も何もない――そういう歪んだ筋肉信仰が、フェミニズム全盛の現代でも、アメリカ人の意識の中心に古い鉄錆のようにこびりついているのだ。

たとえば、大ヒットしたアメリカ映画の『ザ・ロック』の中でも、ショーン・コネリーが、刑務所内強姦に関する際どいジョークを口にする。

男に強姦されるような弱虫は、救済すべき気の毒な被害者ではなく、ただの笑い者というわけである。

しかし、さらに重要なことは、連続殺人鬼の多くが少年時代に、この同性強姦の被害者だった経験があるということだ。

たとえば、ロマン・ポランスキー監督夫人で女優のシャロン・テートを惨殺した主犯――アメリカで最も有名な殺人犯のチャールズ・マンソンは、十四歳でインディアナ少年院に収容された。

そこで彼は、看守の命令によって、多くの先輩たちに輪姦されたのである。毎日のように看守に殴られ、毎日のように庭でパンツを下ろすことを強要されたという。

そして、十六歳でワシントンD．C．の少年刑務所に送られた時には、自分から〈女役〉として年長の囚人たちに奉仕して、リンチを免（まぬが）れた。無論、看守の男根もしゃぶった。

これらの屈辱的経験が、後に、マンソン・ファミリーを率いて凶行に走る動機の一つになったと推定されている。

二歳の幼女も含めて百十人を強姦して殺したという凶悪犯、ドナルド・ヘンリー・〝ピーウィー〟・ギャスキンズ・ジュニアもまた、十六歳でサウス・カロライナの少年職業訓練所――その実態は州立感化院――にぶちこまれた。

収容生のボスの誘いを断ったギャスキンズは、シャワー室で一時間に二十人以上の少年たちに輪姦された。みんな、肛門を犯した後に、口唇も犯した。

ボスは、俺の専用になるか、毎日、みんなに輪姦されるか、二つに一つだと迫った。

こうしてギャスキンズは、ボスの〈女〉になることを承諾させられたのである。

ちなみに、後年に連続殺人鬼となったギャスキンズの得意技の一つは、強姦した女性の肛門にナイフを刺しこみ、膣まで切り裂くことであった。

前に紹介したホモ殺人鬼のジェフリー・ダーマーも、自分が黒人相手の連続殺人を犯したのは、刑務所の中で黒人の囚人たちに輪姦されたからだ――と主張している。

アメリカのマスコミは、幼児期の家庭内暴力を代表に、ありとあらゆるトラウマで連続殺人鬼の心情を説明しようとするくせに、施設や刑務所の中で、ごく日常的に行なわれている同性強姦だけは意識的に除外しているように見える。

それは、アメリカ人の心の奥底の最も歪んだ部分に関わる問題だからであろう……。

「――お取りこみ中、申し訳ないがね」

室井が、斎藤たちの〈夫婦愛〉をからかうように言った。

「無線が面白いことを言ってるぜ。どうやら、高田馬場駅近くで仔羊とあの狐野郎が目撃されて、緊急配備が敷かれたらしい」

第七章　姦計(かんけい)

1

「困ったことをしでかしてくれたな、佐伯くん。犯人を目の前にしながら、むざむざと取り逃がしたって、神奈川県警の連中は怒ってるぜ」

馬淵(まぶち)警部補の言葉に、佐伯刑事は、むっとした表情になった。

そこは、新宿区大久保二丁目にある大久保警察署の二階――生活安全課の部屋だ。大久保署は、新宿区北部を管轄している。

時刻は、深夜の零時を過ぎていた。

今、部屋の中にいるのは、佐伯と馬淵の二人だけだった。

馬淵は生活安全課二係の係長で、佐伯の直属の上司にあたる。年齢は、佐伯より五歳ほど若い。

「冗談じゃない」

佐伯は、喫(す)っていたマイルドセブンを灰皿に押しつけた。

「初動でミスって手配が遅れたのは、神奈川の方じゃないですか。あの男が警官三人殺しの犯人だなんて、そんなこと、私にわかるわけないでしょう」

――川崎市高津区の梶ケ谷東交番の襲撃事件は、パトカーで駆けつけた所轄署の現場指揮者が、炎上している二台の車と交番を見て、とんでもない判断ミスをしでかした。

交番の前で自動車三台による玉突き衝突事故が起こり、その内の一台から出た火が、もう一台と交番に燃え移り、残りの一台が当て逃げした――と思いこみ、神奈川県警本部へ報告したのである。

そして、緊急配備が敷かれて、検問が行なわれた。車種はわからないが、前部を破損した逃走車両を捕まえるためだ。

消防隊員によって消火作業が終わった時、ようやく、交番の中の三体の焼死体が発見された。が、この時点でも最初の誤断が尾を引いて、交番の警官が逃げ遅れて焼死したものと考えられた。

それが、鑑識係の調べによって、死体が火に包まれたのは死後であり、死因は銃撃によるものらしい――と報告されたことで、県警本部は仰天したのである。

さらに、近所の住民たちの証言から、自動車がクラッシュする前に、何度も銃声らしきものが聞こえたことがわかった。

現職の警察官が一度に三人も射殺される――日本の警察史上、かつてない重大事件である。

すぐさま、緊急配備を神奈川県全域に拡大したが、何台も消防車が入って消火作業をしたために、現場周辺が荒れてしまい、路上のタイヤ痕などが判別できなくなっていた。

そのため、逃走車両の車種を調べることが、かなり困難になってしまったが、トヨタ・ハイエースの後部の潰れ具合から、大きなグリルを装備した４ＷＤだろうと推測された。

さらに、二台の車の炎上が事故のためではなく、火炎瓶によるものとわかって、県警本部は戦慄した。ほぼ同時に、前部が破損した４ＷＤが、事件現場から一キロほど離れた路地の奥に放置されているのが、警邏中の巡査によって発見された。

事件は、過激派による計画的な凶行と断定され、ようやく、神奈川県警本部から警察庁に報告されて、警視庁を含む広域緊急配備となったのである。

この時点で、事件発生から、すでに二時間半以上が経過していた。

それより一時間半ほど前に、世田谷区の団地の駐車場から、ニッサン・マキシマが盗まれたという報告が出されていた。それで、佐伯刑事に言われて、川上刑事が覆面パトカーのＰＡＴシステムを使って照会した時、即座に盗難車だと判明したのである。

佐伯は、すぐに、車両盗難の被疑者と思われる男の後を追ったが、発見することが出来なかった。

仕方なく、五キロ圏配備を敷いてもらい、佐伯は、トルエン密売の犯人たちを大久保署へ連行したのだが、署に帰りつくや否や、川崎市の交番襲撃事件を知らされたのである。

しかも、殺害された木内巡査が、事件の直前に、金髪の少女を交番へ連れて行くのを見たという近所の住人の目撃証言があった。

その少女の年格好は、佐伯が目撃した男が連れていた少女に酷似していた。

そして、マキシマが盗まれた団地から二百メートルほど離れた空き地に、川崎ナンバーのトヨタ・カローラが乗り捨てられているのが発見されていた。そのカローラは、例の4WDが見つかった近くの路上で、盗まれた車と判明した。

こうして、交番襲撃事件と佐伯の目撃した男が、にわかに繋がったのである。

金髪の少女を連れた警官殺害事件の被疑者と思われる男が、都内に潜伏中——非番の者も含めて、警視庁管下の警察官が総動員されていた。

一一〇番を受けてから最初のパトカーが現場へ到着するまでのレスポンス・タイム、この全国平均は六分弱だ。

だが、警官が被害者になったような事件の場合は、このレスポンス・タイムが半分に短縮されるという。しかも、二、三台で充分のパトカーが、その倍も三倍も集まるのだ。

それほど、警察官同士の身内意識は強い。まして、他県の事件とはいえ、過激派に警官が三人も殺害されたとなると、検問の警察官たちは殺気立ってさえいた。

が、例の男は今も、緊急配備の網に引っかかっていない……。

「職質をかけて、いきなり、あの男を逮捕すればよかったんですかね。何の容疑もないのに？」

佐伯は皮肉っぽく唇を歪めて、

「それで相手が無実だったら、私は今度こそ免職ですか」

「佐伯くん」

「でも、そうなると、係長も無事には済まないと思いますがね。私のような問題児を預かっておきながら、管理不行届きということで……」

「わかった。もう、いい」

馬淵警部補は不機嫌そうに、そっぽを向いた。

視線の方角にはＴＶがあり、交番襲撃事件の緊急特別番組を放映中である。

――刑事歴二十年の佐伯亮輔は、ずっと、所轄署の捜査四課ばかりを渡り歩いて来た。暴力団担当の優秀なプロであった。

だが、二年前に上野署で、取り調べ中に暴力団員を殴り、止めに入った同僚刑事まで殴るという事件を起こしてしまった。

その半年ほど前に、彼は妻を胃癌で亡くしていた。妻はしきりに軀の不調を訴えていたのだが、仕事中心の生活をしていた佐伯は、ろくに聞こうともしなかったのである。検査で癌だとわかった時には、すでに手遅れの状態だった。だが、佐伯は忙しさにかまけて、入院した妻の見舞いにすら、なかなか行かなかった。妻の介護をしてくれたのは、銀行員に嫁いだ娘だった。

入院後、わずか二ヵ月で妻は息をひきとり、その臨終の場にもいなかったことで、娘は厳しく佐伯を責め、ついに絶縁まで宣言した。

それ以来、佐伯は一度も娘にも孫にも逢っていないし、電話で話すらしていない。同僚の刑事が、その事を暴力団員にぽろりと喋(しゃべ)ってしまい、暴力団員が佐伯に悪質な冗談を言ったのだった。それで激怒した佐伯が、二人を殴ったというのが、真相である。

殴られた暴力団員の方も、椅子を佐伯の頭部に叩きつけたという弱みがあり、この事件そのものは揉み消されてマスメディアには洩れなかったが、佐伯は大久保署へ異動となり、捜査四課から生活安全課へ鞍替(くらが)えになったのだ……。

「ところで、この似顔絵は本当に似てるんだろうな」

馬淵は、机の上にのっている例の被疑者の似顔絵に目をやった。

佐伯が描いた鉛筆画で、現在、ファクシミリで配布されたこの似顔絵を持って、警官たちが緊急配備に当たっているのだ。

コンビニの監視カメラの映像では、男も女の子も巧みに顔が映るのを避けていたらしく、人相の資料にはならなかったのである。

「あのコンビニの店員だって、太鼓判(たいこばん)を押したじゃないですか。本物そっくりですよ。何しろ、私は刑事を辞めたら、街頭絵描きで喰っていこうと思ってるんでね。その時は、ご贔屓(ひいき)にしてください。係長は料金割引にしときますから」

「遠慮しとこう」

冷めたコーヒーを飲んだ馬淵は、不味(まず)そうに顔をしかめた。

「もっとも、バンダナを巻いているから、これを取ると、かなり印象が違って見えるでしょうがね」

「そうだな。あの三億円事件のモンタージュ写真だって、なまじヘルメットをつけたままの顔で作ったから、かえって、わからなくなったって話があるくらいだからな」

「だって、そもそも三億円事件の本当の犯人(ホシ)は……いや、それよりも、係長。三人を殺した拳銃の種類は、割れたんですか」

「交番内と外で、五十発近い弾丸が発射されている。まだ、まともな形の弾丸は見つかっていないが、全(すべ)て九ミリ・パラベラムという種類の弾らしい。これは、乗り捨てられていた4WDの車体に喰いこんでいた弾とも一致する。つまり、使用された拳銃は、暴力団の間に数多く出回っているトカレフじゃない」

「トカレフなら、たしか、口径は七・六二ミリですからね」

「空薬莢が散乱していたから、リボルバー（レンコン）ではなく、半自動拳銃（オートマ）だろう。空薬莢の方も火事の熱で変形している上に、消防士に踏み潰されたりして、排出子（エキストラクター）の痕跡がハッキリしないが、銃器は一挺（ちょう）ではなく二挺か、それ以上ではないか、ということだ。無論、三人の人間を射殺しているのだから、改造モデルガンではありえない。真正拳銃だ」

「二十年以上前の金属製モデルガンを改造した代物（しろもの）なら、命中率がお粗末（そまつ）だし、そもそも、実弾を三発も発射したら改造銃自体が破裂して、撃った方の命が危ないですからねえ」

二挺以上の拳銃が使われたということは、単独犯ではないということだ。すると、例の少女を連れた男には、仲間がいるということになるが……だが、どうして、犯人の逃走車両である4WDも同じ種類の弾丸を被弾していたのか。流れ弾か、それとも仲間割れか――何かおかしい、と佐伯は考えた。

「炎上していたハイエースとギャランは、二台ともレンタカーだったそうで」

「うむ。二台とも、横浜駅近くの別々のレンタカー会社で借りられているが、その際に使われた免許証は両方とも偽造だった。コピーをとっていないから、借りた男の顔もわからん。手袋をしていたらしくて、申し込み用紙から指紋も出てこないんだ」

「受け付けた社員に、モンタージュを作らせればいいでしょう」

「そんなことは君に言われなくとも、神奈川の連中だってわかってるよっ」

馬淵は、空になったコーヒーカップを机に叩きつけた。

「だけど、今、何時だと思う。ハイエースを受け付けた社員は、友達の婚約祝いに招かれて泥酔してしまい、とても話の出来る状態じゃない。ギャランを受け付けた女性社員は、どうも行きずりの男とホテルかどっかにシケこんだらしくて、未だに連絡が取れんのだ。ご丁寧に、携帯電話も切ってあるんでな」

それにしても妙だ――と佐伯は思う。

交番襲撃に使われた黒の４ＷＤは、キイを付けっ放しで盗まれたものだが、カローラとマキシマは、ちゃんとキイを外してドアロックをしていたという。

だが、その二台はイグニッションに細工をした痕はなかった。すると、犯人は、どうやってエンジンを始動させ、ドアロックまでかけたのだろうか。

犯人グループに、そんな特殊技術があるのなら、いくら偽造免許証を持っているとはいえ、なぜ、顔をさらしてハイエースとギャランを、レンタカー会社から調達したのだろう……。

「ねえ、係長」

佐伯は新しい煙草に火をつけて、

「警備課や公安は、えらく張り切っているようですが、私ゃ、過激派の犯行とは思えないんですがねえ」

「何を言うんだ、君は」

「だって、私が目撃した男は、三十代初めですよ。警官にテロをやるような腰の据わった過激派なら、どんなに若くても四十代後半だと思いますがね。手口も今までと違うし、犯行声明も出てないじゃないですか」

「奴らだって、先細りする組織の維持に必死だから、懸命にオルグって、若い新人を獲得したのかも知れんぞ」

「いやあ、過激派ってタイプには見えなかったんですよ。それに、過激派のテロリストが子供連れ、しかも金髪の女の子を連れているってのは、どういうわけですか」

「それなら、アメリカ大使館か軍の関係者の子供を誘拐したのではないかという線で、調査中らしい。令状が取れ次第、過激派のアジトとシンパの家に、関東管区全域で一斉にガサ入れをかけるそうだ」

「しかし、私には、奴が無理に少女を連れまわしているようには見えなくて……まあ、いいや。で、私も、街へ出て奴を捜したいんですがね。奴は高田馬場駅の方へ逃げたが、どうも、裏をかいて新宿の方へ戻っているような気がするんです。古本屋の店番じゃあるまいし、ただ本署で座って待ってるってのは、どうも性に合わない」

「駄目だ」

にべもなく、馬淵警部補が言う。

「君は奴の顔を見ている。どこかの署で逮捕の報告があったら、すぐに、面通しのために直行してもらわないとな。だから、それまで、今夜はここを動くな」

「やれやれ」

佐伯が溜息をつくと、石原刑事が部屋へ入って来た。馬淵が振り向いて、

「どうした」

「実は、大森って弁護士が例の中学生の母親と来まして、揉めてるんです。冤罪だとか、人権侵害だとか言って」

「大森弁護士って、あの〈少年課の天敵〉といわれている有名な大森信一郎か。ええい、こんな時にっ」

苛立たしげに馬淵が立ち上がるのと、机の上の電話が鳴るのが同時であった。反射的に、馬淵が電話をとった。

「はい、生活安全課……えっ、はい！」

緊張した警部補の顔を、佐伯と石原は何事かと注視する。

頭を下げながら電話を切った馬淵は、ニヤリと笑って、

「佐伯くん。お望み通り、ここから出してやるぞ。警視庁の公安の旦那方が、君に、過激派の顔写真の面通し(めんとお)をしてほしいそうだ」

2

Ｊはレザーカッターを手にして、マリーに言った。

「いいね、マリー？」

硬い表情の少女は、無言で頷(うなず)く。

テーブルの前に座ったマリーは、首のまわりにバスタオルを巻いて、上半身を覆(おお)っていた。テーブルの上には、折畳み式の鏡が置いてある。

彼女の背中に流れる美しい黄金の髪を、Ｊは一束つかむと、レザーカッターでザックリと切った。

鏡の中のマリーの目から、一粒の涙が零(こぼ)れ落ちるのを、Ｊは見た。

「…………」

生まれてからずっと、最低の獣物(けだもの)どもに凌辱される日々を送って来ながら、無抵抗で感情を露(あら)わにしたことのない少女が、髪を切られて涙を流しているのだ。

その心情を思うと、Ｊは作業を中断したかったが、それは出来ない。現職の刑事に目撃されてしまった以上、二人とも変装しなければならないのだ。

そこは、新宿区百人町二丁目にあるポルノビデオ販売店の奥にある住居だった。

二時間ほど前――マリーを連れて逃げまわっていたＪは、警邏中の警官たちの目を避けているうちに、行き止まりの暗い路地の奥に追い詰められてしまった。

警官たちは、路地の奥をひとつひとつチェックしている。この路地を覗きこまれたら、身の隠しどころがない。

そこはビルの裏手で、出入口らしいスチールドアがあるのだが、鍵穴はない。中から掛け金が掛かっているらしく、開かなかった。

ドアフレームとドアの間に段差のあるタイプなので、隙間から何かを差しこんで、掛け金を外すということも出来ない。

こうなったら、不本意だが、警察官を素手で倒すしかない――とＪが決意した時、いきなり、スチールドアが開いたのである。

中から、半透明のゴミ袋を提げた男が出て来て、驚いた表情で二人を見つめた。大柄で、Ｊと同じくらい体格のよい五十がらみの男である。

Ｊは男を殴り倒すべきかどうか、一瞬、判断に迷った。

が、半袖の白いワイシャツ姿の男は小声で「中へ入んなさい」と言うと、自分の軀で二人を隠すようにしたのである。

　選択の余地のないJは、躊躇なく、マリーを連れてビルの中へ入った。

「何をしてるっ」

　ほぼ同時に声がかかって、懐中電灯の光が、男の背中に向けられる。

「はあ？　はい、あの……ゴミを出そうと思って」

　男はゴミ袋を提げて、のそのそと路地の入口へ行った。二人の警官が、男の顔とゴミ袋を交互に睨みつけて、

「あんたの名前は？　このビルの人かね？」

　矢継ぎ早に、質問する。男は、大柄な軀に似合わず、おどおどした口調で、

「小野…小野繁といいます。そこの〈極楽ビデオ〉の住み込み店長をやってまして……」

「極楽ビデオ？　ああ、エロビデオ屋か」

　片方の警官が、相好をくずした。もう一人の警官も、途端に頬を緩めて、

「つまり、ハメハメのスケベビデオを売ってるわけだ」

「はあ、まあ……」

　もっさりとした風貌の小野は、戸惑ったように視線を足元に落とす。

「いい年して、そんな仕事しかないのか。あんただって、子供がいるんだろう。羞か

しくないのかね」

「はあ、すいません」

肩をすぼめて、消え入りそうな声で小野は言う。その惨めっぽい姿を見て、二人の警官は、公務員たる自分たちの優越感を、おおいに満足させたようであった。

「まあ、いいや。今は、こんなのを相手にしてる場合じゃない」

「そうだな。あんたも、TVを見ただろう。警官殺しの凶悪犯が、都内に潜伏しているらしい。怪しい奴を見つけたら、すぐに一一〇番するんだ。わかったな」

二人は、表通りの方へ歩き出した。

「ええ、勿論です。ご苦労様でした」

小野は、卑屈なほど何度も頭を下げて、ゴミの集積所の方へ行こうとする。その背中に、

「おい、ちょっと！」

警官の鋭い声が飛んだ。

「は、はいっ」

ギクリとしながら、小野が振り向くと、

「ゴミは朝、出せよ」

嘲るように言って、二人は行ってしまった。

「どうも、すいませんでしたっ」

大声で謝ってから、小野は、ヒョイとゴミ袋を集積所に捨てる。それから溜息をついて、ビルへと戻ったのだった。

裏口のスチールドアを閉じると、まだ警戒心を解いていないJとマリーに、

「大丈夫ですよ。もう、行っちゃいましたから」

「なんで、俺たちを助けてくれたんだ」

「理由なんかないです。まあ、しいて言えばお仲間だからかな」

「仲間……？」

そこは、ダイニングキッチンだった。床は安っぽいビニールタイルで、食事用の四人がけのテーブルやソファ、冷蔵庫、ＴＶなどがおいてあった。そのＴＶでは、交番襲撃の特番を放送している。

小野は、テーブルの椅子の一つに座って、二人にも椅子を勧めた。エアコンの効きは、まあまあである。

「この店も、法律に触れる無修整ビデオなんかを販売していましてね。今まではお目こぼしされてましたが、いつ、警察の手入れがあるかわかりません。だから、警察に追われてるあなたたちの気持ちが、何だか、わかるような気がしてね。もっとも、自分にこんな度胸があるなんて、ちょっと驚いてますが」

手を伸ばして、冷蔵庫から冷えた缶ビールを取り出しながら、小野が言う。マリーには、ミルクコーヒーの缶を渡した。

「ありがとう」

金髪の少女が、かなり正確な発音の日本語でそう言うと、小野は目を細めて、

「上手だねえ。私の英語より、よっぽど上手だ」

それから、目頭を押さえて、少しの間、黙りこんだ。

「――失礼。私にも、この子くらいの娘がいましてね。それと、高校生の息子。私、住み込み店長なもんで、一週間に一度しか自宅へ戻れないんです」

「あなたの店じゃないんですね」

Jは、言葉遣いを改めた。冷えたビールが喉を通ると、生き返ったような気分になる。

「ええ。私、半年ほど前までは、自動車販売会社の事務をやってたんですが、お定まりのリストラで、失業してしまいまして……」

小野は町田市に家を持っていたが、その住宅ローンが、まだ半分も残っている。加えて、長男が来年、大学受験であった。

失業保険を貰いつつ、何とか新しい就職口を探し回ったが、特別な資格も能力もない五十一歳の男に、これといった仕事は見つからない。

失業して三ヵ月目、昼間から職業安定所の近くの一杯飲み屋へ入って酔っ払った小

野に、擦り寄るようにして話しかけて来た男がいた。

それが、組織暴力団・綾小路組のスカウトマンであった。

喫茶店に場所を移して、そのスカウトマンは、小野に、裏ビデオ屋の雇われ店長の仕事を持ちかけたのである。その給料は、元の会社のそれよりも高額だった。

書類上は、小野が一人で資金を集めて、一人でビデオショップを開業したように装う。無論、本当は資金の全てを、綾小路組の幹部の一人が出しているわけだが。

そして、警察の手入れがあったら、全責任を一人でかぶるという、身代わり経営者である。逮捕時には、給料とは別に、三百万ほどの〈補償金〉が出る。ただし、弁護士費用などは自腹だから、ほとんど金は残らない。

綾小路組としては、暴力団と一切繋がりのない真っ白な素人を探していたわけだ。

「まあ、最近は裏ビデオも、インターネットを利用した通信販売が強くて、うちみたいな小売店は下火なんですが、この辺りみたいに風俗店の多い場所では、まだまだ商売になるんだそうです。私も、迷ったんですがね。でも、家のローンや息子の受験のことを考えると、いつまでも無職じゃいられないし、この年で営業の一年生はきついし……いや、こんな愚痴はつまらんですな。すいません」

「俺たちが、どうして追われているか、ご存じなんですね」

頭のバンダナを外して、Jが訊く。

アルコールの酔いが、胃袋から軀全体に浸透してゆくのが快いが、その一方で、どんどん醒めてゆくのも感じる。酒には強い体質らしい。

「ご覧の通り、どのチャンネルを回しても、お祭りのように緊急特番と称するものをやっていますよ。あの手配書の似顔絵は、よく似てますなあ。もっとも、あなたの正体については、過激派のテロリストとか北朝鮮の特殊工作員とか、香港マフィアの殺し屋とか、密入国した中東のゲリラとか、KGB（カーゲーベー）の残党とか、諸説紛々ですがね」

「ひょっとしたら、そのどれかが当たっているかも知れない。だけど、自分でもわからないんですよ」

「ほう？」

Jは、サンクチュアリとダンテ島のことはぼかして、今までの経過を簡単に説明した。警官殺しでないことは、何度も強調した。

もっとも、この男に裏切られるようなら、どちらにしても、自分たちの命運は尽きたことになる。

「なるほど。ちょっと、頭の傷を見せてください……ははあ、もうふさがってますな。昨日の今日なのに、凄い回復力だ。吐き気はしませんか。手足の痺（しび）れや頭痛は、どうです。大丈夫か……だったら、脳に血腫（けっしゅ）ができてるわけじゃないですね」

言うまでもなく、全血液の二十パーセントが集中する脳は、人間にとって最も重要な器官である。

外から衝撃が加わると、頭蓋骨が骨折しなくとも、内部の脳細胞が損傷して、血の塊が出来ることがある。この血腫が組織を圧迫すると、様々な障害が出てくるのだ。

「すると、あなたの記憶喪失は一時的なものの可能性が高い。何か切っかけがあったら、意外と簡単に、みんな思い出すんじゃないかな。現に、サイバートピアTOKYOという単語は、思い出したわけだし」

「皮肉なことに、銃器の扱い方などは、何も考えなくとも軀が自然と動くんです」

「これは、TV番組からの聞きかじりですが――筋肉の中には筋紡錘とかいうものがあって、これが筋肉の動きを記憶してるんだそうです。だから、自転車乗りとか柔道の技なんて、習ってから何十年たっても咄嗟に出てしまうというでしょう。あなたも、そういう技術が骨の髄までしみこむくらい、厳しい訓練を受けて来たのではないですかね」

「やはり……まともな過去ではないですね」

Jは自嘲した。小野は、あわてて、

「二人ともお腹が空いてるでしょう。何か作りますよ――」

それから、小野の手料理をご馳走になり、狭いユニットバスに交替で入って、二人は、ようやく人心地がついたのである。

そして、小野の提案で、マリーの目立ちすぎる金髪を切ることになったのだった。

3

Jは、少女の髪を、ボーイッシュなレイヤーボブに仕上げた。在り来りの手だが、男の子の格好をさせるつもりなのだ。

それから、小野の白髪染めを使って、金髪を黒く染めた。眉と瞳が茶色なので、髪がブラウンになっても違和感はない。

マリーの髪染めを洗い流すのに、二、三十分は待たないといけない。だから、その間に、Jのストレートロングも、小野がカットしてやる。

TVの特番は、新しいニュースが入らないためか、コメンテーターによる討論を行なっていた。

「――このように凶暴にして悪質な犯罪が起こったのは、女性や子供の人権を踏みにじる封建的な日本社会の後進性が、その原因なのです。過激な暴力描写や女性の裸体が氾濫するTVや漫画、週刊誌、スポーツ新聞などの低俗なメディアが、日本人の人間性を瀆しているんですっ」

髪をベリーショートにした化粧気のない女性が、早口でまくしたてている。年齢は三十代後半だろう。

アメリカに本部を置く世界的に有名な人権団体〈ピュア・ハート〉の日本支部――〈ピュア・ハート・ジャパン〉の代表である、大森智津子（おおもりちづこ）だった。

「文明の先進国である欧米では、こんな下品で野放しの表現は、とても考えられません。Ｖチップによる番組規制なんて、生ぬるい。ただちに、あらゆる暴力表現や性描写を全面的に禁止して、世界で最も民主的な国家であるアメリカのように、文明人として羞かしくない美しくて高潔な社会を築くべきです」

「お言葉ですが――」

縁なし眼鏡をかけた初老の社会評論家が、穏やかに反論する。織田旭（おだあきら）という名前だ。

「警察の発表では、今回の警察官殺人事件の犯人グループは過激派ということになっています。私はこの発表に疑問をいだいていますが、仮に過激派の犯行だとしたら、彼らは己れ（おの）の思想的信念に凝り固まった確信犯ですから、メディアの影響というのは、まるで関係ありません。何が悪いといわれれば、共産主義が悪いとしかいいようがない。お説によると、『資本論』も『毛沢東語録』も発売禁止ということになりますな」

「でも、地球よりも重くて尊い人命を三つも奪っているんだから、映画やＴＶの悪影響に決まってます」

大森智津子の発言は、前半と後半が全く繋がっていなかった。

「しかも、いたいけな少女まで誘拐して……きっと卑猥（ひわい）な劇画の影響ですね。アメリカでも、七歳の少年が性的変質者の男に誘拐されて、七年間も連れ回されていた事件がありました。みんな、低俗で無責任な娯楽産業の影響です。何て忌まわしいことでしょう」

織田は首をかしげて、

「メディアが殺人や凶悪犯罪の原因だと仮定すると、世界で最も有害な書物は『聖書』ということになってしまいます。異常殺人犯の多くは、神の啓示で殺したという妄想にとりつかれていますからね。そもそも、近代における宗教テロや思想テロの被害者の総数は、大量殺人犯の被害者の数よりもはるかに多いでしょう。それどころか、十字軍の遠征や中世の魔女狩りを考えてもわかる通り、戦争や大虐殺の直接の原因にすらなっている。だからといって、聖書を発禁にしろとは誰も言いませんね」

「ですが……」

「抽象的な話だけでは何ですから、具体例をあげましょう。ご存じと思いますが、アメリカのキリスト教原理主義の一派には、人間が病気にかかるのは悪魔のせいで、それを癒すのは神の力しかないと言って、一切の治療を拒絶している宗派がありますね。そこの信者である夫婦の八歳の息子が、医師の治療を受けられずに死亡したことがあります。原因は、何と——中耳炎でした」

「まさか、中耳炎なんかで死ぬはずが……」

「中耳炎の悪化による栄養不良と脱水症状で、死ななくてもいい子供が死んだんです。中耳炎に限らず、抵抗力の弱い子供が感染症にかかったのを放置しておくと、命にかかわるのです。さらに、同じ夫婦の十六歳の娘が糖尿病の悪化によって昏睡状態に陥り、合併症で死亡しました。この娘も、インシュリンの投与を受けていれば、死なずにすんだのです。あまり文明的でも、民主的でもない事件ですね。この信者が、なぜ、医者も薬も拒否していたかというと、それは、『新約聖書』の中の『ヤコブの手紙』第五章に……信仰による祈(いのり)は、病(や)んでいる人を救い、そして、主(しゅ)はその人を立ちあがらせて下さる――と記されているからだそうです。ちなみに、この宗派では、少なくとも十六人の子供が適切な医療を受けなかったために、死亡しています。人命は地球よりも重いとおっしゃいましたね。どうですか、聖書の記述をそのまま実行したために、子供が十六人も死んでいる。最も怖るべきは、この夫婦は、二人までも自分の子供を死なせているというのに、他の子供が病気にかかっても、また医者には診せないと断言しているのです。つまり、確信犯ですね。これは、狂信的な宗教テロによる家庭内実子虐殺とは言えませんか」

「例が極端すぎるわ。その人たちは、聖書を読み間違えているのよ」

「その通り」織田は微笑した。

「私が言いたかったのも、そのことなのです。聖書は、人殺しをそそのかすために編(あ)

まれたものではない——たぶんね。でも、それは、ＴＶも漫画も同じでしょう」

「宗教書は心を豊かにしてくれますが、低俗なＴＶ番組や漫画は、人の心を汚すだけではないですか」

「宗教が功罪相半ばするものと今、申し上げたはずですが……まあ、よろしい。人間の心の中には、誰でも、自分勝手で都合のいい願望が渦巻いています。勉強しなくてもテストで満点をとりたいとか、つらい練習をしなくてもサッカー部のレギュラーになれたらいいなあとか、異性にモテモテになりたい——とかね。もっと強烈な反社会的、反道徳的な欲望もあります。気に入らない上司をブン殴ってやりたいとか、一般道を時速二百キロで爆走したら気持ちいいだろうなとか、自分を馬鹿にした連中を死刑にしてやりたい——というように。そういう欲望を他人や社会に迷惑をかけないで発散するために、娯楽産業というものが存在するわけですね。それを否定することは、人間の欲望を否定することであり、人間性そのものを否定することになる」

「人間は本来、清く正しく美しい存在です。メディアが、その純粋な魂を穢してしまうのです」

「赤ん坊の遊びを、ご覧になったことがありますか。積み木が崩れるのを見て、赤ん坊は大喜びしますね。新聞紙を与えると、ビリビリに引き千切ってしまいます。破壊することの快感を、生まれつき知っているわけです。親が注意して、壊していいものと壊してはいけないものとの区別がつくようにしてやる――これが躾です。教育の原点です。純粋培養された植物は、病害虫に対する抵抗力が乏しいですね。人間も同じではないでしょうか。幼児から思春期にかけて、暴力的なものや反道徳的なもの、おぞましいものなどの情報を遮断して、〈きれいなもの〉ばかり見せて育てたら、実社会に適応できない、ひ弱な人間になってしまう。大切なのは、親が子供の判断力を育ててやることです。また、世の中には、酒やギャンブルやポルノのように、人間にとって必要な〈悪〉もありますね。必要悪が全くない社会というのは――言わせていただければ、地獄ですな。〈純白の地獄〉です。そんな社会が実現したら、抑圧された人間の欲望が火山ガスのように充満して、いつか大爆発を起こしますよ。一部の犯罪者のために、それ以外のまっとうな人々の権利が圧迫されるのは、民主主義とは言えませんね」

「でも、でもっ」

興奮しながら、大森智津子は言った。

「アメリカの連続殺人犯が、死刑になる直前に、自分が犯罪に走ったのはポルノ映画の影響だ――と告白したんですよ。人間、死ぬ時には嘘は言いませんよ」

「確認したいのですが、あなたがおっしゃっているのは、ディック・グラント――二十三人の女性や少女を暴行し殺害したＩＱ百六十の殺人鬼、リチャード・セオドア・

グラントのことですか」

「ええ、そうです。殺人鬼という呼び方は、彼の人権に反しているので取り消していただきたいのですが……。とにかく、その連続殺人犯が電気椅子で処刑される数時間前に、ラジオのインタビューを受けて、ポルノの害悪について証言したんです。自分は普通の人間なのに、ポルノ映画のために犯罪者になってしまった――と。それで、アメリカでは、ポルノ被害者救済法を〈グラント法〉と呼んでいます。彼の証言以上の証拠がありますか」

王手――という感じで、大森智津子は言った。

「申し訳ありませんが、一体、それが何の証拠になるのでしょう」

織田の口調は、あくまでも冷静であった。

「人間が死ぬ時に嘘をつかないなんて、出来の悪いドラマの中の戯言ですよ。自分を美化したり、相手のことを思いやったりして、いくらでも嘘をつきます。まして、相手は、何の罪もない女子供を二十三人も殺した冷酷な殺人鬼ですよ。法律に詳しかったので、自分で自分の無罪を主張して、十年間も上訴を繰り返していた男です。そんな悪党の〈証言〉に、どんな信憑性があるというのですか。しかも、最後に殺人を認めたということは、それまで無罪を主張したのは、全くの出鱈目だったことになる。つまり、グラントは、大嘘つきの卑怯者だということです」

「…………」

「あなたは、怪我人を装って被害者の同情をひき、そうやって誘拐した女性の局部に小枝や泥を詰めて、肛門をビールの缶でレイプし、臀部に噛みつき、バットで殴り殺し、挙げ句の果てに、何の反省もなく居直って、図々しくも無罪を主張していた鬼畜のような男の言うことが、そんなに信用できるのですか」

「で、でも……」

「あなたが真摯な気持ちで、人権運動に取り組んでおられることは、私にもわかります。立派な行ないだと思います。しかし、残念ながら、世の中には、あなたの善意を裏切るような、狂暴で邪悪な人間が存在するのです。これは未確認の情報ですが——ディック・グラントに処刑直前のインタビューを申しこんだのは、あるキリスト教原理主義の団体で、ポルノの害悪を大げさに言い立ててくれれば、処刑を免れるよう手配すると取引したというのです」

「そんな馬鹿なっ」

　大森智津子は、飲み物のグラスを引っ繰り返しそうになった。

「その方法とは、刑務所の配電盤に細工をして、処刑の寸前にヒューズが飛ぶようにするというものです。その州では、何度か処刑に失敗すると、死刑を免除されるという規定があるそうですね。グラントは、その取引にのって、証言したらしい。その団体の名称は、たしか、〈完璧なる正義教会〉とか……」

「と、途中ですが、ＣＭですっ」

話題がシリアスになりすぎたと判断した新聞記者くずれの中年の司会者が、あわてて、論争をカットした。

カナダの夕陽に照らされながら、素朴で誠実な青年を演じさせたら日本一という若手の俳優が、アルコール飲料の美味しさを高らかに誉め上げる……。

「――私は時々、思うんですが」

その頃には、小野はＪの髪をグラデーションボブにカットし終えていた。勿論、頭の傷は見えない程度にである。

「密入国して、不法滞在してる外国人労働者の人がいるじゃないですか。新聞やＴＶは、あの人たちは妻子を養うために密入国したんだから、働く権利を認めてやれとか言いますよね。でも、私らのような風俗産業の人間が警察に逮捕されると、情け容赦もなく罵倒するじゃないですか。しょうがないです、逮捕されるのは。法律違反なんだから。でも、妻子のために法律を破ってるのは、私らも同じなんですね。それなのに、外国人労働者は同情されて、私らは罵倒される……やっぱり、風俗産業で働いている人間は、汚いと思われているんですかね。報道している人と同じに、血のかよった人間なんですがねえ、私らも」

「………」

正当防衛的とはいえ、七人の人命を奪っているJには、そのような犯罪について発言する権利はなかった。

「あ、あの、カメラの件なんですが」

深刻な愚痴をこぼしたことを恥じるように、小野は、話題を変える。

「実は、うちの店に無修整のCD－ROMを卸している浅井って業者さんがいて、この人がパソコンとか周辺機器とかに、えらく詳しいんです。自分で改造とかもやるって、自慢してました。だから、浅井さんに頼めば、壊れたデジタルカメラを直してもらえるかも」

「なるほど。そうしたら、中の写真や映像が見れますね」

Jの顔に、希望の色が広がった。

自分に関係した写真や映像が、収録されているかも知れないのである。

「ええ。勿論、カメラを見てもらわないと、はっきりしたことは言えないでしょうが。あの人は昼くらいじゃないと連絡とれないから、明日、電話してみますよ」

「頼みます」

Jがバスタオルを外して立ち上がると、ユニットバスの方から、

「ねえ、J……髪を洗って」

マリーの声がする。父親に甘える娘のような口調であった。

4

闇の中で、少女が簡易ベッドに入って来た時、Jは即座に目を覚ました。

「どうした、怖いのかい」

ビデオ店の寝室には、中古のシングルベッドの他に、折畳み式の簡易ベッドが置いてあった。それで、Jはマリーをシングルベッドに寝かせて、自分は簡易ベッドを使うことにしたのである。

小野は、二人に寝室を譲って、ダイニングキッチンのソファで眠っている。

「マリー………」

Jは驚いた。彼の背中に軀を密着させて来た少女は、全裸だったからだ。すべすべした、ベルベットのように滑らかな肢体である。ベッドへ寝かせた時には、下着をつけていたのに……。

「J……どうして、あたしを抱いてくれないの？　あたしが、汚いから？」

「何を言うんだ」

「あたし、Jが好きよ。人を好きになるなんて、これが初めてだから、よくわからないけど、きっと愛してるんだと思う。もし、Jがあたしのことを好きなら、二人は両思いなんだから、あれをするべきよね。恋人同士は、みんなあれをするんでしょ」

「君は……まだ子供だよ、マリー」

「違うわっ」

少女の口調は、十一歳とは思えないほど鋭かった。

「あたしは子供じゃないわ。少なくとも、普通の子供とは違うっ」

「…………」

「あたし……たくさんの大人の男とあれをしたわ……女の人ともしたし、子供同士でもした……人間じゃない相手とも……」

「マリーっ」

Jは、少女の方へ向き直る。涙で潤んでいるマリーの瞳をまっすぐに見つめて、彼は言った。

「忘れろ。それは過ぎたことだ。過去の話だ。君は今は、サンクチュアリの奴隷じゃない」

「忘れられないよ。Jを好きになってから、どうして、好きでもない相手とあれをしたのか……それが悔しくて惨めで悲しくて……」

「…………」

「あたしたち……殺されるんでしょう、あいつらに見つかったら。生まれてから、一度も好きな人に抱かれないまま死ぬのは、いやっ！　お願い、Ｊ、抱いて！　本当の愛を教えてっ」

「……わかった」

Ｊは、穏やかな口調で言う。

「抱いてあげるよ、君が、もう少し大きくなったらね」

「でも……」

「約束しただろう。俺は、何があっても、君を守ってやるって。俺たちは死なない、殺されるものか。奴らを倒して、どこか、誰も知らない場所で静かに暮らそう」

「……結婚してくれる？」

Ｊは微笑した。

「その時に、君が俺のことを嫌いになっていなければね。もっと素敵な男性が、現われるかも知れないし」

少女は拗ねたように、下唇を突き出してみせる。

「嫌いになんてなるわけないわ。一生、Ｊ以外の男の人なんて、好きにならないわ」

「そうか。じゃあ、約束だ」

Ｊは、マリーの頬を両手ではさむと、その額にそっと接吻した。目を開いた少女の顔からは、怯えの色が消えて、少し含羞んでいる。

「良い子だから、もう、お休み」

「少しだけ……」

仰向けになったJの胸に、マリーは頭を乗せて、胎児のように軀を丸める。

「もう少しだけ、こうしていてもいいでしょう」

「ああ」

分厚い胸の筋肉の奥から聞こえてくる男の心臓の鼓動が、少女には心地よかった。

「……ねえ、J」

「ん？」

「そのお家には、白い小犬を飼おうね」

5

「――どうやら、あの店らしいな」

龍崎達彦は、小豆色のマツダ・カペラの助手席に乗りこんで、そう言った。

その車の運転席には室井登が、後部座席には斎藤夫婦がいる。

それは、昨夜、ハンターたちが〈宿泊〉したマンションの住人である高橋の車だった。

血まみれの高橋と恋人の朝美は、仲良く浴槽の中におさまって、冷たくなっている。エアコンの冷房を最強でかけっ放しにして、留守番電話にしておいたから、うまくいけば数日間は発見されないであろう。

そのついでに、マンションの駐車場にあった車も、いただいて来たというわけだ。死人が車を持っていても無駄だから、自分たちが有効に使ってやる――というのが、龍崎たちの考え方である。

彼らの頭の中には、慈悲とか良心の疼きとかいう余計なものは詰まっていないのだ。何しろ、血臭の漂う部屋で、平気で朝食を摂るような連中なのだから。

すでに午前十時半過ぎで、狭い大久保通りは車で溢れかえっている。後ろのタクシーから、激しくクラクションを鳴らされて、室井は、ゆるゆるとカペラを発進させた。

今日も、嫌になるほど晴れ渡って、暑い日であった。

「ポルノビデオ屋とはまた、冗談みたいなところに隠れたもんだな」

背後を振りかえりながら、斎藤明男が言う。

「あの狐野郎のアジトなのかしら。ひょっとして、サンクチュアリの商売仇の手下なのかな」

麗子も、首をねじ曲げるようにして、〈極楽ビデオ〉のネオン看板を見ている。

「さあね。とにかく、あそこに乗りこめば、奴らを一網打尽にできるでしょう」

徹夜で続いていた都内の検問は、早朝には解除された。都内全域で車の物流を遮断したら、メガロポリス東京の機能がマヒしてしまう。

それで、車の流れが楽になる九時半過ぎに、ようやく龍崎たちはマンションを出て、追跡を再開したのだった。

イーグル・アイによって、マリーが発信している電波は、百人町二丁目から出ていることがわかった。それで、龍崎が、そのハンディ・ナビゲーターを持って、町内を歩きまわり、ついに、ビデオ店の内部から発信されていることを突き止めたのである。

警察無線を傍受してみると、彼らはまだ、マリーたちを発見してはいない。

「で、どうする？　いきなり、飛びこむか」

警邏中の警官の姿を横目で見ながら、室井が尋ねる。龍崎は首を振って、

「いや。ここで、いきなり銃撃戦を始めると、逃げ出せなくなってしまう。こんなに道が狭いし、警官がウジャウジャいますからね」

「でも、何か策があるんだろう」

斎藤が身を乗り出した。

「ええ、まあ——」

龍崎が作戦を説明すると、室井たちの目が輝いた。

「そ、そいつはいいなっ」

室井は勢いこんで言う。

「親子連れだ、親子連れにしよう。それなら、みんな公平に楽しめるじゃねえかっ」

斎藤夫婦も、残虐な期待に頰を紅潮させて、賛成する。

「結構。じゃあ、そこの信号の手前で、僕を降ろしてください。連絡は携帯で取り合いましょう」

6

「よかった。浅井さんがつかまりましたよ。十一時過ぎにいるなんて、珍しい」

受話器を置いて、小野が言う。

「デジタルカメラは直せるかも知れないと言ってました。吉祥寺の事務所で待っているそうです。これが、そこの住所と電話番号」

小野は、走り書きをしたメモ用紙をJに渡した。

そこは店の中で、見本の裏本の表紙や、ビデオプリンターで印刷した見本写真などが、三面の壁に飾ってある。

「ありがとう、恩に着ます。何かわかったら、その足で、渋谷のサイバートピアTOKYOへ行ってみるつもりです」

Jは、地味なサマースーツにネクタイという姿だった。小野の古着を貰ったのだ。ウエストが少し大きいが、穿けないほどではない。

マリーの方は、デニムのオーバーオールに半袖のTシャツ、それにデニムのキャップという、完全に男の子の格好である。

「ただ……手間賃は吹っかけられるかも知れませんよ」

「それは、何とかなると思います」

ダンテ島で三人の米人から奪った金が、まだ四百万以上、残っているのだ。

「小野さん、これを」

Jは、封筒に入れた五十万円を差し出した。

「いや、そんなつもりでは……」

「あなたは、俺たちの命の恩人です。それに、警察の手入れがあった時のことを考えたら、少しでも余裕がある方がいいでしょう」

「ありがとう。じゃあ、遠慮なく」

小野は、押し戴くようにして、封筒の金を受け取った。

「あの……少し気になっていたのですが」

「何です？」

「その追跡者たちは、どうして、マリーちゃんが交番にいるのを知ったのですかね。

横浜駅から尾行していたのなら、わざわざ交番なんか襲わなくとも、雨ざらしのマンションに隠れていた時に、襲撃すればいいじゃないですか」

「そう……それは、俺も不思議に思っていたんです。通りすがりに交番を覗いて、マリーを見つけたというのは、少し偶然すぎるし」

Ｊとマリーは、顔を見合わせる。と、Ｊの顔に、サッと緊張が走った。

「マリー、ちょっとおいで」

かがみこみ、マリーの頭に手をかけて、左の耳朶の後ろを見る。

そこに、真珠くらいの大きさの疣のようなものがあった。昨夜、少女の髪を洗ってやった時、見つけたのである。

「耳の後ろのこれ……昔からあるのか」

「ううん。そういえば、ダンテ島に連れて来られてから、いつの間にか出来ていたみたい……」

「考えてみれば、あのブレスレットだけのはずがない。子供たちの体内にも、電波発信機を埋めこんでいたんだ、奴らは！」

Ｊは、それに今まで気づかなかった自分の迂闊さに、舌打ちをした。

子供たちを睡眠薬で眠らせてから、埋めこみ手術をしたのであろう。

「奥へ、奥へ行きましょう」

小野は、すぐにバスタオルや救急セットなどを用意した。

Jは、冷蔵庫の冷凍室から氷を取り出して、それをフェイスタオルに包み、椅子に座らせたマリーの左の耳朶を冷やす。

ピアスの孔(あな)を開ける時と同じ要領で、冷やして痛覚を麻痺させようというのだ。それに、冷やせば、出血も少なくなる。

Jは、ガーバーのフォールディングナイフのブレードを、ウォッカで消毒した。

「少し痛いかも知れないけど、我慢するんだよ。こいつを摘出しないと、奴らに見つかってしまうからね」

「うん。あたし、平気よ」

健気(けなげ)に、マリーは頷いた。その少女にタオルを噛ませ、Jはガーバーのナイフで、すっ……と皮膚を切る。

意外に簡単に、銀色に光る物体を取り出すことが出来た。出血も多くはない。

小野が切開部を消毒すると止血剤を塗って、応急バンドを貼ってやった。

「ふざけやがってっ」

ナイフの柄(ハンドル)の先端で、Jは、その超小型発信機を叩き潰した。

「二人とも、早く裏口から出発した方がいい。そいつらが、電波をたどって、この近くまで来ているかも知れないから」

「しかし……」

Jは、小野を一人残してゆくことを躊躇(ためら)った。

「大丈夫。あなたたちさえいなかったら、どうとでも誤魔化(ごまか)せますよ。それに、真っ昼間の大久保通りで拳銃なんか発射したら、たちまち、警官隊に包囲されちまう」

迷っている時間が惜しい。即座に、Jは決断した。

「行きます。でも、くれぐれも気をつけて」

マリーが手を伸ばし、小野の腕にそっと触れて、英語で言った。

「あなたのことは忘れません」

「嬉しいことを言ってくれるな」

小野は顔をくしゃくしゃにする。

が——凶人軍団の魔手は、この店に確実に近づきつつあるのだった。

第八章　還(かえ)って来た男

1

肩を荒っぽく揺すぶられ、佐伯は、不機嫌な熊のような唸(うな)り声を洩(も)らした。

大久保署の生活安全課——部屋の隅のソファで、彼は仮眠をとっていたのである。

「起きてください、佐伯さんっ」

石原刑事の声であった。

「ん……密売犯の報告書は、お前に任せるって言ったろうが」

佐伯は、むっくりと上体を起こして、脂の浮いた顔をごつい手でこする。

「俺ァ、過激派の写真を山のように見せられて、ネチネチ質問されてさあ。本庁から帰って来たのが、今朝の八時だぜ。何時だ……十二時ィ？　おいおい、勘弁してくれって」

「しっかりしてくださいよ。例の男が、また殺しをやったんですっ」

「何っ⁉」

佐伯の、西瓜のように小さな目が、くわっと見開かれた。真っ赤に充血している。バネ仕掛けの人形のように勢い良く立ち上がると、洗面室へ駆けこんだ。ザブザブと顔を洗う佐伯の側で、石原は、やきもきしている。

「ハンカチっ」

「は？」

「ハンカチだ、ハンカチっ！」

「は、はいっ」

あわてて、石原は、自分のハンカチを差し出す。それを引ったくるようにして、佐伯は、顔を拭いた。頭もぬぐう。

濡れてクシャクシャになったそれを、石原の手に押しつけて、佐伯は自分の机の方へ戻った。

「場所はっ」

「はい」

濡れたハンカチを気持ち悪そうにポケットにおさめながら、石原刑事は説明する。

「江戸川公園に停めてあったワンボックスカーの中で、三十代の夫婦と四歳の娘の遺体が発見されました。絞殺と刺殺です。酷いことに、三人とも……幼女だけではなく、夫まで強姦されてます」

「旦那まで？　――ってことは、犯人は両刀使いってことか」

佐伯は、皺だらけのサマージャケットの袖に腕を通しながら、

「よく、犯人があの男だとわかったな。目撃者でもいたのか」

「それが、被害者が死ぬ直前に携帯電話で、一一〇番して来たんだそうです。手配中の警官殺しの男に襲われて刺された、今、妻が犯されている――と。たまたま、近くを走行中の機動捜査隊の覆面パトカーが、一分もたたないうちに現場に到着。息絶えている被害者たちを発見し、現在、江戸川公園の周囲の道路は、所轄の警官隊によって封鎖されています」

石原は一気に喋った。

「犯人が、まだ公園の中にいるってわけか。そりゃ、しかし……まあ、いい。あすこは大塚署の管轄だったな」

大久保署や新宿署、戸塚署は、警視庁第四方面本部に所属し、大塚署は第五方面本部の所属になっている。

「行くんですか。うちの署や戸塚署からも、続々と応援が向かってますが、一応、係長の許可をとらないと……」

「勿論だ。俺の拳銃を出してもらわんとな」

その時、タイミング良く、馬淵警部補が部屋へ入って来た。

二人の人物が一緒だった。一人は五十前後、もう一人は三十代半ばで、二人とも地味なスーツ姿である。深夜に佐伯を呼び出した、警視庁公安部の人間とは違う。

「さ、佐伯くん。ちょっと」

緊張しきった顔で、馬淵が、佐伯を手招きした。

「何でしょう」

馬淵と二人の男を交互に見ながら、佐伯は近づいた。二人は威圧的な態度で、佐伯に挨拶すらしない。雰囲気が似ている。若い方は、薄い書類バッグを持っていた。

四人は会議室へ向かった。誰も口をきかない。殺風景な会議室に入ると、年配の方が、

「ご苦労。君は退がっていてくれ」

「はいっ」

馬淵警部補は、すみやかに退出する。

「私は警察庁警備局の局長の逢見警視監だ」

「佐伯巡査部長です」

公安の親玉じゃねえか――頭を下げながら、佐伯は胃が痛くなってきた。

警察庁局長といえば、その上は次長、その上がトップの警察庁長官ということになる。

「君に見てもらいたいものがあってな」

若い方が、書類バッグの中から大型の封筒を取り出した。

「ちょっと、待ってください。こちらの方を、まだ、ご紹介いただいていませんが」

「私の秘書だ」

不愉快そうに、逢見警視監が言う。

「本当の身分を教えていただけると、有難いんですがね」

何の確信もなかったが、佐伯は、カマをかけてみた。警察庁の幹部に楯突(たてつ)くなんて、我ながら何と無謀なことをするのか——と思う。

二人は顔を見合わせていたが、若い方が頷いて、

「防衛庁の杉野一佐(すぎのいっさ)です」

「平服とはお珍しいですな。たしか、統合幕僚監部の下には、安保分析室というセクションがあるそうで」

「………」

「その実態は、自衛隊隊員の監視と内外の軍事情報の収集とか。ＪＣＩＡ——内閣情報調査室と区別するために、自衛隊のＣＩＡだから〈Ｇ－ＣＩＡ(ジーシーアイエー)〉と呼ばれているそうですね」

「統合幕僚監部安全保障分析室の室長、杉野一佐です。ずいぶんと、自衛隊の組織にお詳しいようですな、佐伯巡査部長。どんな資料を、ご覧になりました」

冷たい口調で、杉野が問う。

「以前に、自衛官くずれの極道と飲んだ時に、色々と教えてもらったんですよ」

「その暴力団員は、今も現役ですか」

Ｇ－ＣＩＡの責任者の眼光が、鋭くなった。

「死にました。女子中学生をモーテルへ連れこんで、組内ではご法度の覚醒剤を喰いやがってね。それで妄想が起こり、素っ裸で道路へ飛び出して、積載オーバーのダンプに轢かれちまいました」

「………」

杉野一佐は、苦虫を噛み潰したような表情になる。

「もう、いいだろう。あれを出してくれ」

逢見警視監が促すと、杉野一佐が封筒から出したモノクロの写真を、佐伯に渡した。

短髪の、二十代前半の若者の顔写真である。

よく日焼けしているが、額の上半分だけが白いのは、常に帽子かヘルメットをかぶっているからだろう。斜め右の方を見て、屈託のない笑いを浮かべていた。

首から下は、着ている服がわからないようにするためか、太めのフェルトペンで黒く塗り潰してある。

「君、その人物に見覚えがあるかね」

逢見が硬い声で訊く。

「あの男——警官殺しの被疑者とされている男に、よく似ています。これが十年近く前の写真だとしたら、十中八九、同一人物でしょう。今は、もっと精悍になって、何というのか、凄味のある面構えになってますよ」

それを聞いて、逢見警視監と杉野一佐は、同時に吐息を洩らした。

「4WDの遺留指紋と個人資料のそれが一致したので、覚悟はしていたが……」

「なるほど、あいつは、元自衛官だったわけですか。いや、それだけなら、こんなに深刻になるわけがない」

佐伯は、口の中が急に乾くのを感じた。

「まさか……現役の自衛官じゃないでしょうね、こいつは。現役の自衛官が、現役の警官を三人も殺したとなると、これは……内戦みたいなもんですよ」

「違う」杉野一佐が即座に否定する。

「現役の自衛官の不祥事なら、まだ対処の仕様がある。問題は、もっともっと複雑怪奇でね」

「複雑怪奇？」

「この男……城島明二曹は、現役の自衛官でも退役自衛官でもない」

杉野は、こめかみを揉みながら言った。

「城島二曹は……〈幽霊〉なんだ」

2

佐伯は、夏場にふさわしい話題ですね——と軽口を叩こうとしたが、相手の表情を見てやめた。

「私にもわかるように、ご説明いただけませんか。実は、私の方にも、たぶん、お二人に喜んでいただけるネタがあるんですがね」

「何だ、そのネタというのは」

「そちらから、お先にどうぞ」

「ふむ……君は、一九九二年から九三年にかけての、カンボジアへのＰＫＯ派遣のことを覚えているかね」

逢見警視監の言葉に、佐伯は血相を変えた。

「覚えているどころか、全国二十五万の警察官は誰ひとり、忘れていませんよ。政府のヨタヨタした腰の定まらない態度のために、警察官がゲリラに殺されたんですからね。私は、文民警察官に武装させなくていいと決めた国会議員の連中は、絶対、許しませんよ。あいつら、てめえが丸腰でカンボジアへ行ってみりゃよかったんだっ、ふざけやがって！」

「わかった、わかった。私だって、あの件は許せんと思ってる」

「しかしですな」

「大阪空港に彼の遺体が到着した時、私は当時の警務局長と一緒に、出迎えをしたんだ。大阪府警の儀仗隊（ぎじょうたい）の手で、棺（ひつぎ）が下ろされるのを見た時の……海外で殉職させられた日本の警察官の遺体が帰って来るのを見た時の、私の悔しさがわかるかね」

「……すいません」

佐伯は口をつぐんだ。

――当時の日本政府は、バブル経済崩壊後の後始末もしないまま、国際連合安全保障理事会の常任理事国入りを狙って、しきりに国際社会に働きかけをしていた。

その一環として浮上したのが、ＰＫＯ――国連平和維持活動への参加である。具体的には、内戦中のカンボジアへの陸上自衛隊の派遣であった。

日本国憲法の私生児とでもいうべき自衛隊の存在は、専守防衛を旨として成立している。

だから、他国への派遣など、野党やマスメディアに海外派兵と非難されてしまうし、なによりも、それを可能とする法律がない。

それゆえ、日本政府は、曖昧（あいまい）な内容のＰＫＯ協力法をゴリ押しで国会通過させ、自衛隊員と文民警察官をカンボジアに派遣した。派遣員がゲリラに撃たれて死亡した場合の補償についてすら、明確な規定がないという、いい加減な法律である。

内戦を続けて来たポル・ポト派、ラナリット派、ヘン・サムリン派、ソン・サン派の四派は、パリ協定に基づく和平プロセスを承諾しているから危険はない——これが、当時の首相や官房長官の国会での答弁であった。危険がないのだから、死亡した場合のことなど、考えなくてよいという理屈である。

しかし、実際のカンボジアは、しばしば各地で戦闘が起こり、一般住民やＵＮＴＡＣ（アンタック）——国連カンボジア暫定統治機構の兵士が殺害されるという危険地帯だったのである。

そして、五月四日、バンティミェンチェイ州で、オランダの海兵隊に警護されていた文民警察官がゲリラに襲われ、一人が死亡、四人が怪我をしたのだ。

文民警察官たちは、丸腰であった。日本政府が、彼らに武装することを許さなかったのである。

派遣前に、最低でも、高品質の防弾ヴェストを支給し、緊急時に負傷者を運搬できるヘリコプターを持ちこむべきだ——と進言した軍事評論家もいたが、政府は、それを無視したのだった……。

「表向きは、カンボジアＰＫＯの犠牲者は、その文民警察官一名だけだった——ということになっています」

杉野一佐が、話を引き取った。

「だが、実は、自衛隊も一人、犠牲者を出していたのです」

「それが、この城島二曹……」

「ええ。彼は、第二次派遣部隊の一員でした」

自衛隊の任務は、荒廃した橋や道路の補修作業である。したがって、派遣部隊の中心は、施設科部隊だ。彼らの駐屯地は、カンボジア南部のタケオ州である。

城島二曹は、曹士レンジャー教育課程を最年少で修了した猛者であり、カンボジア行きも自ら志願してのことだった。

だが、自衛隊員といえども、完全武装でカンボジアに乗りこんだわけではない。

ＰＫＯ協力法に雁字がらめにされて、ある小隊は、二十人の隊員がいるというのに、武器は拳銃一挺と軍用ライフル二挺という貧弱なものであった。防弾ヴェストすら持っていなかった。

それは極端な例としても、補修作業中に立っている歩哨ですら、64式小銃から弾倉を抜いているという有様であった。

一発も発砲せずに帰国する――これこそが、日本政府が派遣部隊に与えた最大の任務なのである。

だが、五月二十三日の総選挙日が近づくと、連日、気温五十度という猛暑の中で補修作業を続ける自衛隊員に、日本政府は、さらに苛酷な命令を下した。

選挙期間中、自衛隊の情報収集班がジープで投票所を廻れ——というのだ。誰が考えても、これはポル・ポト派の選挙妨害や攻撃に備えてパトロールしろ——という意味だろう。

本来の任務とは全く違う、危険極まりない任務である。そのくせ、攻撃を受けた時の発砲許可は与えられなかった。

海外で自衛隊がゲリラと交戦すれば、それは防衛ではなく、武力の行使になる。武力の行使は、憲法第九条で禁じられている。

だから、もしも、ゲリラに攻撃されたら、自衛隊員は自らの責任で武器を使用しろ——と政府は言うのだ。ただし、それが〈正当防衛〉の範囲を超えていたら——日本の裁判所は正当防衛の範囲を極度に限定している——刑事罰の対象となる。

結局、自衛隊の最高責任者である内閣総理大臣は一切、責任をとらないから、現場の者が命賭けで判断しろ——という理不尽極まりない命令であった。

しかし、国家の一組織にすぎない自衛隊の、そのまた一部にすぎないカンボジア派遣部隊には、この命令を拒む権利はない。情報収集班というパトロール隊が組織された。

六人一組、全部で八班。さすがに、拳銃と軍用ライフルの携帯、鉄製ヘルメットに防弾ヴェストの二枚重ねという完全武装である。

もっとも、ポル・ポト派が持っているＡＫ47の七・六二ミリ弾は、自衛隊の防弾ヴェストなど簡単に貫通してしまうが。

ちなみに、内閣府国際平和協力本部は、防弾ヴェストは露出している首の部分は防げないではないかと指摘された時に、「襲われたとき、個人で弾が当たらないようにしていただくしかない」という世の中をナメきったような回答をしている。

だが、自衛隊ＰＫＯ施設大隊司令部は、さすがに、隊員の生命を守るために独自の対策を立てた。ゲリラに襲われた隊員を救出するための、レスキュー・チームを編成したのである。

表向きは医療チームということにしたので、一班だけは医官と衛生兵からなる本物だが、残りの三班は、レンジャー徽章（きしょう）を持つ者ばかりを集めた最強チームであった。

この三班には、〈丑（うし）・寅（とら）・辰（たつ）〉のコードネームが与えられた。丑組、寅組、辰組という江戸時代の町火消し（まちびけ）を思わせる呼称である。

城島二曹は、寅組の一員となった。

そして、選挙最終日の夜、パトロールから帰還する途中の某国のＰＫＯ隊員のジープが、ポル・ポト派の地雷に引っかかって負傷したという連絡が入った。

彼らから一番近い場所にあるのは、自衛隊ＰＫＯ施設大隊司令部であった。

同胞ではないのだから、救出する義務はない。だが、大隊の司令官は、わずかの逡巡（しゅんじゅん）の後に、決断を下した。レスキュー・チームに出動命令を下したのである。

やはり、負傷した外国人兵士を救出する際、ジャングルの闇の中から、ポル・ポト派の銃撃を受けた。指揮官は自分の馘（くび）をかけて、反撃を命じた。

しかし、銃撃戦の最中に、被弾した寅組の城島二曹が谷底へ転落してしまったのである。

夜間のことでもあり、彼を救うことは困難であった。指揮官は涙を呑んで、退却を命じた。

翌日の早朝、ポル・ポト派と全面戦闘をも辞さぬ覚悟で、一個中隊が戦闘場所へ向かい、谷底を捜索したが、川に流されたのか肉食獣に持ちさられたものか、城島二曹の遺体は発見することが出来なかった。

一方、交戦して〈戦死者〉が出たという報告を受けた日本政府は、パニックに陥った。そして、ようやく狼狽（ろうばい）が鎮（しず）まると、某国政府と協議の末に、事件を徹底的に秘匿（ひとく）することに決定したのである。

派遣部隊に箝口令（かんこうれい）が敷かれて、戦闘はなかったことになり、城島二曹は食中毒で病死したという書類が作られた。

そして、腐敗の進行が速いという理由で、遺体は現地で火葬にされ、母国には白木の箱に納まって帰って来たのである。さすがの野党も、食中毒による自衛隊員の死は大した攻撃材料にならず、マスメディアの扱いも小さかった。

自衛隊葬は、秘密のうちに簡素に行なわれた。

こうして、自衛隊初の戦死者は、歴史の深い闇の奥に葬られたのである……。

「どこへ行くっ」

佐伯が立ち上がると、逢見警視監は腰を浮かせた。

「お茶でも飲みましょうや。本当なら、一杯ひっかけたいとこです。素面で聞ける話じゃない」

会議室の隅に置いてあるセットを使い、佐伯は茶を入れて、二人の前に置く。

「その男、昔なら英霊とか何とか呼ばれていたろうに、現代では、カンボジアのジャングルに置き去りですか……それが民主主義ってやつですか」

「………」

三人は、しばらくの間、黙りこんでいた。

「で、その某国ってのは？」と佐伯。

「それは言えませんね」

「まあ、いいや……だが、幽霊のはずの城島二曹は実は生きていた……しかし、どうやって日本へ戻って来たんだろう。そもそも、どうして命が助かったのかな」

「それがわかれば、苦労はないんですがね」

杉野一佐は首を横に振った。

「彼は親も兄弟もなく、孤児同然の身の上だった。それが、自衛隊に志願した動機かも知れないが……恋人もいなかった。何しろ、カンボジアから一度も国際電話をかけていないし、手紙も書いていない。だから、今回の立ち回り先も、見当がつかないんです」

「九死に一生を得た城島は、日本政府にも自衛隊にも裏切られたと思っているでしょう。帰国したのは、復讐のためかな……」

「だから、何の関係もない警察官を三人も殺したというのかっ」

逢見が目を剝いた。

「いや、本当に復讐したいなら、当時の首相だったあの目玉ジジイを狙うでしょう。てめえは官邸の奥でふんぞりかえっていやがったくせに、自衛隊員や文民警察官の生命を虫ケラ扱いにした、あのジジイを。少なくとも、私だったらそうしますね」

「君は警察官だぞ。あまり過激なことを口にするな、アカじゃあるまいし」

「すいません」

佐伯は少し考えてから、

「ところで、横浜駅前でレンタカーを借りた奴らの捜査は、どうなりました?」

「ようやく二人のモンタージュ写真が出来たんで、今頃、マスコミの連中に配られているはずだ。もっとも、あまり似ていないらしいんだが……ギャランを借りたのは小柄な中年男、ワンボックスカーを借りたのは大男だそうだ」

「凶器の種類は特定できましたか」

「四種類の銃器が使用され、内一種類がサブマシンガンらしいとわかったが、具体的な銃器名まではわからんよ」

「なるほど」佐伯は慎重な言い回しで、

「――一佐殿。私が思うに、警官殺しは城島の仕業ではないんじゃないですかね」

「なんだとっ」

「なんだって」

逢見警視監と杉野一佐は、喰いつきそうな表情で、同時に身を乗り出した。天上界から下がって来た蜘蛛の糸を見つけた時のカンダタは、こんな顔をしていたに違いない。

「これが、さっき言ったネタです。確実な証拠があるわけじゃないが、まあ、聞いてください」

佐伯は説明を始めた。

「銃器が四挺なら、持っていた人間も四人と考えるのが、自然です。炎上した車が二台だから、一台に二人ずつ分乗していた。そして、その二台で交番を襲った」

「襲った理由は何だ？」

「襲われる直前に、殉職した木内巡査が――迷子なのか何なのか――金髪の白人少女を保護しています。四人は、この少女の奪回か殺害を狙ったんだと思う」

「しかし、城島二曹は、それにどう絡むのですか」

「この少女を助けようとして、火炎瓶……いや、焼夷弾か。それで、相手の車を燃やしたんじゃないですかね。城島は、銃器は所持していなかったんでしょう」

そして、城島は、少女を助けて４ＷＤで逃げた。だから、４ＷＤに警官殺害犯の銃撃の痕が残っていた。そして、二台も車を乗り換え、コンビニで食料の買い出しをしたところで、佐伯に出っくわしたという訳だ。

「これは何度も言ってるんですが、私の見たところ、少女は無理に男に連れまわされているようではなかった。まるで、実の父娘みたいに親密に見えました。それに、私が刑事だとわかったのだから、城島が本当に警官三人殺しの凶暴な犯人なら、まともに顔を見て声まで聞いた私を、生かしておくわけがない」

「なるほど！　それなら、辻褄が合うなっ」

逢見警視監は、興奮して湯呑みを倒してしまった。杉野一佐の顔にも、凍死寸前にブランデーを飲まされた雪山の遭難者みたいに、生気が広がってゆく。

「それが本当なら、問題の半分は解決しますが……」

再び、杉野の顔が曇った。

「半分どころか、九割方は解決でしょう。城島の戦死を病死と偽ったことなんて、その幽霊自衛官が三人の警官を殺したというよりは、はるかに簡単な問題じゃないですか。『贅沢は敵だ』って戦時標語もあったでしょ」

「簡単ではないですよ。自衛隊員が海外で交戦していたことを、近隣諸国にどうやって納得していただくか。マスコミは、自衛隊の暴走とか右傾化とか、騒ぐだろうし」

杉野一佐は、額の汗をハンカチで拭う。

「待てよ」逢見が不審そうに、

「城島二曹が犯人でないとすると、今、江戸川公園で起きてる事件はどうなる？　被害者が、死亡する直前に携帯電話で、彼に襲われたと言ってきたんだぞ」

「まだ、公園内を捜索中ですか」

「うむ。逮捕なり銃撃なり、何か起こったら連絡が来るようになってる」

「最初に駆けつけた機捜の連中は、被害者のそばで携帯を見つけましたかね」

「いや、なかった……なぜ、それを知ってる？」

ますます、不審そうな顔になる警視監だ。

「私の勘ですが、状況が不自然すぎます。おそらく、警官殺しの四人組が、城島二曹を陥れるために、その親子を殺して罪をなすりつけたんでしょう。電話をかけたのは、四人組ですよ。現場から遠く離れてから、被害者を装って一一〇番したんです。一一〇番は発信側からは切れない仕組みだから、すぐに壊したでしょうが」

「じゃあ、あの公園封鎖の大捜索は空振りかっ」

「大体、一人の男が真っ昼間に車の中で、親子三人を連続して強姦するなんて、不自然もいいとこですよ」

「た、確かに……神奈川の初動捜査のミスに憤慨してたら、今度は、こっちが初動ミスか。やれやれ」

逢見警視監は腕組みして、

「それで、君。佐伯くん。警官と親子を殺した四人組――大男と小柄な中年男、他に二人と思われる四人組がいるとして、そいつらは何者かね。やっぱり、過激派か。どうして、過激派が、一少女を狙っているのかね」

「残念ながら、それはまだ、わかりません。ですが、今度の江戸川の事件で特別捜査本部ができますね。所轄違いですが、私を特捜本部に入れていただけませんか」

「よしっ、いいだろう」

逢見の張り切りようは、人が変わったようであった。

「一つ、お訊きしたいんですがね」と佐伯。

「例の、大隊長が胸に抱いてきたっていう白木の箱。遺体が見つからなかったのに、その骨壺の中は何が入ってたんですか。まさか、空っぽとか」

「いや……全くの空では、何かあった時にまずいので……」

「誰か別人の遺骨が入ってたのかね」

逢見も知らなかったらしく、佐伯刑事と一緒に、杉野を見つめる。

「まさか、現地人の遺骨を分けてもらうことも出来ないし……それで……」

彼が言い淀んだ意味を察した佐伯が、皮肉っぽく頰を歪めて、

「牛ですか、豚ですか……いくら何でも、犬じゃないでしょうね」

「いや、野犬の死骸が一番手に入りやすかったらしくて……」

杉野一佐は目を伏せてしまう。

「野良犬を火葬にして、それを城島二曹の遺骨にしたんですかっ？　犬の骨を飾って、自衛隊葬を……？」

佐伯は、あまりの馬鹿馬鹿しさに、全身から力が抜けるのを感じた。

「……それは、ホントの犬死ってやつだな」

3

「やあ、楽しんだ、楽しんだ」

室井は、マツダ・カペラの運転席で、ニヤニヤしている。助手席の龍崎が、

「凄いもんだ。この界隈から、警邏中だった警官が、あっという間に消えてしまいましたよ」

「ウィスパーで警察無線を聴いてても、もう、煮えくりかえるような大騒ぎになってるぜ。江戸川公園には、完全武装の機動隊も投入されるようだ」

その車は、〈極楽ビデオ〉の反対側の道路端に停まっていた。

龍崎が考えた策とは――適当な親子連れの乗ったワンボックスカーを麗子が止めて、銃で脅かして乗っ取り、江戸川公園に連れこむ。そして、斎藤が夫を、麗子が妻を、室井が幼女を強姦して殺した。

それから、カペラで百人町に戻る途中で、被害者から奪った携帯電話で一一〇番し、あたかも凶行が行なわれている最中のように装ってから、それを壊したのだ。

案の定、その時間差トリックに騙されて、警察の注意は江戸川公園とその周辺に集中し、他の場所は手薄になったのである。これで、安心して、四人のハンターは、〈極

楽ビデオ〉に乗りこめるというわけだ。

まさに——姦計であった。

「いやあ、ダンテ島ではお預けをくらったからなあ。久しぶりに堪能したよ。残念なのは、時間がなくてゆっくり味わえなかったことだな。でも、細っこい首を両手でじわじわと絞める感覚は、たまらんですわ」

幼児殺人鬼で短小男の室井は、蕩けそうな表情になっていた。

「あの女、自分がディルドゥをぶちこまれてるくせに、『私はどうなってもいいから、子供だけは助けてっ』とか格好つけちゃってさあ。ああいう母性神話に毒されたムカつく女は、徹底的にお仕置しなきゃ駄目だと思って、お臀の孔をナイフで抉ってやったわ。前と後ろの両方の孔から血を流して、ヒィヒィ泣いてるのは、面白い観世物だった」

斎藤麗子が、楽しそうに言う。

「ところで、まずい事が一つあります」

「なんだい」

室井が途端に、不安そうな顔になる。

「二十分ほど前から、急に、イーグル・アイに反応がなくなりました。電波が途絶えたんです」

「逃げられたのかっ」

斎藤が身を乗り出した。

「いや、一瞬のうちに消えてしまいました。仔羊（ラム）の体内に埋めこまれている発信機の極小電池の寿命が尽きたのか……それとも、発見されて壊されたのか」

「と、いうことは……」

「考えても仕方がない。すぐに乗りこみましょう」

四人は銃器をチェックして、実包の箱をポケットに納めた。

「僕と室井さんは表から」

車の外へ出て、龍崎は言った。

「お二人は、裏からお願いします。ドアに鍵が掛かっているようなら、一分だけ待ってください。内部を制圧したら、僕らがドアを開けますから」

「わかった」

車の流れる大久保通りを、四人は素早く渡った。

斎藤明男と麗子が、建物の脇から横道へ入る。すぐに、龍崎が先に立って、裏ビデオ店へ入った。

「――いらっしゃい」

ぼそり、と小野が声をかける。鮮魚店やガソリンスタンドではないのだから、あんまり威勢よく挨拶すると、客が気後れして、そそくさと引き上げてしまうのだ。

「あのォ……」

龍崎は、はにかみながら、カウンターに近づいた。何か商品のことで質問だろうと、小野が顔を上げると、

「っ⁉」

いきなり、その鼻先に、ワルサーP38の冷たい銃口が突きつけられた。

「モデルガンじゃない、本物だ。声を出したら、顔面が吹っ飛ぶよ」

小野は、喉の筋肉がギュッと収縮して、声が出なくなった。拳銃の威嚇もさることながら、間近にある龍崎達彦の眼を覗きこんで、その瞳の奥にある得体の知れない何かを見てしまったからである。

店の中には、有線放送のシネ・ジャズが流れていた。やたらに派手な、『危険な関係のブルース』だ。

「裏の鍵を」

龍崎がそう言うと、室井は巨体に似合わぬ身軽さで、奥の居住部へ飛びこんだ。

少しして、室井が店の方へ戻って来る。

「今、あいつらが奥を捜索してるよ」

「はい。表を閉めてください」

「わかった」

室井は、小野の腰から店の鍵を奪うと、表へ出てネオン看板を中へ入れた。そして、入口の鍵を掛ける。

表から店の中が覗けないように、ガラス部分にはAV女優やアイドルタレントのポスターがベタベタ貼ってあるが、室井は、さらにカーテンも閉めた。それから、モーゼル・ミリタリーを抜き出す。

「バスにもトイレにも、誰もいないよ」

奥から出て来た斎藤が言った。

「だけど、排水孔に、こんな物が引っかかってたわ」

麗子が、指先に摘(つま)んだものを見せる。金色の髪の毛であった。

夫婦とも、銃を構えている。

「なるほど……マリーの髪をカットして、変装させたのか」

「………」

小野は震えていた。膝に力が入らずに、そのまま座りこみそうである。

「出ろ、こっちへ」

龍崎が命令する。小野は、ぎくしゃくした動きでカウンターを迂回し、店の中央に出た。

カウンターにあったＡＶ会社のロゴ入りブルゾンを、龍崎はとった。それを、ワルサーを構えた右手に、柔らかく巻きつけて包むようにする。

彼の考えを読み取った斎藤が、さっと有線放送のボリュームを上げた。

警告も脅し文句も何もなく、龍崎は、いきなり撃った。

至近距離から、九ミリ・パラベラム弾に右膝を撃ち抜かれた小野は、臀餅（しりもち）をつく。治療も不可能なほど破壊された膝から、どくどくと血が流れ出した。

悲鳴を上げようとする小野の口の中に、素早く、室井が靴先を突っこむ。折れた数本の歯が弾け飛んだ。

即席の消音器に助けられて、ワルサーの銃声は何割か減少していた。龍崎は、チロチロと火のついたブルゾンを床に捨てた。

ブルゾンに邪魔されて、遊底の往復運動が遮（さえぎ）られたため、排莢孔に空薬莢が詰まっている。龍崎は、手動で遊底をスライドさせて、空薬莢を捨てた。

これで、弾倉の次の実包が薬室に装塡（そうてん）されて、発射準備ＯＫとなる。

苦悶する小野の軀の下に、じわじわと赤黒い血溜りが広がってゆく。無論、口の周（まわ）りも血まみれだ。

「斎藤さん。こいつの太腿の付根を縛って、血止めしてください」

ホモセクシュアル強姦殺人鬼が、いささか不満そうな顔つきになると、龍崎は笑い

かけて、

「血止めしたら、自由に扱っていただいて、結構ですよ」

「そ、そうかねっ」

小男の顔が、狂った欲情と殺戮への期待に、ぱっと輝いた。

有線の曲目が、グルーミィなハーモニカの『褐色のブルース』になっている……。

第九章　NOBAD（ノーバッド）

1

　ポケットティッシュ配りの群れを掻き分けて、JR線吉祥寺駅南口を出て、井の頭通りの横断歩道を渡ると、丸井の前である。その丸井の南、井の頭恩賜公園に近い場所に、Jたちの探す幹本荘（みきもと）はあった。

　今時珍しい木造モルタル建てのアパートで、外壁が灰色にくすみ一部にY字型の罅（ひび）割（わ）れが入っている。

　男児の格好をしたマリーを連れたJは、外階段を昇って、二〇四号室の前に立った。表札は出ていない。

　インターフォンがないので、プリント合板のドアを軽くノックすると、中から「誰だ」という声。

「小野さんに紹介された者ですが」

　Jが、そう答えると、ロックを外す音がして、ドアが開いた。

不精髭を生やした猫背の四十男が、下から掬い上げるようにジロリとJを見た。

それから、マリーをちらっと見て、

「入んな」

裏CD-ROM屋の浅井は、脇へどいた。

Jとマリーが狭い玄関へ入ると、そこに半畳ほどの板の間があり、左手が細長い台所になっている。右手はトイレだ。

そして、玄関のすぐ前に和室の六畳間、その奥も六畳間である。襖はすべて取り外して、奥の部屋の壁に立て掛けてあった。

奥の六畳間には、大きなテーブルが置かれ、その上にデスクトップのパソコンが二台と、CD-Rドライブ、モデム、MOドライブ、スキャナー、カラー・インクジェット・プリンターなどの周辺機器が置かれている。

手前の部屋には、二十一インチのTVがあり、VHSと八ミリのダブル・ビデオデッキ、それにビデオプリンター、LDプレイヤーなどが接続されていた。

さらに、ノートパソコンやデジタルカメラ、留守番機能付き家庭用ファクシミリ、ステレオラジオカセット、レコードプレイヤー、家庭用ゲーム機などが雑然と並べられていた。

しかも、奥の部屋にも手前の部屋にも、まとめ買いしたらしい生CD-Rやビデオテープの箱が、山と積み上げてある。

台所の冷蔵庫の脇のポリ袋には、カップ麵の空きカップが大量に詰められていた。流し台からは、生ゴミか何かの腐った臭いが漂っている。

「適当に場所を見つけて、座ってくれ。そっちの子は、畳に座れるのかい」

ジーンズにTシャツという姿の浅井は、ドアをロックして言った。

「脚を伸ばせば、大丈夫です」

「そうか」

靴を脱いで上がったJとマリーが、何とか古い卓袱台(ちゃぶだい)の前に座る。卓袱台の上には、電気式のジャーポットが載っていた。

「おい」

いきなり、浅井が、ベルトの背中側に差していたらしい拳銃を抜いて、二人の方へ向ける。

オーストリア製で、口径九ミリのグロックM17Lであった。オーストリア陸軍の制式拳銃であるM17の、銃身と遊底を延長したタイプである。

グロックは、フレームや弾倉などがプラスティックで出来ているから、軽くて扱いやすい上に、空港のX線検査を逃れるらしいという理由で、暴力団関係者に人気がある。ただし、金属部品も使用しているので、オール金属製の拳銃よりは、比較的、検査機に引っかかりにくいという程度だ。

「何の真似だ」

左腕にすがりついてくるマリーを庇いながら、Ｊは落ち着いた声で尋ねる。無論、全身の筋肉は、一瞬の隙に反撃できるように、臨戦態勢に入っていた。

「お前さん、どうやって、江戸川公園から脱出して来たんだ。まさか、警察の付け馬がついていてないだろうな。巻き添えは真っ平だぜ」

「江戸川公園？　何のことだ」

「とぼけちゃいけねえよ。さっきから、どの局をまわしても、お前さんのネタばかりだ」

Ｊから目を離さずに、浅井は手探りでＴＶのリモートコントローラーをつかみ、ボリュームを上げる。

『――ただいま、対岸から江戸川公園を望遠で捉えています。川崎の警官三人殺しに続いて、またも行なわれた親子三人惨殺事件の現場であります。犯人は果たして、あの公園のどこに潜んでいるのでありましょうか。氏名不詳の犯人は、なにゆえに、このような凶行を繰り返すのでしょう。平和な民主国家日本で、このような蛮行が許されてよいものでしょうか。識者は、野放しになっている残酷なＴＶゲームや漫画の悪影響を、強く指摘していますっ』

わざと興奮を強調した口調で喋りまくる現場レポーターの報告の最中、画面の右下にウィンドウが開いて、鉛筆描きの似顔絵が小さく映し出された。

佐伯刑事が描いたＪの似顔絵であった。よく似ているが、バンダナを外して髪をカットした今では、イメージが違う。

「小野に話を聞いた時から、只者(ただもの)じゃねえと思っていたが、今、ドアを開けて驚いたぜ。もっとも、街中ですれ違ったくらいだったら、俺もわからなかっただろうがな」

「この江戸川の事件というのは何なのか、教えてくれ」

先ほどからＴＶで繰り返し報道されている内容を、浅井は、ざっと説明して、

「お前さんがやったんじゃねえのか」

「俺は、小野さんの店に泊めてもらって、そこを出た足で吉祥寺にやって来た。江戸川公園なんかに行ってはいない。言っとくが、警官殺しの方も冤罪(えんざい)だ」

「そういえば、小野もそう言ってたな。ふーん」

浅井は、グロックの引金から指を離した。トリガー・セーフティ方式なので、この状態で安全装置が掛かったことになる。

「悪かったな。忘れてくれ」

浅井は、ベルトの後ろへ銃を戻した。ＴＶのボリュームを囁(ささや)き程度にまで下げて、

「坊っちゃん……じゃねえ、お嬢ちゃん。驚かせて、すまなかったな」

煙草の脂だらけの歯を見せて、不気味な愛想笑いをする。マリーは、こくんと頷いて見せた。

「誤解が解けたところで、これを見てくれないか」

Ｊは、スポーツバッグから取り出したデジタルスチルカメラを、浅井に渡した。

「これか……」

浅井は、テキパキと作動状態を確認して、記録用のＰＣカードを抜き出した。それから、脇にある座机の引き出しから、別のＰＣカードを取り出して、カメラ本体に装填する。

部屋の隅にカメラを向けると、スチルとムービーの両方で撮影してみた。それを液晶モニターで再生する。何の異常もなく映った。

「わかった」と浅井。

「カメラ本体に異常はないようだ。つまり、こちらの撮影に使用したＰＣカードに問題があるということだな」

「そのＰＣカードが壊れているのか。中の画像は、もう、取り出せないのか」

「二つの場合が考えられる」

浅井は、パソコン・マニアにありがちな優越感に溢れた態度で、説明を始めた。

「まず、このＰＣカードが壊れている場合だが、ＮＡＳＡに頼んでもビル・ゲイツに泣きついても、何をどうやってもデータを取り出すことは絶対に出来ない。紙媒体と違って、それが電子媒体の宿命だ。しかし、カードそのものは壊れていないのだが、内部にわずかな狂いがあって、データが読み出せなくなっている場合も、考えられる。その場合は、俺が直して、再びデータが読み出せるようにすることが——つまり、画像を取り出すことができるよ。成功する確率は低いがね」

「具体的には、どうやるんだ」

「簡単に言えば——」浅井は不精髭を撫でて、

「PCカードの内部には、丸いディスクと非接触式のヘッドがある。ディスクの周辺表面にデータが記録され、ヘッドがそれを読み出すわけだ。ところが、何らかの衝撃が外部から加わると、このヘッドとディスクの距離が正しく保てなくなってしまうんだな。で、俺は——ここに、新しいPCカードがあるから、こっちのPCカードのカバーを外して、中からディスクだけ抜き出し、新しいPCカードの中のやつと交換しようと思うんだがね」

「………」

「まあ、わかりやすいたとえだと、中年夫婦のベッドから奥さんだけを連れ出して、新婚初夜のベッドの新妻と入れ替えるようなもんだな。理解できたかい」

「何となくな。今まで、それで成功した件数は？」

「ゼロ」

　あっさりと浅井は言った。

「一枚数万円もするタイプⅢで、必要もないのに、そんな道楽ができるかい。俺だって、初めてやってみるんだよ。ただし、理論的には間違ってないはずだがね」

「失敗したら？」

「二度と、データは取り出せない。もっとも、それは、このままでも同じことだがな」

　マリーの方をちらっと見てから、Ｊは頷いた。

「やってくれ」

「――三十万。小野の紹介だから、ＰＣカード代は、コミにしといてやる」

　浅井は左の掌を差し出す。

　Ｊは、上着のポケットから輪ゴムでくくった五十枚の一万円札を取り出すと、三十枚を数えて卓袱台の上に置いた。浅井が、それに手を伸ばすと、Ｊは陶器の灰皿を金の上にドンっと載せて、

「終わってからだ」

「ちぇっ、五十と言えば良かったぜ」

　舌打ちしてから、浅井は座机に向かった。

　新聞紙を机の上に広げると、二つのＰＣカードを並べる。そして、引き出しから工

具箱を取り出すと、極細のドライバーを使って、作業を始めた。

目が別人のように真剣味を帯びて、躯全体が緊張感に包まれる。今なら、簡単にグロックを奪えるが、そんなことをしても何にもならない。

Ｊはマリーに英語で作業の内容を説明してやると、それからは無言で彼の作業を見守るしかなかった。

エアコンの効きが悪いのか、部屋の中は、少し暑かった。浅井の額に汗が噴き出す。思ったより短時間で、ディスクの移植作業は終わった。浅井は額の汗を拭いて、

「浅井印のハンドメイドＰＣカードの完成だぜ。悪くない出来だが、何しろ手作業だからな。たぶん、一度くらいしか作動しないはずだ」

「それで？」

「こいつの容量は五百二十ＭＢだから、読み出しながら、六百四十ＭＢのＭＯにコピーしちまおう。そうすれば、こっちのＰＣカードがオシャカになっても、読み出したデータはＭＯに保存できる。レコードの中身をカセットテープにコピーしてしまえば、元のレコードが割れても心配ないってわけだ」

「プロのあんたが、その方法がベストだと思うなら、任せるよ」

Ｊは、ただ承諾するだけでなく、相手のプライドをくすぐる言い方をした。

「ふん。ＭＯの代金はまけとくぜ」

浅井は、ノートパソコンを奥の部屋へ持ってゆくと、ＭＯドライブとプリンターを接続する。そして、ハンドメイドＰＣカードをノートパソコンのスロットに挿入（いれ）ると、データのコピーを開始する。

Ｊは、作業の内容をマリーに英語で説明してやった。

冷蔵庫から出したクアーズを、浅井は、Ｊに勧めた。酔うわけにはいかないので、Ｊが断ると、ぐびぐびと自分で飲む。

「ん？　止まったな」

浅井は立ち上がって、ノートパソコンのところへ行った。

「ちっ。やっぱり、途中でへバったな。悪いが、最初の十数枚分の画像データしか、ＭＯにコピーできなかったぜ」

「コピーできた分を見せてくれ」

「いいとも——これだ」

浅井は、ノートパソコンの液晶モニターで、ＭＯの画像データを見せた。

最初のやつは、室内の隅を映したもので、構図も斜めになっている。

次のやつは、薄暗い海岸だった。おそらく、夜明け前に、ダンテ島にＪが上陸した場所であろう。

それからの十数枚は、みんな、ジャングルの中の拷問器具であった。人間の骨らしきものが転がっている写真もある——それで全部だった。

それを見たマリーが軀を強ばらせたので、Jは、少女の細い肩を抱きしめてやる。

「あんたの腕には脱帽したよ」

Jは、金を浅井に渡して、

「ところで、最初の室内の写真だが、もうちょっと、はっきりさせられるか」

「じゃあ、シャープをかけてみよう。——これで、どうだ」

画像補正をして、輝度が増し輪郭が明確になった写真を、浅井はプリンターで高解像度印刷して、その葉書大の写真をJに渡す。

どうも、事務所のような内装であった。観葉植物の枝と何かのポスターの端が映っていた。ポスターの字は、「愛は世界を」とまで読める。人物は映っていない。

「どうして、これだけ室内なのかな」

「たぶん、カメラを手にした人間が、作動をチェックするために、一枚だけ写したんだろう。俺だって、さっき、PCカードを入れ替えた時は、部屋の隅を写したぜ」

「なるほど。この場所が特定できれば……」

「J、見てっ」

マリーが、彼の腕を引いた。見ると、TVの画面に写真と同じような事務所が映っているではないか。

2

いや、同じような――ではなく、まったく同じものだ。観葉植物の枝の向きが違うだけである。

人物の背後の壁に、光る翼をつけた愛らしい白人の赤ん坊のポスターが貼られ、「愛は世界を救い、あなたの魂を浄める」という歯の浮くような文句が書かれていた。

浅井は、ＴＶのボリュームを上げる。

画面には、二人の人物が映っていた。ピュア・ハート・ジャパン代表の大森智津子と、世界的に有名なノンフィクション・ライターの花盾芳雄であった。

『――ＴＶや映画の中の暴力は、青少年の精神に、拭いきれないダメージを与えます。女性の裸体などを売り物にした下品な番組もまた、一種の暴力であり、子供の穢れなき魂に重大な爪痕を残します。ですから、欧米の先進国では、そのような低俗なメディアには厳格な規制が行なわれています。毒水のような番組や作品を垂れ流しにしているような羞かしい国は、世界でも日本だけですよ。だから、こんな凶悪な事件が起こるんです』

大森智津子は得意そうに言った。

『では、その日本の凶悪事件の発生率が、アメリカのそれよりも、ずっと低いのは、どういう訳でしょうね』

花盾は、静かにジャブを放つ。

『一説によれば、東京で一年間に発生する殺人事件の発生率は、ワシントンD．C．の十七分の一といわれています。そのくせ、日本の警察官の数は、アメリカの三分の一なんですよ。勿論、違法な銃器の氾濫も麻薬中毒者の数も、日本とは比べものにならない。あまりにも麻薬が蔓延していて、取り締まり自体が不可能になりつつあるので、いっそのこと麻薬を合法化してしまえ——という意見が出るほどです。煙草や葉巻の愛好者のことは、あんなに弾圧しているくせにね』

『しかし……』

『連続殺人犯の問題も、そうです。連続殺人犯の第一号は、十九世紀末のロンドンに現われた切り裂きジャックだといわれていますが、そのイギリスにしたところで、宗教的テロリストを別にすれば、五人以上の人間を殺した犯罪者は、百年間で数十くらいしかいません。ところが、アメリカには、そのような連続殺人犯が数百人はいるといわれています。つまり、正義の国アメリカの実態は、世界有数の犯罪国家といえるのです。コーラを飲むのと同じくらい簡単に人を殺す凶悪犯がゴロゴロしている国を、どうして、我が日本国が、お手本にしないといけないのでしょう。問題なのは、TV

画面の中の死体の数ではなく、現実の棺の数ではないでしょうか』
『………』
『それに、政府による表現の規制を許せば、それは際限のない言論弾圧に利用されるだけです。有害と無害の線引きは、どうやってするのですか。たとえば、幼児たちに絶大な人気を誇る、お菓子のヒーローがいますね。彼は、自分の頭部を千切って相手に与える。自己犠牲の極致、人間愛の発露といえるでしょう。実を言えば、私の孫も大ファンです。しかし、理屈と膏薬はどこへでもつく。これは、幼児の心にカニバリズム——食人嗜好をインプリンティングする有害な作品だと決めつけることだって、可能です。関連商品も含めた総売り上げが五百億円近いんだから影響も深刻だ——という理屈で、あの名作を抹殺することもできる。また、ある週刊誌が中央官庁の汚職の特ダネをつかんだとしましょう。政府は、その記事を潰すために、同じ出版社のドル箱である子供向け漫画を有害に指定するぞ——と遠回しに脅かすことだって出来ます。そうなれば、経営陣は膝を屈して、編集部も記事の掲載を諦めざるを得ないでしょう。もっと簡単に、特ダネ記事とは別のページの風俗グラビアを理由にして、その雑誌の回収措置を取らせることも簡単だ。表現規制とは、常に、そういう政府の暴走という危険を胎んでいるのです』
『だからって、売らんかなの下品低俗な写真や番組が許されるんですか！　そういう有害メディアが性犯罪を誘発するんですっ』

『ご存じと思いますが、一九六九年に、デンマークは映像表現の猥褻規制を撤廃しましたが、その結果、性犯罪の発生件数が半分に減少しました。その後、規制撤廃前と同じ水準に落ち着いたようですが、少なくとも、ポルノ映画解禁によって性犯罪が激増したということはありません。私は、そういうものは必要悪だと思っています。犯罪誘発性が最も高いのは、例の毒入りカレー事件を見てもわかる通り、現実に起こった事件であり、その事件報道でしょう。あの後、日本中で毒物混入事件が多発しましたよね。映画でもTVドラマでも小説でも漫画でも、どれでも同じことですが、どんなにリアルに描かれた犯罪でも、それが作りものだということを見ている側は知っていますから、それが一種の抑止力になります。本当は、あんな風に上手くいくわけがない——と。ところが、現実の事件は、まさに実行可能な見本ですから、これは、犯罪予備軍をおおいに刺激します。たとえ犯人が捕まったとしても、俺ならもっと上手くやってみせる——という風にね。では、マスコミが、犯罪の手口を具体的に報道しなければよいのでしょうか。これは、さらに重大な事態を招きます。まず、第一に、警察の暴走による冤罪の可能性が増すでしょう。第二に、事件を反面教師として防犯の知識を高めることができなくなります。先の模倣した毒物混入事件でも、一般人が知らなかった毒物の名称が報道されました。それによって、杜撰だった毒物管理の徹底が叫ばれるようになりましたね。つまり、事件報道というものは常に両刃の剣であることを避けられないのです。いえ、報道だけではありません。実は、所轄署が地域住民を集めて開く防犯啓蒙イベントでさえ、逆に見れば犯罪手口の普及になりかねないのです。自転車の籠に財布を入れておくと、ひったくられやすいから気をつけましょう——と言いますが、これを聞いた少年が、なるほど、自転車の籠に入ってる財布は取りやすいのか——と考えるかも知れない。だからと言って、防犯知識を普及させないわけにはいかないでしょう。要は、受け手側に大きな問題があるのです』

『データを勝手に解釈しないで！　性犯罪者のほとんどが、犯行の直前にポルノを見て欲望を高めていたという動かしがたい証拠があるのよっ！　現に、罪もない親子が三人もレイプされて殺されてるじゃないですか！　それというのも、アメリカ人と違って、日本人が宗教も倫理も持たない、恥知らずで無反省で傲慢で嘘つきの、前近代的な国民だからです！　そもそも、日本人は、反民主主義的で非文明的な三流民族なんですっ』

『自分の国の同朋を悪し様に罵って、何か楽しいですか』

呆れたように、花盾は言った。

『この地球上に、一つの欠点も問題もない国が存在しますか。自国の文化や伝統に誇りを持っていない人間は、世界中、どこの国へ行っても尊敬されませんよ。そもそも、あなたも、その日本で生まれ育った日本人の一人でしょう』『大体、私は、日本人になんか生まれたくなかったのよ！　アメリカの白人に生まれれば、幸せだったのにっ！』

大森智津子が、とんでもないことを言い出したので、画面はスタジオに切り替わった。

新体操の超美人選手と結婚したのはいいが、嫁姑の対立から十日で離婚してしまったという中年の人気キャスターが、何事もなかったような涼しい顔で、

『有楽町にあるロイヤルビルのピュア・ハート・ジャパン事務所より、お送りしました。さて、出崎さん、現場で何か動きはありますでしょうか——』

浅井はボリュームを絞って、Jから写真を受け取った。

「間違いないな。この写真は、ピュア何とかの事務所で撮られたものだよ。お前さん、心当たりは？」

「わからん……」

Jは、必死で思い出そうとしたが、何も浮かんではこない。軽い頭痛がしてきた。

サイバートピアＴＯＫＹＯの次には、この事務所へも行かねばなるまい。

「おい、まだ金はあるんだろう」

浅井の言葉に、Jは顔を上げる。

「それがどうした」

「お薦めの品があるんだがな」

座机の後ろから、浅井は枕ほどもある箱を取り出した。箱を開けて、中身を見せる。

「む……」

Ｊの目が、それに吸い寄せられた。

浅井のグロックよりも一回り大きく、ステンレス・ボディに彫刻を施した美しい拳銃である。

ウィルディ・マグナム――四十五口径ウィンチェスター・マグナム弾を使用する、超強力なセミ・オートマティック拳銃だ。

「賭け麻雀にボロ負けしたヤー公が、図書券の代わりに置いていったんだが、俺には扱い切れねえ。だが、お前さんの体格なら大丈夫だろう」

「弾は？」

わずかにかすれた声で、Ｊは訊いた。これほどハイパワーの拳銃を持てば、武装した四人のハンターに対抗できる。

「これだ。五十発入りの箱を一つ付ける。何か、違う種類のが一発、交じってるようだけど」

「幾らだ」

「弾付きで、百……いや、七十万でいいや」

交渉している時間が惜しかった。

「買おう」

Jは金を払って、拳銃と実包箱を受け取った。

先端が丸いラウンド・ノーズ型の四五ウィンチェスター・マグナム弾を弾倉に詰めていると、一発だけ先端が平らになったフラット・ノーズ型の実包があった。

「これは——」

その時、いきなり、ドアが蹴り開けられた。Jが弾倉をウィルディのグリップに挿入する前に、

「動くなっ」

飛びこんで来た斎藤夫婦が、彼らに銃口を向けた。

3

「渋谷は、いつ来てもガキばっかりだな」

道玄坂の中腹に停めたマツダ・カペラから出た室井登は、周囲を見回して顔をしかめた。

土曜の午後だから、人出は平日の二倍以上である。特に、露出の多いファッション

に身を包んだ若い娘が多い。

「室井さんのお好みじゃありませんか」

これも車から降りた龍崎達彦が、上着の衿を直しながら言った。

「ああ、駄目だね。何だ、あの下着みたいな格好でヒョコヒョコ物欲しそうに歩いてるネーちゃんたちは。恥じらいってものがない。サカリのついた牝豚だよ。根性の卑しさが顔にまで出てるじゃないか。やっぱり、女は十二歳までだ。十三を過ぎたら、後はみんな牝豚だね」

国民的長寿アニメの主人公の妹で、オカッパ頭の海草の名前がついた小学生の女の子を女神のように崇拝している巨漢は、無茶苦茶な理屈を言う。

「もっとも、あんたなら……」

ニヤつきながら、龍崎の方を向いた室井は、はっと口をつぐんだ。

龍崎は、ただ黙って、静かに巨漢を見つめている。

「す、すまん……」

怯えた表情になった室井は、ペコリと頭を下げた。

室井も斎藤夫婦も、龍崎が、あの有名な事件の犯人だということを知っている。

そのニュースは海外にも流されたから、外国人でも知っている者が多い。マダムＱが、「龍崎さんは、あの事件の犯人だというだけで、無条件でダンテ島の会員になる資格がありますね」と言ったほどである。

　それゆえ、人間の枠からはみ出した鬼畜外道の三人の殺人鬼も、この龍崎にだけは一目も二目も置いているのだ。

「別に。さあ、入って見ますか」

　そこが、日本最大のゲーム会社が建てた総合アミューズメント・ビル〈サイバートピアＴＯＫＹＯ〉の前であった。

　入口の右側からは毒々しい赤と黄色と緑色の炎が幾筋も、左側からは様々な形のプラグを付けた数十本のケーブルが伸びて、中央で互いに絡み合い、大きなアーチを形づくっている。

　二人は、そのアーチを潜って、ビルの中に入った。

　――右膝を撃たれ、ホモ殺人鬼の斎藤に犯された小野は、Ｊから聞いた話を全て喋ってしまった。

　それで、龍崎たちは、Ｊが警察に駆けこむ気がないことや、マリーが髪を染めて少年に化けたこと、ダンテ島の様子を撮影したＰＣカードが存在すること、Ｊたちが吉祥寺の裏ＣＤ－ＲＯＭ屋から渋谷の〈サイバートピアＴＯＫＹＯ〉へ行くこと――などを知ったのだ。

　麗子は、「私は弱い人間だ……」と泣きじゃくる小野の後頭部に、セミオートにしたイングラムMAC10の銃口をあてがい、引金を絞った。

後頭部から侵入した九ミリ弾は、小野の顔面を内側から破壊して、床にめりこむ。

銃声と同時に、斎藤は、小野の肉体の奥深くに放っていた。先ほど、不運なサラリーマンの体内に放ったばかりとは、到底信じられないほど、大量に射精する。

とにかく、Jたちの行く先は、吉祥寺と渋谷の二ヵ所だとわかった。麗子と室井がジャンケンをして、勝った斎藤夫婦が吉祥寺へ、負けた室井が龍崎と車で渋谷へ行く――と決定したのである……。

そのビルの一階と二階は吹き抜けのフロアになっていた。手前には、世界的に大ヒットした家庭用ゲームの主役であるヒト型巨大ロボットの、原寸大モデルが展示されている。

そのロボットには、精密なギミックが仕込まれていて、歩行することだけは出来ないが、コクピットに乗った客の操縦によって、複雑なアクションを見せたり、レーザービームを照射したり、色々な決めポーズをとったりするのである。

このビルは、海外の有名俳優やミュージシャン、映画関係者などにも大人気で、特に、この巨大ロボットに搭乗した時には、そのリアルな乗り心地に、どんな大スターでも子供のようにハシャいでしまうそうだ。

そのフロアの真ん中に、昇りと下りのエスカレーターがあり、奥には、ゲームの関連商品の売場がある。

エスカレーターで三階に上がると、そこはドーナツ型の複合レストランになっていた。

中央に客用のテーブルが集まっていて、その周囲に、イタリア料理や中華、日本蕎麦、インド料理、寿司、ピザ屋などの色々な店のキッチンカウンターがある。客は自動販売機で食券を購入して、和洋折衷、好きなものが食べられるというわけだ。

食器の片付けやテーブルの整理は、フロア共通のウェイトレスたちが行なう。金がなければ、コーヒー一杯で何時間でも粘れるので、若者たちの評判もよい。

昼飯は渋谷まで走りながらハンバーガーだけで済ませた室井は、食欲を刺激されたようだが、龍崎に促されて残念そうに四階へ昇った。
四、五、六階は、見渡す限りフロアいっぱいに、ゲーム機がズラリと並んでいる。
四階は、レースカー、電車、スノーボード、釣り、人力飛行機、モーターサイクル、楽器、ダンスなどの体感ゲーム機ばかりだ。

五階は、ガン・シューティングや格闘物、アクションパズル物、セクシー麻雀物などが並んでいた。

六階は、ダービーやスロットマシーン、ルーレット、カードなどのギャンブル物である。どの階も、内装が凝っていた。

一通り六階まで見てまわってから、龍崎と室井は、四階へ降りた。

記憶を喪失しているJも、このビルのどこへ行けばよいのかわからないから、六階まで見てまわるはずだ。だから、四階で見張っていれば、Jを捕捉できるはずだ。無論、斎藤夫婦に吉祥寺で射殺されていなければ――だが。

とにかく、ゲームの様々な効果音やBGMが天井に反響して、誰もが画面に集中し、周囲に注意を払わないここは、待ち伏せするには最適の場所である。

「いやあ、あいつらと別れてホッとしたよ」

四階の隅に、ドリンク類の自動販売機が並んでいる。その前で、たっぷりとミルクと砂糖が入った缶コーヒーを飲みながら、室井が言った。

「そんなに斎藤さんたちが、お嫌いですか」

十六茶の缶を手にした龍崎が、微笑する。

「俺のことをペド助とかペディ・ベアとか言ってるのは、知ってるからな。あいつらも嫌いだが、そもそも、俺は、ホモとかレズが大っ嫌いなんだ。なんで、同性愛の奴らばっかりが世間に受け入れられて、俺のような高尚な趣味の持ち主が迫害されるんだ。俺の人権はどうなる。色んなセクシャリティを差別せずに受け入れましょうなんてキレイ事を言うんなら、糞便(ふんべん)を喰らうスカトロジストも露出狂もネクロフィリアも、みんな公認してみろってんだ。なんで、ゲイだけが特別扱いなんだ。ストレート以外は全部、〈変態〉というカテゴリーに押しこめて無視するか、全ての性的嗜好を分け隔てなく認めるか、どっちかにすりゃあいいんだよっ」

「――おっさん」

いきなり、室井は肩を突かれた。缶コーヒーの中身が、床にこぼれる。

「ぐちゃぐちゃ喋ってねえで、どけや」

見ると、室井より確実に十センチ以上は大きい若者が、そこに立っていた。相撲取りのように、全身が筋肉と脂肪に満遍（まんべん）なく包まれている。

来月には半ダースの赤ん坊を出産するのではないか――と思えるほど腹部が丸く突き出していた。頭は金色に脱色して、鼻の左側にピアスを嵌（は）めている。だが、年齢は、まだ十代半ばというところだろう。

そのアロハシャツをだらしなく着た肥満漢の後ろには、似たような格好の若者が二人、ニヤニヤ嗤（わら）いながら立っていた。

三人とも、知性や教養とは無縁の荒（すさ）みきった顔つきであった。

「やっちゃえよ、トム。この前のデカい海兵隊（マリーン）みてえにさ」

「小便洩らすまで、可愛がってやれよ」

トム――つとむとかいうのが本名だろう――は、パイナップルほどもある右の拳を、室井の目の前に突き出して見せた。

「これが見えるか」

その拳の甲に、レリーフみたいに〈Ｎ〉という文字が浮かび上がっていた。インプラント・ピアッシングといって、手首や甲、額などに、色々な形の金属を埋めこむという過激なファッションである。

彫物（タトゥー）やピアスが一般化しすぎたので、自分だけの個性的な改造にこだわる肉体改造マニアの間では、このインプラント・ピアッシングが、焼き印を押しあてるブランディング、皮膚の表面に傷跡を作るスカリフィケーションなどとともに、注目を集めているのだ。ただし、人体への安全性は、まだ確認されていないが……。

後ろの二人も、手首の表側にＮの字が浮かび上がっている。

「おっさんは知らねえだろうが、俺らは、渋谷を仕切っている〈ＮＯＢＡＤ（ノーバッド）〉だ。死にたくなかったら、財布の中身を俺らに気持ち良く寄付しなさいね」

室井は物も言わずに、相手の右手首をつかみ、ひねって固めると、無防備な股間を右足で蹴り上げた。右手には、缶コーヒーを握ったままだ。

嫌な音がして、肥満漢のトムの軀が、五センチほど宙に浮いてしまう。生殖器が完全に潰れて再生不能になっただけでなく、骨盤までもが砕かれた。

悲鳴を上げる余裕すらなく、トムは白目を剥いて、床に両膝をついた。そのまま横倒しになる。チノパンツの前が、血の混じった失禁で黒々と濡れてゆく。

「たしかに小便を洩らしたな」

息も乱さずに言った室井は、トムのこめかみを鋭く蹴る。

間違いなく頭蓋骨に罅が入ったから、数日間は目を覚まさないだろう。ことによったら、一生、目を覚まさないかも知れないが、それも自業自得だ。

「て、てめえ……」

震えながら、一人がナイフを、もう一人が特殊警棒を取り出した。

「やめておけ」龍崎が静かに言う。

「今なら、まだ治療できるかも知れない。仲間なら、早く、病院に連れて行ってやるんだな」

とても自分たちが敵う相手ではないと、わかっていたのだろう。その言葉に救われたように、二人はトムを両側からかかえ起こすと、ひどく苦労して運び去った。

「日本の教育は間違っとるなあ」

室井は、したり顔で言うと、残っていた甘ったるいコーヒーをぐびりと飲み干した。

4

それから、十分ほどが過ぎた。

龍崎と室井が、渓流下りゲームでハシャいでいる大学生らしいカップルを眺めていると、六人の若者がじわじわと二人を包囲する。

気づかない振りをしていると、中の一人が、室井の背後から腰に何かを押しつけた。

「動くなよ」

高揚する暴力衝動を抑え切れぬように、かすれ声で、その背の高い若者が言った。

素肌の上に、中世の騎士が使用したチェインメイルのような、金属リングを繋ぎ合わせたヴェストを着ている。背中と両腕の外側には、縞馬の模様みたいな黒いトライバル・タトゥーを、ビッシリと入れていた。

額に、ロングサイズのネックプロテクターを巻いている。短髪の中央を額側からうなじまで一直線に剃り落とした、逆モヒカン刈りという派手なヘアスタイルだ。

「トカレフって知ってるか。こいつの弾丸は、自動車の右のドアから入って、左のドアも貫通しちまう。いくらガタイが良くても、人間の軀なんかスポンジより簡単に貫くぜ。腹の中は、弾丸で掻き回されて、ミキサーにかけたみたいになるけどな」

「…………」

室井は頷いた。恐怖のあまり、声が出なくなっているように見えただろう。

「お前も動くなよ」

龍崎の首筋には、一万二千ボルトの電撃を放射する太いスティック型のスタンガンが突きつけられていた。

その小柄な若者は、髪を紫色に染めて、ウニのように尖らせている。紫ウニというところだ。

民生用のスタンガンは、催涙ガス・スプレーと同じように、元々は護身用品として販売されたものだ。非力な女性が、強盗や強姦犯などの無法な暴力から身を守るためのグッズである。

ところが、簡単に相手の抵抗を奪えるという機能から、逆に強盗や強請りや喧嘩などに利用されるケースが内外で頻発している。本来の護身のために使用されるケースより、犯罪目的で使用されるケースの方が格段に多い。

それどころか、通りすがりの女の子をスタンガンで抵抗不能にして、ワンボックスカーの中に引きずりこみ、人けのない場所で輪姦する例もあるのだから、皮肉なものだ。

発想の原点すら正しければ、そこから派生したものが全て正しいというわけではない。弱い女性が卑劣な犯罪者から身を守るための道具——という反論しようのない立派な目的から出発しても、現実には、それを悪用されてしまうことの方が多いのは、スタンガンや催涙ガス・スプレーに限った話ではないだろう。

「さあ、こっちだ」

龍崎と室井は、六人のＮＯＢＡＤに、男性用トイレに連れこまれる。その中の二人は、先ほどトムを連れて逃げ出した奴らだった。みんな、十代半ばらしい。

途中で、彼らを見た店員は、あわてて目をそらせ、何事もなかったかのように、振る舞っていた。

六人の中に一人だけ、十代前半らしいポニーテイルの女の子が交じっている。鳥ガラのように痩せた貧相な軀に、シースルーのブルーのワンピースを着て、ワインレッドのサンダルを履いていた。

そこのトイレは広かった。個室だけで七つもある。今は、誰もいなかった。

「俺は、NOBADのヘッドをしているケンジだ。お前ら、ここで死ぬ覚悟はできてるだろうな」

トカレフと称する拳銃を構えた逆モヒカンが、二人に言う。

それを見た龍崎の目が細くなって、酷薄な光を帯びた。

ケンジが持っているのは、正確には旧ソ連製のトカレフを中国の北方工業公司がコピーした〈ノリンコ〉シリーズの一つ、ノリンコM213であった。

原型となったトカレフTT33は、七・六二ミリ口径だが、ノリンコM213は九ミリ・パラベラム弾を使用する。オリジナルと違って、安全装置が付いていた。

九ミリ・パラベラム弾は、龍崎たちが持っている四種類の銃器に共通する弾である。

斎藤夫婦から連絡が入るまでの暇つぶしに、チーマーたちを痛めつけてやるつもりだったが、こうなると目的が変わってきた。

「…………」

龍崎が目で合図すると、室井も目で頷く。

「殺って、早く殺っちゃってよ、ケンジ！」

日焼けした肌を紅潮させた少女が、酔ったような顔で叫んだ。まだ若いくせに、ひどく荒れた肌を濃い化粧で誤魔化している。

いつも、男たちが暴力を振るう現場にいて、相手が血ダルマになる拷問ショウを見物しているのだ。それに、若者の集団に女が交じっていると、女にけしかけられて、男だけの時よりも暴力が過剰にエスカレートする傾向がある。

この少女も、残虐な行為への期待に、目が潤んでいた。暴力衝動に男女の差はないのだ。

「うるせえっ、便所娘は黙ってろ」

ケンジは、辛辣な罵声を浴びせた。

構成員たち全員に、貧弱な肉体を提供することが唯一の存在価値になっているらしいこの少女は、一瞬、涙目になった。が、すぐに、わざとらしい作り笑いを浮かべる。

ここで泣きだすと、チームから放り出されるからだ。そして、男たちの暴力の庇護がなくなった不良少女は、間違いなく、今まで痛めつけた連中のお礼参りにあう。それも、倍返しや三倍返しだ。

自分だって、ＮＯＢＡＤへ入った時には、それまで自分をイジメた連中を、男たちにシメてもらったのだ。泣き叫んで許しを乞う中学生の少女の股間に、笑いながら、スタンガンを突っこんで放電したこともある。

チームを放り出された後、あの少女に街で出くわしたとしたら……。

「俺らは、ただの最強チーマーじゃねえぜ。ストリート・ギャングスターだ」

ケンジは左手で、額のネックプロテクターを外した。その額には、インプラント・ピアッシングによって、ＮＯＢＡＤの五文字が浮かび上がっている。

「どうした、何か言ってみろ」

スタンガンを持っていた紫ウニが、龍崎の背中を押した。よろけた龍崎の首から、当然のことに、スタンガンの先端が離れてしまう。

それが、龍崎の待っていたチャンスであった。

前かがみになると、左脇の下に装着したホルスターから、ワルサーP38を抜き出した。そして、左側に廻りこんでノリンコM２１３の弾道上から軀を外すと、警告も脅しも口にせずに、ワルサーを撃つ。

窓のない、ほとんど閉鎖空間のようなトイレの中に、銃声が反響した。

右の手首を撃ち抜かれたケンジは、老婆のような悲鳴を上げて倒れた。床に落ちた拳銃は、幸い、暴発しなかった。

「みんな動くなっ」

呆然としている若者たちを、いつの間にかモーゼル・ミリタリーを抜いた室井が、一喝する。龍崎が素早く、M213を拾った。

撃たれて血を流しているケンジも含めて、皆が信じられないという表情になっている。今まで、拳銃を見せれば、どんな相手でも震え上がり、彼らが絶対的な優位に立つことができた。後は、嬲り放題であった。

まさか、相手の方が一枚上手の場合があるなぞ、考えてもみなかった。だから、龍崎たちのボディ・チェックもしなかったのである。

「痛てぇ……死んじゃうよ……」

蒼白になった顔を脂汗まみれにして、逆モヒカンのケンジは呻いた。床を流れる鮮血に、別の黄色っぽい液体の流れが合流していた。

少女が立ったまま、大量に失禁しているのだった。両足の内側をつたわった小水が、ビシャビシャと音を立てて床に流れ落ちる。

「みんな、そこの個室へ入れ」

室井は、スタンガンを取り上げると、残りの四人を一つの個室へ押しこんだ。満員電車のような状態になったので、隙を見て室井に逆襲することなど、不可能であった。

龍崎は、失禁娘に動かないようにと警告してから、ケンジの顔面に銃口を向ける。

「この銃は、どこで手に入れた」

「買った……マンデイ・チェンって奴から五万で……ドラッグも売ってる……奴は中国マフィアって噂だ……」

「そのマンデイ・チェンは、どこにいるんだね」

「この近く……円山町のマンション……」

自称ストリート・ギャングスターのヘッドは、詳しく喋った。

「頼むよ……医者へ、救急車を呼んでくれ……呼んでください……」

「わかった。一一九番してやるから、そこの個室へ入って、みんなでおとなしく待ってるんだ」

龍崎は、彼の腰のケースから携帯電話を奪った。

「いいか。救急隊員に聞かれたら、見たこともないアジア人に、いきなり撃たれたと言うんだ。僕たちの人相を喋ったら、病院まで殺しにゆく。わかったな」

「はい、はい……」

苦労して、ケンジは、他の四人がいる個室へ入った。中の連中も、どうやら命が助かるらしいと知って、ホッとしている。

が、次の瞬間、室井がモーゼルを速射した。十発全部を撃ち尽くすと、内側のノブのロックボタンを押して、素早くドアを閉じる。

個室の中で、五体の射殺死体が崩れ落ちる音がした。ドアの下の隙間から、幾筋もの血が流れ出てきた。

龍崎は、立ち尽くしている少女の頭に、ワルサーの銃口を、そっと押しつけた。少女の躯が、びくっと震える。

「仲間みたいになりたいか、それとも、生きていたいか。どっちだ」

「し……死にたくないよ……殺さないで」

「僕たちの言う通りにしたら、殺しはしないよ」

その言葉を聞いて、少女の顔が、パッと明るくなった。何を勘違いしたのか、

「あたし、何でもするっ。サービスしちゃうよ。みんな、リコは味がいいしテクニックも上手（うま）いって、誉めてくれたんだからっ。フェラも、ゴックンも、お臀（しり）だってＯＫだよっ。オジ様たち、二人一緒だって、全然ＯＫ。ＮＯＢＡＤに入れてもらう時は、連続十何人を相手にしたんだから。さすがに、あそこが真っ赤に腫れちゃったけどさあ」

龍崎は苦笑した。

モーゼルの弾倉に実包を詰めていた室井は、鼻の頭に皺を寄せて顔をしかめ、俺は御免（ごめん）だな――という表情をする。

「そうか。それは楽しみだな」

龍崎は、偽り(いつわ)の微笑を見せて、

「言う通りにしたら、命を助けるだけじゃなくて、お金も上げるよ。とりあえず、ここから出ようか」

「ちょっと待ってね」

リコという少女は、躊躇(ためら)いもなくスカートをたくし上げると、セクシーピンクのショーツを脱いだ。その小水で濡れたショーツを、ゴミ箱に捨てると、洗面台の水を出す。

手を洗うのかと思ったら、左手でワンピースの裾を持ち上げて、右手で水を掬(すく)い、その部分をバシャバシャと洗った。

羞恥心という概念が欠落しているらしい。臀の肉づきは薄かった。

「へへ、お待たせ。キレイにしたよ」

どういう頭の構造をしているのか、リコは、龍崎に向かってニッコリと笑いかける。

第十章　鉄の虎（ティエフ）

1

「やっと見つけた、仔羊（ラム）を……」

マリーを見つめる斎藤麗子の微笑は、血に飢えた人喰い虎のように獰猛（どうもう）であった。

男装のマリーは震え上がって、Ｊの左腕にしがみつく。

サンクチュアリの奴隷だった時には、いかなる場合にも運命と割り切って、自分の感情を圧（お）し殺（ころ）していたマリーであった。だが、Ｊとの触れ合いで人間としての感情を取り戻したことにより、皮肉にも、人並みに恐怖の感情も甦（よみがえ）ったのであった。

麗子は、セミオートにしたイングラムＭＡＣ10を、斎藤明男は、ルガーＰ08を構えている。

安全装置を解除した状態だから、引金にかかった人差し指を動かすだけで、撃てる。

Ｊは、右手にウィルディ・マグナムを、左手に弾倉をつかんでいる状態なので、とても対抗できない。

どんなに早く、弾倉をウィルディのグリップに挿入しても、まず遊底をスライドさせて弾倉の第一弾を薬室に送りこまないと、引金を絞ることができないのだ。

その間に、確実に五、六発は喰らってしまうだろう。

「その馬鹿デカい銃を捨てろ」

斎藤が命じた。

Jは、〈マグナム・プリンセス〉のニックネームを持つウィルディを、畳の上に置いた。弾倉もだ。そして、斎藤の方へ押しやる。

こいつを捨てても、まだチャンスがあるのだ――グロックM17Lというチャンスが。

その一方で、こいつらが来たということは、裏ビデオ屋の小野が襲われて拷問されたに違いない――と思う。命だけでも助かっていてほしいが、残忍無類、警官殺しも躊躇(ためら)わぬ凶人どもだから、それは難しいだろう。復讐の熱いたぎりが、胃袋を焦がす……。

「よし。仔羊(ラム)のマリー、こっちへ来い」

マリーは縋(すが)るような瞳で、Jを見た。Jは頷く。

無論、今は相手の言う通りにしろという意味の他に、この前と同じように必ず助け出すという意味がこめられている。

それを理解した男装の少女は、ゆっくりと立ち上がって、二人のところに行った。

斎藤は、マリーを麗子の方に押しやる。

　麗子は左手で、逃げられないように、彼女のオーバーオールの肩の部分をつかんだ。

「――ねえ、あの」

　浅井が、愛想笑いを浮かべながら、

「あんたたちの狙いは、この二人でしょ。わたくしは関係ないっスよね。もう、好きなようにしてくださって、結構ですから。わたくし、見てません。なんにも見てませんから、助けてくださいな。しがない裏CD－ROM屋なんか、殺してもしょうがないでしょ。ね、ね、ね」

「その手に持ってる写真は何だ」

　斎藤が尋ねる。

「あ、これ？　よくぞ、訊いてくださいました。これは、あなた、この男が持ってたデジタルカメラの冒頭に映っていた画像ですよ。ほら、これが、そのカメラに使っていたPCカードです」

　浅井は腰を浮かせて、コピーしたMOではなく、もうクラッシュしてしまった手製PCカードを、プリントアウトした写真と一緒に、斎藤に渡した。これで、Jは、浅井の覚悟がわかった。

　このしぶとい男は、表面上は卑屈な命乞いをしているが、隙を見て、逆襲するつもりなのである。

「しかも、この室内、実は、ピュア……ええと、そう、中央区にあるピュア・ハートとかいう団体の事務所なんですよ。わたくし、思いまするに、この男は、このピュアに雇われたんじゃないですかねえ」

「何のために」

「わたくしも、そこまでは……この男を拷問でもなすって、問いただしてみては。ですが、この男、記憶を失ってるようですよ」

浅井は揉み手をしながら言う。その背中側に隠したグロックは、斎藤たちの方からは見えない。

「渋谷へ連れてゆけば、記憶が戻るかも知れない……」

麗子が呟いた時、斎藤が叫んだ。

「おい、ＴＶの音を大きくしろっ」

「は、はいっ」

あわてて、浅井はリモコンを手にした。

画面には、江戸川公園事件の生中継ではなく、水平線上に立ち上る大規模な黒煙が映っている。

『――本日、正午ごろ、グアム島の北西にある公海上の島が、突然、大爆発を起こして、島の大半が海中に没してしまいました。この映像は、トローリング中の観光客が、船の上からビデオカメラで撮影したものです』

「マダムQめ……証拠を消しやがったか。やっぱり、大した悪党だ。巨費を投じたダンテ島そのものを、吹っ飛ばすなんて」

『この島は無人島ですが、火山島ではなく、どうして、こんな大規模な爆発が起こったのかは不明です。今のところ、風下の島々では、放射能は検出されておりません。専門家の意見によると、この島に旧日本軍の秘密弾薬庫があり、そこに貯蔵されていた爆弾類が、何らかの衝撃で爆発したのではないか——ということです。こんな意外な平和な南の海にも、世界中にご迷惑をおかけした先の侵略戦争の爪痕が残されていることを、我々日本人は、忘れてはいけないのかも知れません』

斎藤たちの注意は、完全にＴＶの方に逸れていた。浅井は、背中へ右手をまわして、グロックを引き抜く。

が、斎藤夫婦も油断はしていなかった。パッと銃口を向け直して、浅井よりも先に引金を絞る。

銃声が響いて、二発の九ミリ弾が胸部と腹部に命中した浅井は、グロックを放り出して、ＴＶの方へ倒れこんだ。

その瞬間、Ｊは、マリーに当たらないように卓袱台をひっくり返す。

電気ポットが斎藤の足に当たり、蓋が外れて熱湯が飛び散った。

「ぎゃっ」

悲鳴を上げた斎藤は、麗子の方へ体当りするような形になった。麗子は、マリーをつかんだまま、玄関から通路の方へよろけ出てしまう。

その隙に、Jは、ウィルディ・マグナムと弾倉を拾った。グリップに、弾倉を叩きこむ。

「くそっ」

斎藤が憎悪に燃えて、ルガーを撃った。

至近距離だが、足の火傷のせいで、狙いが不正確になっている。Jの肩口をかすめるようにして、銃弾は通過した。

Jは、奥の座敷へ転がりこんで、ウィルディの遊底をスライドさせる。

玄関の外へ逃れた斎藤の次弾が、スキャナーに命中した。ほぼ同時に、Jはウィルディの引金を絞った。

狭い日本式家屋の中で、四十五ウィンチェスター・マグナム弾の発射される轟音は、耳をつんざかんばかりであった。

コンクリート製の流し台が砕け、蛇口が吹っ飛び、壊れた水道管から、外廊下を越えて下の方へ水が噴き出す。

その威力に驚愕した斎藤夫婦は、マリーを連れて逃走した。

「ちっ」

Jは、実包箱とフラット・ノーズ型の実包、それにMOの入ったプラスティック・ケースを拾うと、ポケットに納めた。それから、バッグを左手で持つ。

浅井は、TVと一緒に畳の上に転がっていた。すでに絶命している。

Jは、死体を目で拝むようにすると、玄関のところへ近づいた。

途端に、イングラムMAC10のフルオート射撃の銃弾が襲ってくる。

咄嗟に、Jは、斜め後方へダイビングした。

玄関脇の台所は、三十二発の九ミリ弾の嵐をあびて、半壊してしまう。

「………」

迂闊に、玄関から顔を出すわけにはいかない。麗子が弾倉を交換中だとしても、斎藤のルガーがあるのだ。

が、階下の住人が壊れたサイレンのような悲鳴を上げているのを聞いて、Jは、さらに舌打ちした。近所の人間が一一〇番して、このアパートがパトカーに包囲されたら、マリーを奪回することは不可能に近くなる。

警官殺しとして手配されている身だが、本当に警官を撃つのは避けたい。

Jは這うようにして、玄関に近づいた。そして、思いきって、さっと顔を出し、素早く引っこめる。

銃弾の洗礼はなかった。今、見えた範囲内に、斎藤夫婦の姿はない。

Jは、外廊下へ転がり出た。立ち上がりながら周囲を見回したが、やはり、斎藤たちの姿はなかった。

イングラムの掃射で牽制しておいて、こちらが迷っている隙に、マリーを連れて逃走したのであろう。

浅井のグロックを拾おうかとも考えたが、ホルスターもなしに二挺の拳銃を持ち歩くのは難しいと判断して、諦めることにした。

何しろ、ウィルディ・マグナムの重量は、グロックM17Lの二・五倍もあるのだ。

急いで靴を履くと、Jはバッグを提げて、外階段を駆け降りる。一階の一〇二号の住人が、そっとドアを開けようとしていたが、Jの足音に驚いて、あわててドアを閉めた。

浅井の部屋から、大きな弧を描いて下へ落ちている水流が、そこに並んでいる自転車を乱暴に洗っている。

アパートの前の路上へ出て、左右を見回したが、やはり、斎藤たちの姿は見えなかった。

近くの家の二階から、様子を見ていた主婦が、Jの右手に光る銀色の大型拳銃を見て、ピシャリと窓を閉じる。

Ｊは、ウィルディの安全装置を掛けて、ベルトの左側に後ろ向きに差した。グリップが前に突き出している格好だ。

そして、上着の裾で拳銃を隠す。肩幅が広く腹筋が引き締まった逞しい体型だから、そうすると、大型拳銃を隠していることは全くわからない。

Ｊは、井の頭通りの方へ走った。奴らが、マリーをすぐに殺すつもりがないことだけが、救いである。

バス通りに出ると、車が延々と渋滞を起こしていた。その車の群れの向こう、建物と建物の間の奥に見える吉祥寺駅の階段を、マリーを連れた斎藤たちが昇っていく。

Ｊは道路に飛び出すと、車の間を縫って、向こう側へ渡った。

建物の間を走って、駅の南口へ行こうとすると、目の前にバスが顔を出して停車してしまう。バスの周囲を廻って、Ｊは階段を駆け上がった。

階段を昇りつめた先は、ＪＲの改札口になっている。改札口の向こうに、斎藤たちの姿は見えない。もう、ホームに上がってしまったのか。

奴らは、渋谷のことを口にしていた。すると、渋谷へ直行する京王井の頭線に乗ったのではないか。

Ｊは、右手の階段を駆け昇った。

井の頭線のホームには、ステンレス製の車体の京王三〇〇〇系の急行電車が停まっている。その先頭の車両に、斎藤たちが乗りこむのが見えた。

京王線の切符販売機は、階下にある。発車のベルが鳴りだした。切符を買いに戻っている時間はない。

Jは、小走りに改札口へ向かおうとしていた若い娘に、一万円札を押しつけた。

「え⁉」

「売ってくれっ」

彼女の切符を引ったくると、Jは、それを使って改札口を通り抜けた。

娘は事態が理解できずに、一万円札を持ったまま、立ち尽くしている。売ってくれと言われた瞬間、自分の軀のことかと勘違いして怒りを爆発させようと思った時には、もう、相手は切符を奪って改札を抜けていたのだ。

Jが最後尾の車両に飛びこむと、両開き式の扉が閉じた。

四人の凶人どもの合流地点である渋谷へ向けて、急行電車は走り出した。

2

そのマンション、〈メゾン・ド・ミリオネヤ〉は、円山町のラブホテル街の真ん中にあった。

地下駐車場はあるが、リコの話によれば、係員は常駐していないという。室井登は、マツダ・カペラを地下駐車場に入れて、エレベーターの近くに停めた。

「リコ。どうすればいいのか、手順は、ちゃんと覚えたね」

後部座席で、不良娘の肩を抱いた龍崎達彦が、やさしげな口調で訊いた。

「うん、大丈夫って」

鳥ガラ少女のリコは龍崎の胸元に顔を埋め、甘ったれた声で、

「ねえ、このお仕事が終わったら、フランス料理を食べに連れてってくれるんでしょう。あたしィ、ドンペリが飲みたァい」

運転席の室井は、ガキの分際でふざけたことを言うなっ――と怒鳴りつけたい衝動を、必死に堪えていた。

それにしても、つい数分前、この二人に、〈サイバートピアＴＯＫＹＯ〉の男性用トイレで仲間たちが射殺されたばかりだというのに、自分の楽しいことしか考えていないのだから、大した根性の娘である。

「そんでねえ、そんで、その後ねえ。オジ様と一緒にホテルに行くのォ。あたしもサービスするから、いっぱい可愛がってね。そうだ、今、景気づけに、おしゃぶりしたげようか」

さっきは〈オジ様たち〉と複数だったのに、どうして、今は単数なんだ――と室井

は胸の中で毒づく。

「後で、ゆっくりね。僕も楽しみにしているよ」

あくまでもソフトに、龍崎は、性的魅力のカケラもない彼女を促して、車から降ろした。

三人でエレベーターに乗り、四階で降りる。エレベーターホールや廊下に人影はない。エレベーターに一番近い四〇一号室が、マンディ・チェンという拳銃とドラッグの密売人の部屋であった。

龍崎と室井は、ドアの脇に身をひそめる。

そして、龍崎が、リコの薄い臀をポンと叩いた。

頷（うなず）いたリコは、インターフォンのボタンを押す。すぐに、『誰？』と問う男の声がした。

「ＮＯＢＡＤのリコでぇーす。あのねえ、ケンジに言われて、おクスリを買いに来たの。お金、あるよう。ホレ」

リコは、覗き孔の前で、龍崎から渡された十数枚の一万円札をヒラヒラさせた。

『ちょっと待て』

マンディが、確認のために、ケンジの携帯に連絡を入れているのだろう。

『ケンジが携帯に出ないぞ』

「だって、クソ生意気なＯＬの二人組がいたから、例の倉庫へ連れこんでさあ。みんなで、バッコバッコ輪姦しまくってるんだもん。携帯なんか切ってあるよ。そのバカ女たち、ボコ殴りされて鼻血で顔が血まみれでさあ。ひょっとしたら、もう、埋められてるかもねえ」

龍崎の考えた設定をアレンジして喋りまくるリコの演技は、見事なものであった。度胸があるというよりも、ほとんど何も考えていないのであろう。

龍崎と室井は、ホルスターから拳銃を抜く。

『もういいっ』

あまりにもヤバいことをリコが大声で喚くので、マンディも持て余したのだろう。ロックとチェーンが外される音がして、ドアが廊下側へ開いた。

すかさず、モーゼル・ミリタリーを手にした室井が中へ飛びこんで、愕然としている男の顔面に岩のような左拳を叩きつける。その男は、廊下を数メートルも吹っ飛んだ。仰向けに倒れて、気絶してしまう。

ワルサーＰ38を構えた龍崎も、リコの腕をつかんで、中へ飛びこんだ。そして、ドアロックだけを掛ける。チェーンは、外す時に手間取る怖れがあるからだ。

室井が、３ＬＤＫのリビングへ入り、さらに、奥の寝室やユニットバスまで見てまわる。

「こいつ一人のようだ」

リビングに戻って来た室井が言う。

その間に、龍崎は、気絶したマンディ・チェンという中国人をリビングに引きずりこむ。ボディ・チェックをして、拳銃とナイフを取り上げ、ガラス天板のテーブルの上に置いた。

拳銃は、中国製トカレフのノリンコＭ２１３であった。ケンジが持っていたのと、同じ種類である。

他に手錠も持っていたので、それをマンディの両手首に掛けた。さっきのリコの話ではないが、鼻柱が潰れて、顔の下半分が血まみれになっている。

寝室以外の二部屋には、大型ロッカーが並べられていた。無論、鍵が掛かっている。

「ロッカーの鍵束が見当らないな」と龍崎。

室井はしゃがみこむと、マンディの右手をつかんだ。無造作に、小指をへし折る。

悲鳴を上げて、男は気絶から覚めた。

苦痛と怒りにカッと目を見開くと、仰向けに倒れている姿勢から、室井の後頭部めがけて左の蹴りを放った。かなりの柔軟性と速さである。

が、室井は軽く頭を振って、その蹴りを躱すと、その足首と足をつかんで、ひねった。

「ぐえっ」

左足首を脱臼させられたマンディは、呻き声を上げる。

室井は、さらに、右足首も脱臼させた。両手に手錠を掛けられた上に、両足首を脱臼させられたのだから、もう、逃亡することは不可能に近い。

「おい、日本語はわかるんだろ。ロッカーの鍵束はどこだ」

「小っちゃな島ひとつも守れないような意気地なしのニッポン人のくせに、こんな真似して、ただで済むと思っているか。我々は〈黒漢門〉だぞ。貴様ら、どこの組織だ。轟天連合か、綾小路組か……」

いささか不明瞭な声で、マンディは言う。室井は、さらに、彼の右手の薬指と中指もへし折ってやった。

ダークサイドの名門であるサンクチュアリを、いとも簡単に裏切った凶人軍団には、虐殺のみを目的としている超確信犯には、どのような犯罪組織の威嚇も無意味なのだ。

悲鳴を上げたマンディの額に、室井は、モーゼルの銃口をあてがう。

「指は、まだ七本残ってるが、時間がもったいない。鍵束はどこだっ」

「わ、わかった……言う、そこの水牛の置物の中だ」

龍崎は、チェストの上の銅製の置物を手にとった。その腹の部分をスライドさせると、中から鍵束が出て来る。

彼は、それを使ってロッカーの鍵を片っ端から開いて行った。

一つのロッカーだけは、中身が覚醒剤やＬＳＤ、ヘロインなどの非合法ドラッグであった。ここに貯えられているだけで、小売値にして数億円分はあるだろう。

だが、龍崎に必要なのは、他のロッカーに入っている銃器類と弾薬だった。狙い通り、九ミリ・パラベラム弾の実包が、百箱ほどもある。

中国製トカレフの製造メーカーは中国の国営企業であるが、市場経済の導入の影響で膨大な赤字に苦しみ、ついに武器の密輸という暴挙に出た。

このマンディという男は、その武器密輸ルートの末端構成員なのだろう。副業的に、ドラッグも扱っているのだ。

置かれている武器は中国製だけではなく、アメリカ製やイギリス製、イスラエル製などの銃器や、防弾ヴェスト、手榴弾などもある。

「こ、これは……」

いつも冷静な龍崎が、珍しく興奮した口調でロッカーから木箱を取り出した。それをテーブルに置いて、蓋を開ける。

「こいつは、素晴らしい物が手に入ったぞ」

中身を確認した龍崎の顔は、自然に頬が緩み、笑みが浮かんでしまった。

「もう、いいのか。ＯＫか」

マンディに銃口を突きつけていた室井が、訊いた。

「ああ、ＯＫです」

それを聞いた室井は、即座に、モーゼル・ミリタリーの引金を絞る。

胸の真ん中を撃ち抜かれたマンディは、びくんっと軀を反りかえらせ、口から大量の血を吐いて、動かなくなった。

それを見計らったかのように、龍崎の上着の内ポケットで、携帯電話が鳴る。

「はい……ああ、捕まえましたか。それは良かった。ええ……ピュア・ハート？　それはそれは……うん………わかりました、はい、気をつけて」

携帯をしまった龍崎に、室井は勢いこんで、

「やったのか？　仔羊のマリーを捕まえたのかっ」

「ええ。もうすぐ、渋谷駅に着くそうです。あちらも、ちょっと面白いことになってるようですが」

「おおっ！　俺の天使っ、ついに！　くそ……考えただけで洩らしそうだ」

室井は興奮して、エルヴィス・プレスリーかマイケル・ジャクソンのように、腰を淫らに振りまくる。

どうも、自分だけ蚊帳の外に置かれているらしい——と気づいたリコは、

「ねえ、駅に行くのォ？　ドンペリは？」

拗ねたように口を尖らせる。

年季の入った仕草だった。こんな幼児のように甘ったれた態度が、可愛いと言ってくれる男性も、今までにはいたのであろう。

「安心しなさい。君は駅に行く必要がない」

そう言って、龍崎はワルサーの銃口をリコに向けた。室井も銃口を向ける。

「へ？」リコは目を丸くした。

「う、嘘……撃つわけない……女の子のあたしを撃つわけないよねっ」

ダイニングルームの床に、ペタリと臀餅(しりもち)をついて、不良娘は喘(あえ)いだ。陸(おか)に揚げられた金魚みたいに、口をパクパクさせる。

「言ってなかったかな」と室井。

「実は、俺たちは、男女同権促進同盟のメンバーなんだ。だから、男も女も、ジジイもガキも、同じように犯すし、同じように殺す。年齢性別国籍容姿趣味思想家庭環境血液型星座、一切、差別はしない。みんな、情け容赦なくブッ殺す。――民主的だろ？」

「やだっ、犯して！　犯してください、何でもしますっ！　あたし、死にたくないっ」

恐怖のあまり、リコは、熱病患者のように震えていた。先ほど失禁していなければ、洩らすところであろう。

「NOBADの仲間は、みんな射殺されたんだ。君だけ生き残っていたら、カッコ悪いよね。カッコ悪いの、嫌いだろ？」

龍崎が、からかうように言う。

「お願い……バイブでもワインボトルでも、何でも入れていいから……一生、オジ様の奴隷になります……もう、援交のオヤジ狩りなんてしないよ……学校にもちゃんと行くから……だから、殺さないで……お、お母さァん……」

幼児のように泣きじゃくり、少女は命乞いする。

龍崎と室井は、二発ずつ撃った。ダイニングテーブルの脚にもたれかかるようにして、不良娘は絶命した。

「しまった、柄にもないことしちまった。どうせ生きていても仕方のない無意味な人生にピリオドを打ってやったんだから、俺たちには似合わない人助けだよな」

室井は軽口を叩いて、モーゼルをホルスターにしまう。

次の瞬間、銃声が響いて、室井は倒れた。

振り向いた龍崎は、幽鬼のような顔をしたマンディが、ノリンコを左手で構えているのを見た。取り上げて、テーブルに置いておいたものであった。

ワルサーの銃弾を顔面に二発浴びると、マンディは、今度こそ間違いなく、死神の客になってしまう。

「う……止血してくれ……いや、痛み止めのヘロインをくれ。腹の中が灼けつくようだ」

腹部の出射孔を両手で押さえて、室井は呻く。

内臓の一部がはみだしていた。たちまち、床に血溜りが広がってゆく。

「………」

龍崎は三歩後退して、間合をとり、ワルサーの銃口を室井に向けた。

「お、おい……仲間じゃねえか」

室井の顔に、恐怖の色が広がってゆく。

龍崎は、にっこりと笑って、

「差別しないんだ」

口を開いて、まだ何か言おうとするペドファイル殺人鬼を、撃った。

弾倉に残った四発の内三発を室井の心臓部に叩きこみ、最後の一発は慎重に狙って、生殖器を吹っ飛ばす。お粗末な持ち物に極度のコンプレックスを感じていた室井登は、これで安心して地獄へ堕ちることが出来るだろう——と龍崎は思った。

それから、ワルサーの銃口の硝煙をフッと吹き飛ばす気障な真似をすると、弾倉を取り出した。実包を詰めて、グリップに戻す。

ロッカーの脇にしまわれていた折畳み式のカートを取り出すと、それを組み立てる。

そして、籠付きのカートの中に、鼻歌を唄いながら、必要な銃器や弾薬を放りこんでゆく。先ほどの木箱もだ。

念のために、ドラッグや注射器セットなども、いただく。

そのカートを玄関へ通じる廊下へ出すと、室内を見回した。

三人ともおとなしく死んでいるのを確認して、満足気に頷く。

ふと思いついて、自分の携帯電話を取り出し、短縮ダイヤルを押した。ややあって、相手が出る。

「やあ、ご無沙汰してます、大森先生。龍崎です。……はい、今日の朝、カリフォルニアから帰国しました。……ええ、そうです。実は、土曜日なのに申し訳ないのですが、今日、お会いできませんかね、これからでも。……ああ、そちらにおられたんですか。それは都合がいい……ええ、奥様にもお目にかかれるし……そうですね。はい……では、今、渋谷にいるのですが、〈用事〉を済ませたら、すぐにそちらへ伺います。ええ……覚えています。銀座のロイヤルビル、八階ですよね。はい、では――」

携帯をしまった龍崎の顔は、生き生きと輝いていた。

「今日は、我が生涯最良の日ということになりそうだな」

龍崎は、『コンドルは飛んでゆく』のメロディを口笛で吹きながら、ドアロックを外した。

今から、この武器の山をカペラに運びこむのだが、途中の通路やエレベーターホールに誰か運の悪い奴がいたら、そいつは銃弾のプレゼントを受け取ることになる……。

3

　斎藤麗子が携帯電話をしまうと、ちょうど急行電車は、下北沢駅に滑りこんだところだった。

　座席は満員で、立っている客も結構いる。

　斎藤夫婦とマリーは、運転席のガラス窓に背中を預けるようにして立っていた。夫の斎藤明男が、マリーのオーバーオールの肩の部分を左手で握り、サファリジャケットを巻きつけた右手を、マリーのうなじに押しあてている。無論、右手はルガーP08を握っているのだ。

　ダンテ島で銃器の威力をまざまざと知らされたマリーは、逆らうことが出来ないでいる。人間の肉体は銃弾に対して、あまりにも脆(もろ)く弱いのだ。

「ダーリン、火傷の具合はどう？」

　心配そうに、麗子が訊く。

「大丈夫だ。ヒリヒリはするが、火ぶくれにはなっていないようだから」

「大切なダーリンに熱湯をかけるなんて、あの狐野郎。渋谷駅を出たら、蜂の巣にしてやるっ」

麗子は、イングラムＭＡＣ10をしまったバッグを撫でながら、そう罵(ののし)った。

Ｊは、二両目の連結部のところにいて、三人の方をじっと見つめている。

彼もまた、電車の中で斎藤夫婦に接近することは出来ないし、マリーを人質にとられている以上、撃ち合うわけにもいかないのだ。

客の乗り降りが終わって、扉が閉じられる。

八分(はちぶ)の混み具合になった電車が、滑るように発進した。

下北沢駅から乗車した客の中に、競馬新聞を持った中年男がいた。あまり清潔な服装ではない。顔を赤くして、熟柿(じゅくし)のような臭いを発散させている。口には、爪楊枝(つまようじ)を咥(くわ)えていた。

男は酔いに赤く濁った目で、舐(な)めるように麗子の全身を見回す。そして、電車の振動でよろけた振りをして、大胆にも麗子の乳房をつかんだ。

「ブル・シットっ！」

斎藤が怒るよりも早く、麗子は思いっきり、男に平手打ちを喰らわせる。

「何すんだっ、この阿魔(あま)！　電車が揺れたんだ、俺のせいじゃねえぞっ、どブス！」

図々しくも居直った痴漢男は、十数センチも身長差のある麗子の肩を突いた。その拍子に、バッグが床に落ちる。

「っ⁉」

皆の視線が、サイドバッグから転がり出たイングラムに集中した。一般人が見たこともないような銃器なのだから、映画撮影用の模造品ですと誤魔化してしまえば良かった。美貌でスタイル抜群の麗子がそう言えば、なるほど、この人は女優なのか――と周囲の客は納得したであろう。

しかし、薄汚い痴漢野郎に、痣(あざ)が残るほど強く胸を握られた屈辱と怒りが、麗子の冷静さを消し飛ばしていた。

素早くイングラムを拾い上げた麗子は、

「この蛆虫(うじむし)がっ」

引金を絞った。

セレクターがフルオートのままだったから、堪(たま)らない。たちまち十数発の弾丸が、痴漢男の肉体を貫通した。

何が起こったのか理解できないまま、男は仰向けに倒れた。血まみれになった男だけではなく、その後ろにいた四人の客も、彼の肉体を貫通した九ミリ弾を浴びて、倒れる。

パニックが起こった。

誰もが悲鳴を上げて、伏せることもせずに、雪崩(なだれ)をうって二両目の方へ逃げようとする。

「ハニーっ」

こうなったら、遠慮も何もいらない。斎藤は、運転席へ通じるドアの鍵に、二発撃ちこんだ。

麗子が、そのドアを開けて、運転席へ侵入する。仰天する運転士の右肩に、まだ熱いイングラムの銃口を突きつけて、

「停めるんじゃないよ。停車したら、ブッ殺すからね。ちゃんと、渋谷駅まで行くんだ」

「は、はい……」

三十代半ばの運転士は、震えながら頷いた。

自分の平凡で穏やかな人生に、こんな場面があろうとは、予想もしていなかったのである。

一両目に残っているのは、斎藤夫婦とマリー、運転士以外には、痴漢男の死体と重傷を負った四人だけとなった。

そして、二両目にいるのは、Jだけとなった。他の乗客たちは、三両目以降に避難している。

ウィルディ・マグナムを手にしたJは、連結部の蔭に身をひそめていた。

「どうした、こそ泥の狐野郎！」

今はルガーを剝き出しにして構えている斎藤が、吠えた。

「その馬鹿デカいガンで、私と勝負してみろ‼」

卑怯にも少女のマリーを盾にして、好き勝手なことを喚き、ルガーの銃口を連結部の方へ向ける。

撃った。一両目の最後部の窓ガラスと、二両目の最前部の窓ガラスに、弾痕が開いた。

「くそっ……」

背中にガラスの破片が落ちて来たJは、唇を噛む。

十八メートルほどの距離だから、運転室の麗子を射殺するのは簡単だが、そうしたら、斎藤は即座にマリーを射殺するだろう。

斎藤の顔面を撃ち抜いたところで、指の筋肉が痙攣したら、やはり、ルガーP08でマリーが射殺される危険性がある。

成人男性の頑健な肉体ならいざ知らず、発育途上の小さなマリーは、どこに被弾しても命に関わるはずだ。

あと数分で渋谷に着くはずだから、ホームでのチャンスを待つしかない。

「おいで、腰抜け！」

麗子も調子にのって、連結部の方を見て叫ぶ。

「ダーリンと撃ち合うのが怖かったら、ママのおっぱいでもしゃぶってな‼」

その隙に、運転士は、左側の壁にある連絡用電話に、そろそろと手を伸ばした。

が、気配に気づいた麗子が振り向いて、

「このカス野郎！」

フルオートで撃ちまくる。

弾倉に残っていた二十発近い銃弾が、全て発射された。職務に忠実な運転士の肉体は、文字通り孔だらけになったが、運転台もまた、被弾する。

「あ、あれ……？」

麗子はあわてた。

時速七十キロ前後を保っていた電車の速度が、見る見るうちに百キロを超えたからだ。しかも、ATC——自動列車制御装置のランプまで消えているではないか。

「ダ、ダーリン！　止まらなくなっちゃったみたいだよっ」

「何だって‼」

狼狽えた斎藤は、マリーの服をつかんでいる手を緩めた。その隙に、マリーは、パッと走り出した。

「あっ、こらっ」

斎藤は、その少女の背中に狙いをつけようとした。が、左カーヴにさしかかって、運転室から出た麗子と斎藤は右側の壁に叩きつけられる。

マリーの軀も、三つある内の真ん中の乗降口に叩きつけられた。

「マリーっ‼」

Jは、一両目に飛びこんだ。

が、その時には、急行電車は、時速百四十キロの最高速度でトンネルの中に進入していた。

京王井の頭線渋谷駅の駅長事務室では、急行が暴走しているという連絡を受けて、駅員たちが事務室から転げ出していた。

二番ホームに突入した急行電車は、中央を黄色く塗った電車止めに、轟音とともに激突する。

そのままホームへ乗り上げると、乗り越し精算機のコーナーを貫いた。駅長事務室を通り抜け、乗車券発売コーナーをも粉砕する。

二千ポンド爆弾が炸裂したような、凄まじい破壊音がした。

それでも停止せずに、さらに、東急デパートへの連絡通路にある円柱をへし折ると、二両目との連結器がねじ切れた一両目だけが、ガラス張りの左側壁面を突き破って、ハチ公前広場の方へ墜落する。

先端が公衆電話ブースを押し潰すような格好で、二十六トンの電車は道路に斜めに横倒しになった。

道路を走っていた冷凍車が、ブレーキが間に合わずに電車の屋根に追突する。冷凍車は横転して、開いた後部ドアから冷凍マグロが路上に散乱した。対向車線へ逃(のが)れたタクシーは、ライトバンと衝突してしまう。

「む……」

Jは、電車が横転した衝撃で、路上に放り出されていた。無意識のうちに受け身をとったらしく、骨折はしていない。

頭を押さえながら上体を起こそうとしたJは、ハッと四肢を硬直させた。

「俺は……俺は城島…明……そうだ、〈鉄虎(ティエフ)〉だっ」

J――元陸上自衛隊二曹の城島明は、今の衝撃で、忘れていた過去を思い出したのである。

4

あの時――一九九三年五月、カンボジア総選挙の最終日の夜。

ポル・ポト派ゲリラに襲われた某国兵士を救うために、自衛隊ＰＫＯ派遣部隊のレスキュー・チームは、出動した。

その戦闘の最中、レスキュー・チーム寅組所属の城島二曹は、敵弾に左肩の肉を削りとられ、その衝撃でバランスを崩して深い谷底へ転落してしまった。

目が覚めたのは三日後——しかも、檻の中であった。

全身打撲で気を失っているうちに、ポル・ポト派に捕らえられたのだ。そして、カンボジア北西部のタイとの国境地帯にあるカルダモン山脈の中の、パイリン基地に連行されたのである。

パイリン基地は、ポル・ポト派の重要な軍事拠点で、中国製戦車十二台を持つＤＫ三二〇師団が駐屯していた。

その基地の庭に、荒っぽい造りだが頑丈な木の檻が置かれ、城島は、武装解除されて、そこに閉じこめられていたのだった。

肩の傷は簡単な手当てがされ、化膿することもなく塞がりかけていた。

彼が目を覚ましたとわかると、兵士たちが集まって来て、棒でこづきまわしたり、小石をぶつけたりする。だが、すぐに中隊長がやって来て、乱暴を止めるように命じた。

捕虜として、正当な取り扱いをしようというのではない。英語の話せるその中隊長によれば、城島は、総選挙の無効を訴えるための〈生きた証拠〉であった。

ポル・ポト派がボイコットした総選挙の結果、親ベトナム的なフン・センとシアヌーク国王の息子であるノロドム・ラナリットの連立政権の成立が決定していた。

全世界の報道陣が集まる連立政権発足の当日に、捕虜の城島の存在を公表し、日本の自衛隊は補修作業を名目にして、実は、ポル・ポト派殲滅のために送りこまれた殺戮集団なのだ――と訴えるつもりなのである。

彼らは、自衛隊が海外での戦闘を禁止されていることを承知していたし、それは日本だけの特異な政治問題であるにしても、自衛隊とポル・ポト派が戦闘したことを隠していた事実は、否定できない。そこを突かれると、国連ＰＫＯやＵＮＴＡＣの在り方に不信感が生まれるだろう。

それがポル・ポト派の狙いだ。だから、城島があまり虐待されたような有様だと、まずいのである。

水と粗末な食事を与えられた城島は、用が済めば処刑されるかも知れないという恐怖と、自分が生きて捕虜になったために自衛隊と日本国に大変な迷惑をかけてしまうという危惧の二つの感情の間で、心を引き裂かれていた。

野ざらしの檻の中で一夜が明けると、急に基地の中が慌ただしくなった。何が起こったのかと城島が緊張していると、大勢の兵士たちを引き連れて、小柄な老人がやって来た。白髪頭の実直な村長といった風貌の老人だが、やがて、それが誰なのか、城島にもわかった。

ポル・ポト――カンボジアを地獄に変えた狂える共産主義者、その本人だった。

一九二五年生まれ。本名、サロト・サル。

富裕な農家の息子で、青年時代にパリに留学し、そこでフランス共産党に感化された。ただ共産主義にとりつかれただけではなく、二百万人をギロチン台に送ったフランス革命にも影響され、革命の完成とは徹底した粛清である――という信念を確立したのだ。

一九七五年四月十七日――ポル・ポト軍の総攻撃により、首都プノンペン陥落。完全なる農村共産主義社会という妄想に狂ったポル・ポトは、あろうことか通貨も私有財産も学校も市場も廃止し、二百万人の市民を農村へ強制移住させた。掌の柔らかい人間は、労働者ではなくブルジョワジーだ――それだけの理由で、教師や医者や公務員が処刑された。銃殺する弾丸が尽きると、殴り殺された。

家庭を否定し、子が親を「反革命的」と密告する、恐怖社会を造り上げた。自分の命令通りに動く忠実な下僕の必要性から、十一、二歳の子供を純粋培養して徹底的に洗脳し、凶暴な兵士や拷問係に育て上げた。親の愛も知らず、満足な教育も受けていない少年たちは、人間の心を喪失し、殺すことしか知らぬ虐殺ロボットと化したのである。

たった一つの価値観、たった一つの絶対的な主義思想、唯一無二の倫理観――それだけしか認めない体制が如何(いか)に怖ろしいか、耳に心地よい〈正義〉を振りかざしながら異論や多様な価値観を圧殺する社会が、如何に悲惨な結果をもたらすか、これほど明確な見本はないであろう。

ポル・ポトは、「国民の数など八分の一になってもかまわない」と明言していた。

赤いカンボジアで虐殺された人間の数は、百万人とも二百万人ともいわれる。犠牲者の遺体は、大きな穴の中に放りこまれて、野ざらしにされた。

ポル・ポトこそは、アドルフ・ヒトラーやスターリンと並ぶ〈二十世紀最悪の凶王〉だといわれている。大量虐殺時に、そしてベトナム軍の侵攻で政権を追われてゲリラ化した時に、この凶王を後押ししていたのが、中国、隣国のタイ、そしてアメリカ合衆国である。

当時、アメリカは、建国以来唯一の負け戦さの根深い恨みから、共産国ベトナムに対抗する勢力なら、悪魔でも支援するという政策をとっていた。「敵の敵は味方」というわけだ。不思議なことに、ポル・ポト派はベトナム以上の超共産主義者集団なのだが……。

檻の中の城島を、〈赤い凶王〉は、じっと見つめていた。その黒い虹彩が窄まって金色の光を帯びるのを、城島は見た。

地獄の深淵を覗きこんだように、城島の背筋に冷たい恐怖が走った。

ポル・ポトが何事か呟くと、城島は兵士たちによって、外へ引きずり出された。そして、殴る蹴るのリンチを受けたのである。

なぜ袋叩きになったのか、わからない。息も絶え絶えになった城島は、再び、檻の中に放りこまれた。

ポル・ポトは、すでに去っていた。身形の良い中年の東洋人と、その秘書らしい細身の青年が、興味深そうに城島を眺めていた。そして、監視の兵士の目を盗んで、青年が城島の軀の下に小さな折畳み式のナイフを押しこみ、二人は去った。

深夜になって、歩哨も城島のことなど気にかけなくなると、彼はナイフで檻の鍵を開き、抜け出した。そして、歩哨を刺殺すると、軍用ライフルＡＫ47や中国製トカレフ、山刀などを奪って、カルダモン山脈のジャングルの中に逃走したのである。

一時間とたたない内に、追っ手がかかったが、天が城島に味方した。季節外れの大雨が降りだしたのだ。

城島は、レンジャー訓練の体験を活かしながら、雨のジャングルで、一人、また一人とポル・ポト派ゲリラを返り討ちにしていった。川崎の廃マンションで雨に触発されたのは、この時の記憶だったのである。

だが、夜明け近くになって、さすがに疲労困憊し、もう一度捕らえられて拷問にかけられるくらいなら自決するか——と覚悟した時、不意に、例の青年が姿を現わした。城島は、彼が接近して来るのに、全く気づかなかったのである。

青年に守られてタイ側へ下りた城島は、車でバンコクへ運ばれ、応急手当てを受けて、さらに自家用ジェット機でシンガポールへ連れて行かれた。

そこの豪邸の一室で、丸一日眠り、目覚めた時に紹介されたのが、あの中年の東洋人だった。

名は、黄麒麟（ホワン・チリン）。ユニコーン・ホワンとも呼ばれる、華僑（かきょう）の大物であった。

そして、ダイヤモンド・コネクションに対抗するルビー・コネクションのボスでもあった。

東南アジアに張り巡らされたルビー・コネクションは、華僑によって支配されている。

ポル・ポト派は、華僑たちにルビー鉱山の採掘権を貸与し、その収入で武器や食料を得ていた。山岳地帯にこもった彼らが、永らくゲリラ活動を継続して来られた背景には、このルビー鉱脈の存在が大きい。

そして、パイリンは、ルビー産地の一つであった。商用でパイリン基地を訪れた黄麒麟は、城島の眼の中に不屈の意志力を見て、脱走のチャンスを与えたのである。

城島明は、見事に、そのテストに合格したというわけだ。彼を助けてくれた青年は、黄のボディ・ガード兼愛人の唐家輝（タン・チアホイ）――ジミー・タンであった。

黄麒麟は、ルビー・コネクションのボスであると同時に、〈崑崙会（クンルンホエ）〉の大幹部でもあった。崑崙会とは、世界中の華僑組織の頂点に立つ最高意思決定機関である。

華僑の繁栄と保護のための機関で、その命令は絶対であり、華僑は誰一人、その命令に逆らえない。香港の三合会（トライアド）も、崑崙会だけは敵にまわさないくらいだ。

中国政府とは一応、協調関係にあるが、時には、利害関係から敵対することもある。崑崙会が権力を持っているのは、財力や政治力のためだけではない。当然、暴力装置も備えている。そして、常に、優秀な傭兵を探している。

城島明は、崑崙会の傭兵としてヘッドハンティングされたのであった。

死地から救い出されたことは感謝しているし、恩義も感じているが、自分は日本の自衛官だから、やはり日本へ帰国したい――と明は訴えた。

が、ジミー・タンに、自分の〈病死〉について報道する日本の三大紙のコピーやTVのニュース番組のビデオを見せられて、城島は、奈落に突き落とされたような気持ちになった。

すでに、城島は、自衛官でも日本人でもなかった――幽霊であった。帰るべき場所を持たない亡霊であった。

彼の魂の一部が破壊され、そこに、埋めることの出来ない虚無の空間が生じた。

自分が、自衛隊からも日本という国家からも見捨てられた存在だと知った城島は、傭兵になる決心をした。

戦闘訓練所で半年間のトレーニングを受けて、優秀な成績で卒業した城島明は、

〈鉄虎〉というコードネームを与えられた。

それから、四年半の間、城島――いや、鉄虎は、崑崙会のために様々なミッションを遂行して来た。破壊活動もやったし、暗殺も行なった。敵の殺し屋を返り討ちにしたことも、一度や二度ではない。

頼るべき正義も縋るべき思想も守るべき家族もない鉄虎は、ただひたすら、己れの傭兵としての技術を磨くことにのみ専念した。

いつしか、鉄虎は、崑崙会最強の傭兵と呼ばれるようになった。

一九九八年四月――鉄虎は、黄麒麟から重大な任務を言い渡された。中国とアメリカが最重要危険人物に指定している男を暗殺せよ――というのだ。

その人物の名前は、ポル・ポト。

前年の六月に、タ・モク参謀総長によって身柄を拘束され、終身刑を言い渡されたポル・ポトは、カンボジア北部の村に幽閉されていた。

だが、国際世論は、彼を国際法廷に引きずり出して、大虐殺の真相を暴くべきだという声が、日に日に強くなっていた。しかし、そんな事態になったら、中国もアメリカも自国の恥部を曝け出すことになる。

特に、〈世界の保安官〉を気取っているアメリカは大打撃を受け、二度とデカい面をして他国の人権問題に口出しできなくなってしまう。

そこで、両国から崑崙会に暗殺依頼が来たのだった。双方とも、自分たちが直接、暗殺要員を送ることは避けたかったのだ。

無論、鉄虎は、その任務を引き受けた。ギャランティがゼロでも引き受けたであろう。

タイ側から、食料の運び屋に化けて国境を越えた鉄虎は、村を囲むジャングルの中に二日間ひそみ、ついに、散歩に出て来たポル・ポトを吹き矢で仕留めたのであった。その吹き矢には、華僑特製の猛毒が塗ってあり、しかも、ほとんど死体に痕跡を残さない。

そして、別のルートを通って、タイ側へ脱出したのである。

吹き矢の件は握り潰されて、ポル・ポトの死は病死として発表され、検屍も何も行なわれないまま、火葬にされた。

こうして、二十世紀最悪の大量虐殺の真相は、闇の中に消えたのである……。

この重大任務の成功の褒美として、鉄虎は、自由の身になることが許された。

それから、鉄虎――城島明は、様々な偽名や偽造パスポートを使い分けながら、フリーランスの非合法活動員として、ダークサイドで生きて来たのである。

条件さえ折り合えば、古巣の崑崙会の仕事も引き受けた。

ある時――台北（タイペイ）のホテルのバーで、久しぶりに会ったジミー・タンと飲んだ時に、ずっと疑問に思っていたことを訊いてみた。

「あいつは、あの時、檻の中にいる捕虜の俺を見て何と言ったんだろう。聞こえたか、ジミー」

優男（やさおとこ）のジミーは、困ったような顔になった。

「言ってもいいのかい、鉄虎（ティエフ）」

「もったいぶらずに教えろよ。それとも、部外者には言えない秘密事項か」

「いや、そういうわけではないけど……」

ワインベースのアドニスで紅（あか）い唇を湿（しめ）してから、ジミー・タンは言った。

「あの男は、こう言ったんだ。この日本人の眼は自分の若い頃に似ている、とても不愉快だ――とね」

第十一章　殺されざる者（ザ・サバイバー）

1

「どこだっ、狐野郎！」

斎藤の喚き声で、Ｊ――城島明は、悪夢に等しい回想から醒めた。

対向車線でライトバンと衝突したタクシーが炎上し、黒煙が横転している電車の方へ流れている。

その煙の中から、血まみれの斎藤明男がよろけ出て来た。これほどのクラッシュの渦中にありながらも、右手にルガーＰ08を持っている。

が、城島は素手であった。心臓が喉元まで飛び出しそうだ。

急いで自分の周囲を見回したが、ウィルディ・マグナムは見つからない。

「そ、そこかっ」

斎藤が発砲した。

銃弾は、城島から五十センチほど離れた場所に転がっている冷凍マグロに当たる。

鈍い音がして、被弾したマグロの胴体が二つに割れた。

斎藤は、出血で左目が塞がっているのと打撲傷のために、狙いが正確でなかったらしい。

その隙に、城島は、冷凍車の蔭に転がりこんだ。

冷凍車は、斎藤の方に底部を見せた格好で横転している。したがって、城島が隠れているのは、屋根側であった。

上着の肩が裂けて、打撲の痛みはひどいものだが、骨に罅が入ったり、内臓が破裂した様子はない――と確認する。指もみんな、まともに動く。

俺も斎藤も生きているのだから、軀の柔らかいマリーも生きている可能性が高い――と城島は思った。

「ガッデム！　逃げるんじゃねえっ」

再び、斎藤は撃った。冷凍車のすぐ脇の路面に当たった銃弾は、バシッと火花を散らして跳弾となり、大和銀行の方へ飛び去る。

その時、城島はウィルディを見つけた。

電車の連結部の下に、その銀色の大型拳銃は転がっていた。

しかし、冷凍車からの距離は四メートルほどある。飛び出して拾い上げるには、距離がありすぎた。

しかし、その間にも斎藤は近づいて来る。

こうなったら、斎藤がこちら側へまわりこんで来た瞬間に、体当りするしかない――と決めた。

その斎藤は、冷凍車の底部まで二メートルほどに接近すると、

「出て来いと言ってるのがわからないのか、この下衆野郎！」

底部にある円筒状のボンベに、一発撃ちこんだ。

次の瞬間、ボンベが破裂して、周囲一面が銀世界に変わってしまう。

それは、LN2－液体窒素のボンベだったのだ。

沸点がマイナス百九十五・八度Cの液体窒素は、荷台内部に霧状に噴射することによって、一気に室温を氷点下まで下げることができる。それで、鮮魚の冷凍運搬などに非常に適しているのだが、事故の際に液体窒素が洩れると大変に危険だ。

そのため、現在では、安全度の高い機械式冷凍車がほとんどで、液体窒素式冷凍車は珍しいのだが、斎藤は、そのビンゴを引き当ててしまったのである。

真正面から液体窒素を浴びて、驚愕の表情を顔面に固定させたまま、斎藤は白い彫像と化していた。

そして、ポーズのバランスが悪かったのか、ぐらりと仰向けに倒れる。

割れた。

陶製の置物を落としたように、ホモセクシュアル強姦殺人鬼の凍りついた肉体はバラバラに砕けて、細かい破片を煌めかせながら、真夏の太陽に炙られる路面に散乱した。後で警視庁の鑑識課員が拾い集める時には、さぞかし苦労することであろう。

斎藤の最期を横目で見ながら、城島はウィルディの方へ走る。

「ダァ――リィィ――ンっっ‼」

斎藤麗子が、悲鳴のように叫んだ。

あの鬼女までが生きていたのだ。しかも、ぐったりとしているマリーを小脇にかかえ、右手にイングラムMAC10を構えている。

ブラウスが裂けて、スカートに血がにじんでいた。髪も乱れて、凄まじい形相である。

鬼畜同士の夫婦ではあったが、それなりに心で結ばれていたのであろう。

城島が電車の蔭に飛びこんで、ウィルディ・マグナムを拾い上げるのと、復讐の血を滾らせた麗子がイングラムを撃つのが、ほぼ同時であった。

一秒前まで城島がいた空間を、十発ほどの九ミリ・パラベラム弾が通過する。

と、別の銃声が聞こえた。

「じ、銃を捨てて両手を上げろ。子供を放すんだっ」

震え声で麗子に命じたのは、駅前交番の三人の警官であった。ニューナンブM60を構えている。

先頭の警官が、警告のために空に向けて一発、撃ったのであった。

三人は、遮蔽物もないのに、サブマシンガンを持った麗子まで、わずか四、五メートルの位置まで接近していた。

「凶器を捨てなければ、発砲するっ」

彼らの銃口は、麗子の脚を狙っている。これも、拳銃使用のマニュアル通りであった。

相手が子供をかかえているのだから、いきなり撃つわけにはいかない。

が、この相手は、マニュアルを遥かに超越した、犯罪大国のアメリカでも希有な怪物であった。

麗子は面倒くさそうに、

「うるさいっ」

街頭セールスを断るよりも簡単に、フルオートで警官たちを撃ちまくる。

防弾ヴェストすら着用していない警官たちは、九ミリ弾の群れに肉体を貫かれて、路面に叩きつけられた。

そのイングラムの弾倉が空になった今が、チャンスであった。

城島は、彼女を射殺するために、電車の蔭から飛び出す。

が、同時に、麗子の前にマツダ・カペラが飛び出して、急停車した。

城島は引金を絞ろうとした指に、停止命令を与える。

「乗るんだっ」

運転席でそう叫んだのは、龍崎達彦であった。叫びながら、運転席の窓から右腕を出すと、手首のスナップだけで何かを、城島の方へ投げつける。

液体窒素で凍りついた路面に落ちる前に、空中にある段階で、城島は、それがM67手榴弾だとわかった。

反射的に、冷凍車の方へ飛びこんで、伏せる。

簡易スケートリンクのようになった路面を滑った手榴弾は、城島から五メートルほど離れた場所で、爆発した。

爆風は頭上を通り抜けたので、城島に被害はなかった。しかし、耳鳴りの中で、カペラが急発進する音が聞こえた。

立ち上がって見ると、カペラは、高架をくぐって赤坂方向へ走り去るところであった。

先ほどまでの場所には、麗子もマリーもいない。マリーは、カペラの中なのだ。

城島の血中アドレナリンの量が、一気に上昇する。

ウィルディ・マグナムを持ったまま、彼は周囲を見回した。

大和銀行脇の露地に、オートバイに跨がったまま、一連の惨事を見物している若者がいた。

いや、見物というよりも、あまりにも非日常的な光景が眼前で展開されたので、自分がどうすればいいのかわからず、呆然としていたのだろう。

城島は即座に、その若者の方へ走った。

大型拳銃を持った男が自分の方へ走ってくるのを見て、さすがに、若者は危機回避本能が作動したらしい。

あわててエンジンに点火しようとしたが、気ばかり焦って、うまくいかなかった。

その彼の目の前に、いきなり、輪ゴムで留めた百万円の札束が突き出された。

「悪いが、このマシンを売ってくれ」

そいつを、彼の薄手のブルゾンの胸元に、ねじこんでしまう。

「はあ……？」

京王井の頭線吉祥寺駅の若い娘と同じように、若者はポカンとした表情になった。

「ありがとうっ」

返事も聞かずに、城島は若者の軀を押しのけた。体格のよい若者は、抵抗もせずに降りてしまう。

相手が怖いからというよりも、札束を見たことで、逆らう気持ちが萎えているのだ。

「その携帯を、オマケで付けてくれないか」

ウィルディをベルトの後ろに差しこむと、城島はオートバイに跨がり、若者が腰に付けている携帯電話ケースを顎で示す。

「はっ、はいっ」

若者は素直に、携帯電話を渡した。

「警察には、銃で脅かされて無理に奪われたと言っておけばいい。その金は無税だ」

そのオートバイは、排気量一三〇〇ccのホンダのX4であった。城島は、空冷直列四気筒エンジンを始動させる。

「あ、あの、これを」

若者は順法精神に溢れているらしく、自分が被(かぶ)っていたベルのヘルメットを脱いだ。

「いや、結構」

苦笑した城島は、ブラウン・ボディのホンダX4を発進させた。

スクランブル交差点を斜めに右折して、マツダ・カペラの後を追う。

そして、左手だけで携帯電話を扱い、ある番号をプッシュした。

『――はい』

日本語で、相手が出る。感情のない無機質な声だ。

「俺は鉄虎(ティエフ)だ」

城島は中国語で言った。

その声が本人のものかどうか、コンピューターにチェックさせるのに、三十秒ほどかかった。

『私は威恵敏（チー・ウィミン）と申します。ご用件をお聞かせください』

　相手が中国語で訊いた。ずいぶんと、温かみのある口調になっていた。

「急な頼みがあるんだが」

『あなたの依頼は、無条件で最優先で応じるようにという指示が来ています。あの指示は、まだ生きています』

　その声には、尊敬の念すら混じっていた。

　フリーランスになってから篦崙会に依頼された仕事だが——インドネシア暴動の時、華人たちに暴行・掠奪・輪姦・放火などを働いた暴徒集団の首謀者四人を、城島は誘拐し、たっぷりと拷問にかけてから処刑した。

　そのことを、今でも恩にきている人々がいると、ジミー・タンから聞いたことがある。

「有難う」

　城島の目は、遥か彼方を走っているカペラの姿を捕らえた。

「実は、パスポートとヴィザを二通、用意してもらいたい。一つは俺のために、もう一つは——」

2

警察無線をウィスパーで傍受して緊急配備の網をすり抜けた龍崎は、マツダ・カペラのアクセルを踏みこんで、銀座にあるロイヤルビルの正面入口に突入させた。

大音響とともに両開きのドアが吹っ飛び、粉々になったガラスの欠片（かけら）が、爆発したように一階フロアに散らばった。

カペラは、左側にあるガードマン詰所の前を通過して、奥のエレベーターホールの手前で停止する。

「な、何事だっ！」

「何をやってるんだ、馬鹿野郎っ」

詰所から飛び出して来た二人のガードマンは、警棒を手にするのも忘れて怒鳴った。

左側の後部座席のドアが開いて、ひどい格好の麗子が、ガラスの破片だらけのフロアに降り立つ。

その凄惨な美しさに、二人のガードマンが一瞬、見惚（みと）れていると、麗子の右手のイングラムＭＡＣ10が唸った。三十二発の銃弾を浴びた二人は、悲鳴を上げる暇もなく倒れ、絶命する。

「ナイス・ショット」

運転席から降りた龍崎は、軽口を叩いて、詰所へ向かった。

ガードマン詰所の反対側にある受付には、誰も座っていない。土曜日の午後で、この十二階建てのオフィスビルに入っているテナントのほとんどが、休日なのだ。

龍崎は詰所の中に入ると、テーブルの上に置いてあった鍵束を手にとった。そして、キイの一本を、集中制御パネルの右隅に差しこみ、ひねる。

それから、一つ目のスウィッチを下向きにすると、ガラガラと重い音を立てて、正面全体のシャッターが降り始めた。

その時、チャイムの音とともに、二基あるエレベーターの右側が開いた。

その中から出て来た背広姿の中年男は、フロアの惨状を見て「うっ……」と立ちすくむ。様子を見に来たテナントの社員であろう。

弾倉を交換し終えていた麗子は、イングラムの引金を絞った。

五、六発の九ミリ弾を胸部に撃ちこまれた男は、よろめきながら、エレベーターの内部に後ろ向きに倒れる。

幾つかのスウィッチを動かした龍崎は、キイを抜くと、ワルサーP38の銃弾をパネルに撃ちこんだ。これで、誰も操作できなくなったわけだ。

カペラに戻った龍崎は、トランクを開いた。そこには、各種の武器類の他に、防弾ヴェストなどが入っている。

麗子は躊躇いもなく、裂けたブラウスやスカートを脱ぎ始めた。

「あちらを向いていましょうか」と龍崎。

「おかまいなく。ファッション・ショウの楽屋なんて、もっと凄いわよ。男性スタッフがいる前で、下着まで替えるんだから」

麗子は唇を歪めた。

「もっとも、そういう男性スタッフの大半は、ゲイだけどね」

マリーは、後部座席に横たわって、気を失ったままだ。

龍崎も、上着を脱いで、幾つものポケットが付いた防弾ヴェストを着こんだ。ベルトに、二種類のホルスターを装着する。

左のホルスターにワルサーを納め、右のホルスターに別の拳銃を納めた。

麗子は、光沢のあるスネークスキンのブラジャーとハイカットのソングを身に着けていた。

そのソングを脱ぎ捨てると、男物の防弾ブリーフを穿いた。防弾用だから、前面に用足しのためのスリットはない。

それから、ブラの上に直接、防弾ヴェストを身に着けた。腰に直接、ベルトを巻いて、ホルスターを装着する。さらに、必要な銃器や弾薬を身に着けていった。

ブラウスの一部を引き裂いて、乱れた髪を留めるために、額にヘッドバンドのように巻く。

先に武装を終えた龍崎は右側の後部ドアを開いて、気絶しているマリーの軀を左肩に担ぎ上げた。

「いいですか」

「準備OKよ」

均整のとれた長身のボディに、直接、ボディ・アーマー類をまとい、武器を豊富に装備したその姿は、〈現代の戦場乙女(ワルキューレ)〉とでも呼ぶべき凶悪な魅力に溢れていた。

「一つ、お願いがあるんだけど」

「何でしょう」

「その仔羊(ラム)は、あなたにあげる。だけど、あの狐野郎だけは……ダーリンの仇敵(かたき)だもの、絶対にあたしが殺(や)るわ！」

「わかった。譲りましょう」

二人は、右と左のエレベーターに分かれて乗りこんだ。龍崎の方は、例の中年男と同乗したわけだ。八階まで昇る。

そこで降りた二人は、互いに一階までの降下ボタンを押す。そして、扉が閉まる直前に、安全ピンを抜いたM67手榴弾を中へ放りこんだ。

エレベーターホールの右手にある階段の方へ走ると、下の踊り場まで退避する。

同時に、ズズン……という鈍い音とともに、ビル全体に震動が走った。七階と六階の中間あたりで、手榴弾が爆発したのである。

これで、エレベーターは二基とも使用不能になり、昇るにしろ降りるにしろ、階段しか使えなくなったわけだ。

龍崎たちがエレベーターホールに戻ると、廊下に、黒縁の眼鏡をかけた四十代の男性が出て来た。

「やあ、大森先生。お久しぶりです」

龍崎は、にこやかに笑いかける。

「り、龍崎くん……君、その格好は……」

大森信一郎弁護士は、武装した龍崎を見て、仰天してしまった。

「とにかく、中へ入ってください」

左のホルスターからワルサーを抜いて、龍崎は命令した。

「これはオモチャではありませんよ」

ソファに放り出すと、ようやく、男装のマリーは意識を取り戻した。

目の前に武装した龍崎と麗子が立っているのを見て、愕然とする。

「その子を見張っていてください」

「わかった」

麗子は、出入口とソファの両方を見渡す位置に立って、イングラムMAC10を構えた。

3

八階は、ピュア・ハート・ジャパンがフロアごと借りている。今、龍崎たちがいるのは、代表の執務室だった。十二坪ほどの広さである。

デスクの前に、三人の男女がいた。ピュア・ハート・ジャパンの代表である大森智津子と、その夫で弁護士の大森信一郎。それに、副代表であるアメリカ人のウォルター・カーツだ。カーツは白人であった。

「みんな、後ろ向きになって、両手を後ろに回しなさい。妙な動きをしたら、容赦なく射殺します。いいですね」

三人は、のろのろと言われた通りにする。

龍崎は彼らに、後ろ手錠をかけた。

「あ、あなた……龍崎くん、どういうつもりなの。そんな格好をして……また、罪を犯すつもりなの」

大森智津子が震えながら言う。

「また？　ふふん。僕が未成年の時に起こした事件を話題にするのは、フェアじゃないですね」

龍崎達彦は、薄ら笑いを浮かべた。

「あの時、僕は十五歳だったし、とっくに清算された事件ですから。もう少し、人権に配慮してくださいよ」

それは――バブル経済の真っ最中に、日本中を震撼させた猟奇的な大事件であった。

その年の秋――東京都鷹見市の新興住宅街で、二十三歳の若妻が殺されたのである。

建て売り住宅の寝室のダブルベッドに横たわっていたのは、尋常な死体ではなかった。

全裸で、首と両腕の肘から先、両足の膝から下が切断されていた。そして、胴体の腹部が異様に盛り上がっていた。

被害者は妊娠八ヵ月だったが、腹部の膨張の原因はそれだけとは思えない。まるで、青白い大きな卵に短い肉の棒を四本、接着したような具合なのである。

その死体の状態を、事件報道の中で「何だか、感謝祭に食べる七面鳥の丸焼きみたいですね」と失言した常識欠如の女性アナウンサーがいた。

米国留学経験のある彼女は、凄まじい抗議の嵐にみまわれて狼狽し、その謝罪放送の最中に、「アメリカ人なら私の表現をわかってくれるのに」などという弁解にもならない弁解をしたために、さらに視聴者の怒りに油を注いでしまい、ついに番組を降板させられた……。

ベッドも周囲も血まみれで、右側の床には、被害者の内臓が散乱していた。

そして、寝室の白い壁には、〈添い寝〉と大きく血文字が記されていた。

最初に死体を発見したのは、出張から戻った四歳年上の夫である。あまりにも異様な惨状に、寝室へ入った途端に座りこんでしまい、三十分も動けなかった。

自分で一一〇番するような余裕は、夫にはなかった。這うようにして家の外へ出たところを、隣家の主婦が見つけ、彼女が警察へ通報したのである。

凄惨な現場には慣れているはずの強行犯係と鑑識係のプロたちも、この時だけは度胆を抜かれたという。

筋肉の硬直の具合や死斑の状態などから、死後二十時間ほどが経過していると推定された。前日の午後二時頃だ。自殺や事故死、病死でないことは明らかである。

被害者の内臓はあったが、切断された頭部や四肢は屋内からは見つからなかった。

そして、死体の胸部から腹部にかけて縦一文字に裂かれ、それが木綿糸で丁寧に縫い付けてあった。

不気味な予感に脅かされながらも、その死体は大学病院に運ばれ、警視庁から委託されている監察医によって、司法解剖が行なわれた。

木綿糸を切って切開部を開いてみると——やはり、腹腔内部に、被害者の頭部と四肢が詰められていた。それだけではない。八ヵ月の胎児が、首と四肢を切断されてから、もう一度縫い合わされた状態で、母親の頭部などと一緒に詰めこまれていたのである。

この空間を作るために、犯人は、死体の内臓をことごとく抜きとったのだ。

胎児は、母親の足の上に置かれ、あたかも、母親の頭部に頬ずりされ、その両手でやさしく抱かれているが如く、配置されていたという。

これが、壁に書かれていた〈添い寝〉の意味であろう。通常の人間の感覚と完全に断絶した、悪魔のユーモアであった。

死因は、両手で首を絞めた絞殺。膣にも肛門にも強姦の痕跡はなかった。

犯行に使われた三本の包丁や砥石（といし）、針や糸などは、寝室に残してあった。血のついた手であちこちを触ったため、信じられないことに、明確な手形まで残してあった。

犯人は、被害者を絞め殺した後、全裸になって残虐行為を行ない、それから悠々とシャワーを浴びて、服を着て逃走したらしい。犯行を隠すという意思が、全くなかったように見えた。

日本犯罪史上、稀(まれ)に見る猟奇殺人事件であった。

ただちに、警視庁捜査一課から応援が来て、鷹見署に特別捜査本部が設けられ、百五十人体制で捜査が始まった途端に、事件は呆気(あっけ)なく解決した。

近所の主婦が、事件が起こった日の夕方、被害者の家から出てくる学生服姿の少年を見かけたのである。

その少年は、目撃者の隣の家の息子の同級生だった。よく隣の家に遊びに来ていたし、人目をひく可愛い美少年だったので、顔を覚えていたのだ。

さらに、駅前の荒物屋の主人が、その少年が当日、包丁を三本買っていったと証言し、犯行に使用された凶器がそれだと認められた。

現場に残されていた手形や足形から推定される身長や体型も、被疑者の少年にあてはまるものであった。

決定的だったのは、小学校の卒業記念の寄せ書きの中に、少年は親指で押印しており、これが血の手形やドアノブなどの残留指紋と一致したのである。

如何(いか)に未成年の被疑者の取り扱いには、慎重に慎重を期さねばならないとはいえ、こうなったら、少年の事情聴取をするしかない。

報道陣の目を欺いて、任意の事情聴取が行なわれたが、そこで少年は、あっさりと犯行を認めたのである。

少年は、よどみなく、こう答えた。

「友達の家を訪ねたら留守だったので、帰ろうと思い、駅の方へ歩いて行きました。そうしたら、大きなお腹をした買物帰りの女の人とすれ違い、その人のあとをつけていったら、家の中へ入って行きました。鍵を開けて入ったので、家の中には、その女の人しかいないのだとわかりました。それで、玄関のドアに手をかけたら、開いたので、家の中に入りました。女の人は寝室で着替えをしている最中で、僕が声をかけると『どこの子?』と驚いた様子でした。僕は、まっすぐに女の人に近づいて、お腹の赤ちゃんを見せてよ、と言いました。女の人が逃げようとしたので、髪の毛をつかんで引きずり倒し、馬乗りになって両手で首を絞めました。女の人は、苦しそうな顔になり、口から泡のようなものを出して、動かなくなりました。僕は、このままでは赤ちゃんが見れないと思ったので、駅前まで行って包丁を三本買いました。そして、戻って行って、女の人を裸にしてベッドに寝かせて、まず、お腹を――」

顔色も変えずに、淡々とした口調で、少年は死体損壊の過程を説明した。

その説明の中には、マスメディアには伏せられていた真犯人しか知り得ない事実が、山と盛りこまれていた。それればかりではなく、検屍でもわからなかった事実が、まるでメモでもとっていたかのように、実に正確に詳細に語られたのである。途中で逃げ出したくなったという。

内容があまりにも凄惨だったので、取り調べの刑事の方が、途中で逃げ出したくなったという。

どうして、こんな事をしでかしたのか――と犯行の動機を訊かれた少年は、少し考えてから、ぽつりと言った。

「――ただ、何となく」

この少年が、龍崎達彦であった。

そして、サンクチュアリのマダムQが絶賛した犯罪というのが、この若妻惨殺事件なのである。

警視庁は厳重な報道管制を敷いて、少年の身元は徹底的に伏せられた。少年法の遵守という意味もあったが、龍崎の父親である食品会社のオーナー社長が、後援している与党の国会議員を通じて圧力をかけたせいらしい。

通常、猟奇殺人犯や連続殺人犯は、小動物の虐殺から次第にエスカレートして、ついに人間の殺害に至る。

しかし、龍崎達彦は、成績優秀品行方正、スポーツも得意で友達も多く、小動物殺害の過去もなかった。ホラー映画やゲーム、アニメや漫画などに淫しているという風でもなかった。趣味は園芸という人畜無害のものであった。非行歴は皆無である。

しかし、龍崎は、ただの一度も、事件を反省したり、被害者に謝罪する言葉を口にしなかった。この時、龍崎達彦の弁護を担当したのが、大森信一郎だ。

精神鑑定の結果、少年は病気ではなく、責任能力はあるが、医療少年院へ送致した方がよい——という結論が出た。

大森弁護士は心神喪失を理由に無罪を主張したが、家庭裁判所の審判は、医療少年院送りと決定した。一般少年院送りとならなかったのは、父親が、遺族に相当額の賠償金を支払ったためといわれている。

この殺人事件が残した爪痕は、実に深刻なものであった。

司法解剖の執刀をした監察医——医大の助教授は、事件の後に、監察医を辞めた。物理的に無惨な死体なら、いくらでも見ているし、扱ってきた。だが、例の死体だけは、その中にこめられた犯人の〈悪意〉のあまりの非情さに、何度も悪夢を見てしまい、精神的にまいったのだという。

そして、被害者の夫もまた、妻の変わり果てた姿が瞼の裏に焼きついて消えず、ノイローゼになったあげくに、二年後に投身自殺した。

夫が自殺して三日後——龍崎達彦は、医療少年院から出て来た。半年後に、龍崎はイギリスへ渡って、全寮制の学校へ入った。イギリスの大学を卒業した龍崎は、帰国して父の会社の非常勤取締役になったが、出社することはほとんどなく、一年の半分をイギリスやアメリカへの旅行で過ごしている。

大胆にも、ダンテ島の入会金は、父親を恫喝して出させたものだ。殺人遊戯島の会員にならないと、僕は、また罪を犯すかも知れない、今度は成人だから名前が出ますよ――と脅したのであった……。

無論、大森弁護士は、龍崎がダンテ島で何の罪もない少年少女を殺して殺人衝動を解放しているとは、夢にも思っていない。

大森弁護士が、今でも龍崎と繋がりがあるのは、彼を匿名の原告にして、国家賠償請求の準備をしているからだ。

つまり、純真無垢な魂を持つ十五歳の少年が、あのような残虐な犯罪に走り、なおかつ反省の色を見せないのは、歪んだ社会構造の病理が原因であり、それは憲法に保障されている健康で文化的な生活環境を国民に与えられなかった政府の責任である――という理屈だ。

犯罪の被害者ではなく、加害者が国に損害賠償を請求するという、まことに破天荒な訴訟であった。

そして――久しぶりに、その打ち合せをするつもりで、妻のオフィスで龍崎を待っていた大森弁護士は、ついに、彼の本当の素顔を知ることになったのである。

4

「龍崎くん……」

できるだけ穏やかな口調になるように努力しながら、大森弁護士は訊いた。

「和泉さんが……ここの職員が、先ほど下へ様子を見にいって、まだ戻らないのだが……何か心当たりはないかね」

「ええ、知ってますよ」龍崎は頷いて、

「その人なら死にました。残念ながら、撃ったのは僕じゃなくて、彼女ですがね」

麗子は自慢げに、親指を立てた。

それを見た大森弁護士は、よろけて床に座りこみそうになる。

「な、なぜ、和泉さんを殺したのっ」

わなわなと震えながら、大森智津子が問いつめた。

「なぜって……麗子さん、なぜですか」

「目障りだったからよ。決まってるじゃない」

「――だそうですよ。それに、横浜駅の親子や川崎の警官から始まって、僕たちは、数十人も殺してるわけですから、今更、死体のひとつやふたつ増えても大したことないでしょう。どうですか、大森先生、法律の専門家としてのご意見は？」

彼らが警官殺しだと知って、大森智津子は絶望的な呻きを洩らす。

「龍崎くん、落ち着きたまえ」

大森弁護士は、喉の奥から声を絞り出した。

「君は現在、正常な判断力を失っているんだ。つまり、一時的な心神喪失の状態にある。だから、裁判になっても、責任能力がなかったとして、無罪を主張できるんだ。私に任せてくれ。智津子さんは、部下を亡くして感情が乱れているのであって、決して、君のことを非難してるわけではないよ」

「先生、これを見てください」

大森弁護士の説得が聞こえなかったかのように、龍崎はワルサーを左のホルスターに納めて、右のホルスターからダークブルーの巨大な拳銃を抜いた。

「コルト・ドラゴン。非売品ですよ。世界に三十挺しかない、幻の名銃です」

アメリカの銃器メーカーの名門中の名門であるコルト社は、一八四七年に、コルト・パテント・アームズ社の名で創立された。

創業者のサミュエル・コルトは、銃器デザイナーで、世界で初めて回転式弾倉を実用化させた天才である。

そのコルトの名を一段と高めたのが、四十四口径の名銃、コルト・ドラグーンだ。

ドラグーンとは、〈竜騎兵(りゅうきへい)〉という意味である。

その後も、ライフル、カービン銃、半自動拳銃などの各分野で成功をおさめ、世界的にも有名なブランドとなった。

特に、合衆国陸軍のサイドアームとして制式採用されたコルトＭ１９１１Ａ１は、軍用だけで約二百七十万挺、民間用で約三十八万挺が製作されたというベストセラーとなった。

そのコルト社に、コルト・コブラを第一号とする蛇類の名前をつけたリボルバーのシリーズがある。

一九五〇年のコブラから、パイソン、ダイヤモンドバック、キングコブラときて、一九九〇年のコルト・アナコンダ・四四マグナムと続く。

そして、サミュエル・コルト没後百三十年の記念に、そのスネーク・シリーズの頂点として、一九九二年に限定製造されたのが、この〈コルト・ドラゴン〉なのだ。

ドラゴン——龍は蛇とはいえないが、蛇類の王的存在として、そして名銃コルト・ドラグーンへのオマージュの意味もあって、このように命名されたのである。

44マグナム弾よりも五十ＡＥ弾よりも強力な、四五四カスール弾を使用するコルト・ドラゴンは、究極のハイパワー・リボルバーと絶賛された。

肉厚のシリンダーに、装弾数は五発。八・八分の三インチのバレルの先端上部には、左右に四個ずつ小さな孔が並んでいる。これは、発射時の銃口の跳ね上がりを軽減するための、マズル・コンペンセイターだ。

バレルの下には、S&W・M29カスタム・デビルのように、長方形の分厚いバレルウェイトが付いている。その下側には、バレルと平行に三本の溝が刻んであった。

破壊の龍王のイメージそのままの、凶々しくも凶暴なデザインである。

如何なる経緯によるものか、中国武器マフィアのロッカーの中に、このコルト・ドラゴンが鎮座しており、今は、日本犯罪史上最も危険な男の手に、握られているというわけだ。

「危ないよ、君。そんな物を、こちらに向けるのはやめたまえ。弾が出たら大変だよ」

「銃は弾丸を発射するための道具で、それ以外の用途はないんですがね」

「拳銃なんて、悪魔の道具だ。そんな物を手にするから、殺……犯罪を犯してしまう。拳銃だのライフルだのがなくなれば、この世は、もっと平和になるんだ」

「銃は道具です。コーヒーメーカーや目覚まし時計と同じように、意思のない道具ですよ。銃が人を殺すのではなく、引金を絞る指が人を殺すのです。まあ、この場合──それは、僕の指ということになりますが」

「聞きたまえ、龍崎くんっ」

大森弁護士は必死で言った。

今まで扱って来た無数の裁判の、どの最終弁論よりも熱をこめて話した。

「この国は病んでいる。日本という国家自体が重い死病にとりつかれているんだ。自分では意識していないかも知れないが、君は、その国家が放つ腐臭に心身を毒されて、そのような犯行に及んでしまったんだよ。政府や官僚たちが、人権という概念を理解できないんだ。知っているだろう、先進国で検察側に上訴する権利がある国は、日本ぐらいなものだ。アメリカだったら、被疑者は第一審で勝てば、晴れて無罪放免だ。ところが、日本では無罪を勝ち取るまでに三回も裁判をしなければならない。普通の人間なら精も根も尽き果てて、経済的にも最高裁まで争うことが出来ずに、途中で諦めてしまうよ。仮にも民主主義を標榜（ひょうぼう）する国の裁判所が下す判決の有罪率が九十九パーセントだなんて、そんな馬鹿な話があるものか。弁護士と被疑者の面会も極度に制限され、事情聴取時における弁護士の立合も許されない。そして、自白の強要……代用刑事施設の問題……ひどいものだ。少年法改悪の問題も、そうだ。もしも、処罰年齢を十八歳から十六歳に引き下げるというなら、自動車免許の取得や選挙権や結婚年齢も、十六歳まで引き下げないとおかしい。義務だけ重くして、権利を拡大しないなんて、ファシズムだよ。自動車免許が十六歳で取得できるようになれば、中学卒業者の就職先が、ずっと広がる。そうすれば、高校中退の問題の解消にもなるし、零細製造業の後継者不足にもプラスになる。何よりも、男女の結婚年齢が十六歳になれば、出産率も向上して、少子化の問題も解決できるじゃないか。あとは、夫と妻の両方が平等に育児に参加できる環境を整えることだ。これは、智津子さんと私の意見が異なるところなんだが……性表現や暴力表現を規制するなら、その代わりに、今まで禁じられていた描写を成人のために限定的に解除しなければ、おかしい。たとえば、ポルノビデオを完全解禁するとか。勿論、未成年の手には入らないようにしてね。いいかね、私は、この国を変えたい。陪審員制度を取り入れて、国民の利益と権利を守る司法にしたい。本当の人権国家にしたい。そのために、日夜、頑張っているつもりだ。君のような心を病んだ人々を救いたい。君の病気は治るよ、いや、私と一緒に治そうじゃないか。だから……」

龍崎達彦は、コルト・ドラゴンの引金を絞った。

それは、銃声というような生易しい音ではなかった。室内では、音の爆発だった。真摯に正義を説く大森弁護士の胴体は、四五四カスール弾に真っ二つに引き千切られた。血と肉と内臓と骨の破片が、ビシャッと後方の壁に叩きつけられて、抽象絵画のような模様を描く。

宙に浮いた上半身は、半回転して一番重い頭部を下にすると、床に落ちた。

それから、下半身が仰向けに倒れる。

銃声の反響が消えぬ中で、血と硝煙と未消化物の悪臭が、室内に広がってゆく。

5

「あ……ああ……」

口の周囲の筋肉が、ぶるぶると痙攣して声が出ない。

目の前で夫を殺された大森智津子は、残虐な光景のショックがあまりにも大きすぎて、泣き叫ぶことができないのであった。

後ろ手錠にされたまま、巨弾に千切られた大森弁護士の亡骸に近づこうとして、前のめりに倒れた。俯せになっている夫の上半身に、顔を叩きつけたようになる。

「んっ……ううっ」

血溜りの中で必死にもがいて、大森智津子は上体を起こした。顔の左半分は、夫の血で汚れている。

「人でなしっ！」

白いパンツルックの智津子は、喚いた。顔面を打った痛みのために、声が出るようになったのだろう。

「あんたなんか人間じゃない！　化物よっ」

「まあ……たしかに、僕は人間とはいえないね」

コルト・ドラゴンを構えた龍崎達彦は、嘲笑（あざわら）った。

「どうして、信一郎さんを殺したの！　信一郎さんを返してっ」

「どうして殺したかって？　困ったなあ、アメリカに五年も留学してたくせに、そんな簡単なこともわからないんですか」

龍崎は眉をひそめる。

「殺すのが面白いからに決まっているでしょう。それに、目の前で夫を殺された人権活動家の女性が、どのくらい取り乱すか、見てみたかったしね。どうか、文化人らしく冷静に対応してくださいな」

「こ……この鬼畜生っ！　あんたなんか人間の皮をかぶった獣物（けだもの）よっ！　一生、刑務所の檻の中に閉じこめられていればよかったのよっ……い、いや、違う、あの時、死刑になればよかったんだわ!!」

大森智津子は泣き伏した。白いパンツが夫の血を吸って、黒っぽく濡れる。

「中学生でも何でもいいから、あの時、あんたを死刑にしておけば……信一郎さんは死ななくてすんだのにィ……」

龍崎は麗子の方を向いて、

「どうですか、麗子さん」

「月並みな反応ね。六十五点てとこかな」

麗子は鼻で笑った。

自分も夫を亡くしたばかりだというのに、嘆き悲しむ大森智津子に対する同情など、爪の先ほどもないらしい。もっとも、他人の心の痛みが理解できるような人間は、決して連続殺人鬼などにはならないだろうが……。

「とりあえず、その女の古雑巾（ふるぞうきん）みたいなカントをナイフで切り刻んでやったら、もう少し個性的な罵倒が聞けるんじゃないの。それとも、欲求不満みたいだから、旦那の死体の前で、そっちの男とライブ・ショウをさせても面白いかもね」

ピュア・ハート・ジャパンの副代表、ウォルター・カーツは、先ほどから一言も喋らずに、落ち着き払っている。

「なんてことを……あんたたちのような化物は、みんな地獄へ落ちればいいっ！」

頬を涙と血で濡らして、大森智津子は叫んだ。

「そんなに非難できるほど、あなたは立派な人間なのかな。人権団体の看板を掲げておきながら、裏では、プロの殺し屋を雇ってダンテ島に潜入させたくせに」

「え……何を言ってるの？」

「見るんだ」

龍崎は、車の中で麗子から受け取った例のデジタル写真を見せた。

「これは、ダンテ島に潜入して七人を殺したＪという男のカメラの、冒頭の一枚だ。

このオフィスが映っている。つまり、Jは、この場所でダンテ島潜入を依頼され、受け取ったデジタルカメラの作動を確かめるために、そこの隅を撮影したというわけだ。あんたは、Jが生きて帰還したら、渋谷の〈サイバートピアＴＯＫＹＯ〉で落ち合う予定だったんだろう？　全く、大したタマだよ」

「Jなんて人は知らない。ダンテ島って一体、何なのよっ」

「殺しのテーマパークさっ」

龍崎は、うっとりしたような表情で言う。

「世界中の殺人愛好者たちのための楽園……政財界のＶＩＰたちが、その本性を曝け出して、十二歳以下の子供たちを追いつめて殺戮するための、素晴らしい遊戯施設ですよ。ちなみに、僕も麗子さんも、亡くなった麗子さんのパートナーも、そのダンテ島の会員だった——だったというのは、今日の昼間、その島は爆弾か何かで吹っ飛ばされてしまったのでね。あそこにいる男の子の格好をした少女マリーは、ダンテ島ただ一人の生き残りです。もっとも……もうすぐ、仲間たちと同じ場所へ行くことになりますがね」

それを聞いた智津子が、まだ理解できないという顔をしているのを見て、龍崎は、視線をカーツの方に移した。

「そうか……Jに依頼したのは、あんただな」

「――やっと、まともな話し合いができる状況になったようだね」

軽く肩を揺すってから、ウォルター・カーツは初めて口を開いた。流暢な日本語だ。中肉中背の白人で、年齢は四十代後半であろう。薄くなった赤茶色の髪を、きれいに撫でつけている。高い鼻の肉づきがひどく薄くて、鼻先が槍の先端みたいに尖っていた。

「ひとつ訊きたいのだが、アイアン・タイガーは、どうしたのかな」

「アイアン・タイガー……？　〈鉄の虎〉というのが、あの男の名前か」

元は華僑組織の傭兵で、今はフリーランスのプロフェッショナル、日本人らしいが経歴は不明だ――とカーツは説明した。

マリーは、じっと耳を澄ませて、彼らの話を聞いている。

「奴は、ダンテ島で流れ弾を頭に受けて、記憶喪失になった。だが、記憶がなくても手強いタフな男さ」

龍崎は、これまでの事情を簡潔に話して聞かせ、

「渋谷から、奴は僕たちの車をバイクで追いかけていたから、もうすぐ、ここへ来ると思うね」

「そうか……生きていたのか」

カーツは視線を床に落として眉をしかめたが、すぐに目を上げて、

「悪いことは言わない。君たちは、すぐに武器を捨てて警察に出頭したまえ。裁判で正当な裁きを受けて、一日も早い社会復帰を目指すのだ。私たちも、裁判の時には証言台に立って、君たちの刑が軽くなるように尽力しようではないか。そして、死刑が文明国にふさわしくない野蛮な制度であることを訴えて、何としても死刑判決だけは回避できるよう努力するよ。政府や財界や軍部にも、我々の協力者は多い。その線から、日本政府に圧力をかけることも可能なのだ」

「寝呆けた話は別にして——何のために奴をダンテ島へ潜入させたのか、本当のところを教えてもらおうか」

　龍崎が辛辣な口調で言う。

「無論、サンクチュアリの悪業の証拠を握り、全世界のメディアと官憲に訴えて壊滅させるためだ。そして、殺人遊戯の島から、囚われの身となっている気の毒な少年少女を救出するためだよ」

「そのためには、警備隊員や会員を殺してもいいのかね」

「それは、アイアン・タイガーが勝手にやったことだ。私は、彼に、動かぬ証拠の写真や映像を撮って来てほしい——と依頼しただけだから、責任はない。もっとも、その殺人は正当防衛だったと信じたいが……」

「建前は、もういい。ダンテ島の存在がわかっていたのなら、アメリカ政府や国連を動かして、島を奇襲させれば済むことだ。プロを雇って潜入させたのには、別の理由があるはずだよ」

「………」

カーツは黙りこんだ。

「ミスター・カーツ、本当なの⁉ 殺し屋を雇って何かさせたというのは！ どうして、代表の私に無断でそんなことをっ」

大森智津子が問いただす。

「まだ、わからないの。甘い女ね」

麗子は冷笑した。

「あんたは、ただのお飾りだったのよ。日本人の、しかも女を代表にしておけば、マスメディアも持てはやしてくれるし活動がしやすいからね。そして、蔭の実質的な活動は全部、この男が仕切っていたのよ。その程度の駆け引きも見抜けないなんて」

「そんな馬鹿な……」

夫の死に続いて、別のショックに襲われた智津子は、蒼白(そうはく)になった。

「僕は、カリフォルニアでこういう噂を聞いたことがあるんだ。キリスト教原理主義の最右翼で、極端な白人至上主義や人種差別的言動のために何度も問題を起こした〈完璧なる正義教会〉が、ダミーの人権擁護団体を作って暗躍している——とね。リベラルな知識人やマスメディアは、キリスト教原理主義者を警戒するが、人権擁護団体なら支援を惜しまないという弱点を突いたらしい。それに、キリスト教色を消せば、非キリスト教圏でも活動しやすいしね。ところで、ミスター・カーツ。あなたの宗派は？」

「……」

「やはり、そうか。ピュア・ハートは、究極の正義教会の隠れ蓑なんだな。ダンテ島には、世界の政財界のＶＩＰが集まっている、アメリカの上院議員や大統領のスタッフすらも……彼らの殺人現場を写真や映像に撮ることができれば、それをネタにして、どんな要求でもできる。各国政府の要人を操り人形にしてしまえば、後は究極の正義教会の思うがままとなり、白人至上社会が実現できるというわけですね」

「……」

「有色人種だけに感染する致死性ウィルス兵器の研究をしている南アフリカの研究所に、多額の援助金を出したという噂も聞きました。人権の美名に隠れて、白人天国の狂った野望を推し進めるあんたたちは、さしずめ〈宗教マフィア〉というところかな」

「わかった、わかった」

ウォルター・カーツは、ニヤリとしぶとそうな嗤いを浮かべた。

「今回は、君たちの勝ちだ。証拠のＰＣカードも、そして武器も、君たちが握っている。私は虜だ。完敗だよ。取引しようじゃないか。さっきの話は本当で、在日大使館や駐留アメリカ軍にも、我々の協力者は多い。私の生命を保証してくれれば、君たち二人を無事に国外へ脱出させると約束しよう。ああ、勿論――」

ちらっと智津子を見て、

「この愚かな女は、君たちの好きなように始末してもらってかまわない」

「それが、あなたの正体だったの、ミスター・カーツ！　世界人類が平和で幸福に暮らすという理想は、嘘だったのね？」

大森智津子は、激怒した。

「シャラップっ」

カーツは汚物を見るような目で、智津子を睨みつける。

「調子にのるな、薄汚い黄色い猿め！　人類の平和と幸福の追求というのは真実だ。ただし、本当に人類と呼べるのは、白人のプロテスタントだけだがな。この地球は、我々だけのものだ。同じアメリカ国民であっても、カトリックの白人連中ですら信用していない我々が、色つきどもを仲間と思うわけがない。いつか最後の審判の下る日に、お前たち毛なし猿どもは、地獄の業火で焼き尽くされるのだ。数年間だけでも、我々に代表、代表と奉(たてまつ)られたことを、無上の幸福と思えっ」

感情の赴(おもむ)くままに怒鳴りつけてから、はっと顔を強(こわ)ばらせる。龍崎や麗子も、大森智津子と同じ日本人であることを、一時的に失念していたのだろう。

「——面白い、実に面白いね」

龍崎達彦は微笑して、

「あんたたちは、傲慢で頑固で愚劣で欲深くて、サンクチュアリの連中とそっくりだ。一枚のコインの表と裏だ。いや……両側とも裏のコインだな」

「個人的な感情は冷静な判断の妨げになる。現実的な判断をしてくれたまえ。龍崎くん、取引は成立だな？」

「勿論、不成立だ」

龍崎は、コルト・ドラゴンの銃口をカーツに向けた。

「僕には、白豚の臀(しり)の孔(あな)を舐める趣味はない」

カーツが、後ろ手でヒップポケットから取り出した物を床に転がすのと、龍崎が親指でドラゴンの撃鉄を起こすのが、ほぼ同時であった。

床で破裂したケミカル手榴弾から、強い刺激臭の白煙が爆発的に広がる。

「ちっ」

龍崎は口元を左手で覆いながら、反射的に引金を絞った。同時に、麗子もイングラムを撃つ。

白煙のせいで二人には見えなかったが、ウォルター・カーツの頭部が消失し、大森智津子は全身に九ミリ弾を浴びて、夫の亡骸に折り重なるようにして倒れた。

「出るんだっ」

龍崎と麗子は、急いでオフィスから飛び出したが、仕切りの隙間からガスは広がってゆく。

エレベーターホールまで逃げた二人は、男子トイレに飛びこんで、痛む目を洗った。うがいをして、口の中をすすぐ。

「しまった」

赤くなった目で周囲を見回しながら、龍崎が叫ぶ。

「マリーがいないっ」

その瞬間、照明が消えた。

6

その少し前——ホンダX4をロイヤルビルの前で乗り捨てた城島明は、正面のシャッターが閉まっているのを見て、脇の路地を入り、裏手の通用口に廻った。

そこも鍵が掛かっていたが、例の万能キイで開けると、中に入ってロックする。

エレベーターホールに出て、一階フロアの惨状を見た城島は、階段の方へ向かった。

エレベーターが壊れているのは一目瞭然だし、たとえ使用できたとしても、自分から鉄の駕籠に閉じこめられる気はない。

階段を昇ろうとした城島は、そのダストシュートを見て、気が変わった。ダストシュートの口を開いて中を覗いてから、階段を降りて、地下一階へ行く。

そこの一角は、塵芥処理室になっていた。

ダストシュートの最終集積口の前に、コンテナが並んでいる。そのコンテナは、リフトで地上へはこばれるのだが、その通路は今はシャッターが降りて閉ざされていた。

最終集積口の近くに、マンホールがある。

城島は、重い鉄の蓋を動かし、ペンシル型のミニライトで中を照らして、覗きこんだ。

「よし……」

頷いた城島は、鉄蓋を元に戻して、ボイラー室の方へ向かった。

その手前の壁に、ビル全体の集中配電盤がある。

城島は、そのメインスウィッチをつかんで、切った。すべての照明が消える。

これからが本番であった――。

7

「佐伯くん、ちょっと——」

逢見警視監が、佐伯亮輔刑事を呼んだ。

ロイヤルビルの前の晴海通りには、機動隊の車両が弧を描いて並べられ、上下の交通は遮断されている。

封鎖線の向こう側は、報道陣と野次馬が一万人近くもひしめいていた。空には、TV局や新聞社が金に糸目をつけずにチャーターしたヘリコプターの群れが、死肉を狙う禿鷹（はげたか）のように乱舞していた。

八階にいたピュア・ハート・ジャパン関係者の安否は不明だが、一階詰所のガードマンが二人とも死亡していることは、シャッターと床の隙間から差し入れたファイバースコープ・カメラの映像によって、確認されている。

スピーカーによる呼びかけにも反応がなく、電話線も切断されているので、内部の犯人との交渉もできない。

この〈連続殺人犯ロイヤルビル籠城（ろうじょう）事件〉の現場指揮官である逢見警視監は、佐伯刑事をロイヤルビルの対面にあるドラッグストアの中に連れこんだ。

そこは、現場指揮所として借り上げているので、店員は誰もいない。

「君、銃を携帯しているな」

「はあ、この通り」

佐伯は、上着の裾をめくって見せた。ベルトに装着したホルスターに、口径七・六五ミリのワルサーPPKが納まっている。007のジェームズ・ボンドの愛銃として、有名なピストルだ。

「私から君に、個人的な頼みがある。聞いてくれるか」

「命令ではなく、個人的な頼み——ですか」

「そうだ」

逢見の双眸（そうぼう）には、尋常ではない光が宿っていた。佐伯は返答せざるを得ない。

「うかがいます」

「あと二時間で日没だが、今から十五分後に、SASの第一チームと第二チームが、ロイヤルビルに突入を開始する」

SAS——特殊武装隊（スペシャル・アームド・スクワッド）は、一九七八年に創設された対テロリスト特殊部隊だ。警視庁警備部警護課に所属し、一チームが十一名で、第一から第五まで、全部で五チーム、五十五名。いずれも、機動隊員の中から苛酷なテストを経て選抜された、二十代から三十代の猛者（もさ）ばかりである。

「第一チームは、裏の通用口の鍵を壊して突入する。それから三分後に、警視庁航空隊のヘリに乗った第二チームは、ビルの屋上に降下。つまり、下と上から犯人たちを挟み討ちにするわけだ。君、第一チームと一緒に突入してくれないか」

「それは……はい、光栄です」

佐伯は頷いたが、無論、頼みというのはこれだけではあるまい。

「SASには犯人の射殺許可を出している。しかし、もしも相手が武器を捨てて投降したら、いくらSASといえども射殺できない」

「それはそうでしょうな」

「中にいる犯人は、二人の男女と城島元二曹。氏名不詳の男女はともかく……」

他に誰もいないのに、逢見は声をひそめた。

「城島だけは、君が射殺してくれ。たとえ、彼が武器を捨ててもだ。始末書のことは心配しないでいい。こちらで、全て処理して、君に責任を押しつけるようなことはしない。たぶん――君は警部補に昇進するだろう」

「ま、待ってください、警視監」

さすがの佐伯も、顔色を変える。

「それは殺人ですよ。城島は今まで、誰も殺していないはずだ。それなのに、警察官の私に、人殺しになれとおっしゃるんですかっ」

「城島は――」

逢見警視監は、佐伯の両肩をつかんだ。

「生きて還ってはいけない男なんだ。海外にいるのなら、まだいい。しかし、日本の土だけは踏んではいけない男だったのだ」

警視監は、目を真っ赤に充血させている。

「情においては忍びないが、日本国百年の安寧秩序のために、彼には死んでもらわねばならない。国籍不明のアジア人として。わかってくれ、佐伯くん。私だって、辛いんだ」

佐伯は悟った。

誰かが、決定を下したのである。

警視庁よりも警察庁よりも防衛庁よりも上の、組織の頂点にいる人間が、城島元二曹抹殺を決定したに違いない。自分たちの失態を覆い隠すために……。

「もし、私がお断りすると、別の人間に依頼なさるのですね」

「いや、そう何人にも声をかけるわけにはいかない。事情を説明できないからな」

逢見は溜息をついた。

「君が断るのなら、私が行く」

それを聞いて、佐伯は決心をした。自分だけの決心をした。

「私が行きます。行かせてください」

8

警視庁航空隊の最新鋭ヘリであるユーロコプター・AS532・クーガーは、ロイヤルビル屋上から二十五メートルほど上空に、ホヴァリングしていた。

マスメディアのヘリは、みんな退去させられている。

ユーロコプター社は、フランスのアエロスパシアル社とドイツのMBB社が同比率出資した合弁メーカーで、豊富な機種を開発している。

ユーロコプター・AS532・クーガーは、AS330・ピューマの発展型で、軍用大型双発ヘリコプターだ。

全長、十八・七メートル。自重、四・五トン。巡航速度は時速二百六十二キロ。乗員は二名で、搭載人員は二十五名だ。

今は、乙種装備をしたSAS第二チームの十一名が、搭乗している。

オプションによって、二十ミリ機関砲やミサイル・ポッドなどが搭載可能な構造なのだが、無論、武装はしていない。

警察が攻撃用ヘリを持つことを、日本の世論が許すわけがないからだ。SASが軍用ライフルやスナイパーライフル、サブマシンガンなどを装備していることすら、警視庁は公式には認めていない。

　ロイヤルビルの屋上の内側には、全自動窓拭機が走るためのレールが、ロの字型に設置されていた。

　レールの幅は一・五メートルほどで、この上を、円筒形のルーフロボットが滑るように走行するわけだ。そして、ルーフロボットの屋根から突き出した多関節アームから、四本のワイヤーロープで清掃ユニットが吊り下げられている。

　そのレールの内側に、やはりロの字型に高さ二・五メートルほどのフェンスが張られ、その内部が一般人の出入りできる屋上スペースになっていた。そのスペースの広さは、百二十坪ほどだ。

『第二チーム、降下開始っ』

　クーガーに搭乗している第二チームのリーダーの無線に、指令の声が飛びこんだ。

「了解、ただ今より降下しますっ」

　チームリーダーの鈴本巡査部長の指示によって、ドアがスライドされ、ラペリング用のロープが二本、ビルの屋上に向けて下ろされた。

　その時、鈴本巡査部長は、屋上の換気筒小屋から、一人の男が出て来るのを見た。

　そして、男が構えている信号ピストルのようなものから、こちらに向かって火線が走るのが見えた。

「降下中止っ、急上昇っ！」

応射する余裕もなく、鈴本巡査部長が必死でそう叫んだ時、開いたドアから四十ミリ・グレネード弾が飛びこんで来て、彼の眼前で爆発する。

「――よしっ」

龍崎達彦は、スチールドアの背後に身を隠した。

彼が持っているのは、H&K・グレネード・ピストルだった。

中折れ式の小型グレネード・ランチャーで、重量は二・六キロ。単発式で最大射程四百メートルという性能である。中国マフィアのアジトから奪った武器の一つであった。

警視庁航空隊のクーガーは斜めに傾きながら、黒煙を噴いて落下して来た。

メイン・ローターが屋上フェンスを紙よりも簡単に切り裂き、機体の先端が窓拭機のレールに激突する。

それから、逆立ちをするような格好で、ビルの向こう側へ倒れ、そのまま後ろ向きに真下へ落下した。

ロイヤルビル前の路上に叩きつけられて、大音響とともに爆発する。

千数百キロの燃料が周囲に飛び散り、機動隊の車両群が燃え上がった。封鎖線の外側で、警察官の命賭けの作戦を見物しながら、好き勝手なことを喋っていた報道陣の頭上にも、まるで天罰のように炎の雨が降ってくる。

晴海通りは、紅蓮の炎に舐め尽くされた。

待機していた消防署員が、必死で化学消火剤を散布し始める……。

9

佐伯刑事が喘ぎながら、五階から六階へ続く薄暗い階段を昇っていた時、第一の爆発音が聞こえた。

ＳＡＳのメンバーは、乙種装備と呼ばれる完全装備だ。耐火スーツを着て、旧チェコ・スロバキア製のサブマシンガンのＶｚ61とベレッタＭ92Ｆで武装し、防弾シールドまで持っている。

だが、佐伯は、防弾ヘルメットと自分の服の上に防弾ヴェストを着けただけで勘弁してもらった。冷房の止まったビルの中をゆくのに、それ以上、着用したら、まともに動けなくなってしまう。

それに、二人の連続殺人犯が所持している銃器の九ミリ・パラベラム弾なら、このヴェストでストップできるのだ。

武装も、ワルサーＰＰＫだけで充分のはずである……。

その音を聞いて、佐伯も、すでに六階のエレベーターホールにいたＳＡＳ第一チームの十一人も、足を止めて様子をうかがう。

数秒後に、先ほどとは比べものにならないほど大きな音がして、ビル全体が揺らいだ。

「うっ⁉」

何事かと、佐伯たちは腰を落として、身構える。

だが、その直後に、落雷を十個合わせたような大音響とともに、窓の外が真っ赤に染まった。同時に、窓という窓のガラスが粉々になって吹っ飛び、佐伯たちは床に叩きつけられる。

「ど、どうしたんだ、一体っ？」

腹這いで階段を昇りながら、佐伯は怒鳴った。

窓の外からの照り返しで、ビルの中は真昼のように明るくなっている。ガラスのなくなった窓から、熱風がビル内に吹きこんで来た。

「下沢（しもざわ）隊員、確認っ」

チームリーダーの伊吹（いぶき）巡査部長が命じた。

「はっ」

広いオフィスの中に飛びこんだ隊員が、壊れた窓の方へ走る。熱風から顔を庇（かば）いながら、道路を見下ろして、

「小隊長、大変ですっ！　第二チームの乗ったヘリが墜落して、燃えていますっ‼」

「何っ」

ＳＡＳ隊員たちは、伊吹を先頭にして一斉に窓の方へと駆け寄った。

「馬鹿な……事故か、それとも、拳銃で軍用ヘリを撃墜したというのか……」

その頃になって、ようやく、佐伯もオフィスの中へ入った。自分も、窓へ近寄ろうとした時、隣のオフィスへのドアが、いきなり蹴り開けられた。

半裸に防弾ヴェストと防弾ブリーフを身につけた美女が、大きな火器を両手で構えて、それを窓際の隊員たちの方へ向ける。

斎藤麗子だ。両眼が夜行獣のように、ギラギラと輝いていた。

伊吹小隊長は、「撃てっ」と部下に命じようとした。〈スコーピオン〉と通称されるＶｚ61は、ボルトを後退させて、いつでもフルオートで撃てる状態になっていたのだ。

だが、引金を絞るのは、麗子の方が早かった。

彼女が構えたスリング付きのエクスカリバーＭｋ２の銃口から、三七×三八ミリのグレネード弾が発射される。

二十数メートルの距離を飛来したグレネード弾は、下沢隊員の足元に命中した。

爆発が起こって、下沢と隣の隊員の肉体がバラバラになり、窓の外へ吹っ飛ばされた。窓の周囲の壁に罅が入り、他の隊員たちは爆風で薙ぎ倒される。

重傷を負いながらも、伊吹巡査部長は、グレネード・ランチャーなら単発のはずだ……。

――と考えた。次のグレネード弾を装弾する前に、こちらがフルオートで掃射すれば

が、それを考えている最中に、第二のグレネード弾が襲って来た。今度は、床に倒れた伊吹の肉体を直撃する。

防弾ヴェストも防弾シールドも、何の助けにもならなかった。壁に大穴が開いて、チームリーダーの肉体はビルの外に四散してしまう。

さらに、第三、第四のグレネード弾が、間を置かずに来襲した。

窓のあった壁に、幅七メートルほどにわたって天井まで大穴が開き、十一人のSAS隊員の軀は、悉く引き裂かれて全滅した。

実は、イギリス製のエクスカリバーMk2は、リボルバー拳銃のように回転式弾倉を備えており、グレネード弾を五発まで連続発射できる特殊火器なのであった。これも、例のマンションからの掠奪品である。

第一弾の爆発の衝撃波で、ぶっ倒れていた佐伯は、

「てめえっ」

起き上がりながら、撃った。ワルサーPPKの七・六五ミリ弾は、麗子の右太腿を貫通する。

ところが、麗子は平然として、エクスカリバーの銃口を佐伯に向けたではないか。

佐伯は薄い髪を恐怖に逆立てながらも、もう一度、撃った。今度は、麗子の腹部に命中したが、それは防弾ヴェストに阻止されて、彼女の肉体にはとどかなかった。

悪鬼のような嗤い を見せて、麗子は、回転式グレネード弾発射器の引金を絞ろうとする。

次の瞬間、轟音とともに、麗子はエクスカリバーを放り出して、よろめいた。

さらに、続け様に三発の銃声が轟いて、麗子の防弾ヴェストの真ん中に、大穴が開く。

血肉をばら撒きながら、麗子は俯せに倒れた。

「…………？」

佐伯が唖然としていると、隣のオフィスから、銀色の大型拳銃を手にした男が現われた。

城島明であった。

城島は、ウィルディ・マグナムの銃口を佐伯の方へ向けた。

「刑事さん、あんたを撃つつもりはない。だが、銃はホルスターに納めてくれ。頼む」

「……わかった」

佐伯は、ベルトのホルスターにＰＰＫをしまうと、彼に近づいた。

「その拳銃は、防弾ヴェストでも貫くのか」

「タイプによるが、今は、四発とも全く同じ位置に撃ちこんだからね」

城島は、ウィルディの弾倉を抜き出して、四五ウィンチェスター・マグナム弾を補充する。今、ワルサーＰＰＫを抜き撃ちすれば、この男を射殺できるかも知れない――と佐伯は考えたが、それを実行する気力が湧かなかった。

「でも……それほどの腕前なら、頭を狙えば一発だったろう」

「この斎藤麗子は、罪のない男女を何人も殺した最低の鬼畜だった。だが……それでも、女だからな。頭がグシャグシャになって吹っ飛ぶのは、あまり見栄えがよくないと思ってね」

「それは、おやさしいことで」

佐伯は、この男に好意を持ち始めている自分に気づいた。まずい事態である。

「ここは熱すぎる。通路へ出よう」

城島はエクスカリバーを拾うと、麗子の防弾ヴェストのポケットやベルトのポウチを探ってから、佐伯とともにオフィスから出た。

通路の暑さは、破壊された窓際に比べれば、ややましであった。

「あんた……城島二曹だろう」

遠慮がちに、佐伯は言う。城島は、射るような鋭い視線を中年の刑事に向けた。

「安保分析室の杉野一佐から事情は聞いた。何と言っていいのかわからんが――ご苦労様でした。日本人の一人として、礼を言うよ」

佐伯は、ぺこりと頭を下げる。

「でも、よく生きて日本へ帰って来れたな」

城島の瞳から、険しい色が薄れる。彼は、静かに目を伏せた。

「それは、とても長い長い話になる。それよりも、こいつを預かってくれ」

浅井にコピーしてもらったＭＯを、城島は佐伯に渡す。

「何だい、こりゃ」

「悪魔の島の証拠だ――」

城島明は、自分がピュア・ハート・ジャパン副代表のウォルター・カーツに依頼されてダンテ島へ侵入し、マリーを連れてそこから脱出した顛末を、簡潔に説明した。

無論、四人のハンターの川崎の交番襲撃や、裏ビデオ屋の小野や無修整ＣＤ－ＲＯＭ屋の浅井が殺されたこと、それに、電車暴走のことなども話す。

それから、八階にあるピュア・ハート・ジャパンのオフィスで、大森智津子ら三人の男女が惨殺されていたことも、伝えた。

「おいおい、それは……」

警察官を職業にしていれば、一般人が一生知ることのないような〈真相〉に触れる機会がある。しかし、一度に、警察官人生三十回分くらいの真相を聞かされて、佐伯は眩暈がしそうだった。

「どうして、俺に預けるんだ」

「ここで生きている警察官は、あんただけだからな。何とかこれで、サンクチュアリとピュア・ハートの正体を世間に報(しら)せてくれ」

「うむ……じゃあ、あの麗子って女が、四人組のハンターの一人か。どうして、脚を撃たれても平気だったのかな。それに、あんな凄い武器を持ってるなんて」

「たぶん、覚醒剤(シャブ)で脳味噌が沸騰(ふっとう)してたんで、痛みを感じなかったんだろう。渋谷に、黒漢門(ヘイハンメン)という中国系密輸組織の武器庫がある。電車が渋谷駅に突っこむ直前に、そこが何者かに襲われて、武器とドラッグが奪われたそうだ。しかも、そこには、彼らの仲間ではない大男の射殺体が残されていた。たぶん、室井という奴だ」

「なるほど。襲ったのは、ハンターの中の二人——優男(やさおとこ)と室井か。室井の方は、仲間割れか足手纏(あしでまと)いになったかで、優男が殺した……って、こら！」

佐伯は知恵熱が出そうになった。

「あんた、どうして、そんなことを知ってる？　警察にも通報されてないぞ、その事件はっ」

「ちょっと、知り合いから携帯電話で聞いたのさ」

さりげなく視線を外して、エクスカリバーの弾倉をチェックしながら、城島は言う。

「中国マフィアに知り合いがいるのか。ひょっとして、カンボジアで命拾いしたのも、そっち方面の事情か？」

「四人のハンターのうち、三人まではくたばった。だが、残りの一人が最も凶悪な奴らしい」

　城島明は話題をそらせた。

「優男の野郎だな。そいつが、ヘリを撃墜したんだな」

「マリーの話では、その男は仲間からリュウザキと呼ばれていたそうだ。俺はマリーを捜し出して、奴を始末する。危険だから、あんたは、このビルから退去してくれ」

　城島は左手にエクスカリバーを持って、歩き出した。

「おいっ、誰にものを言ってる！　俺は警察官だぞ！　ええいっ、こんな暑くて重いものっ」

　佐伯は、防弾ヘルメットと防弾ヴェストを脱ぎ捨てた。

「銃刀法違反の現行犯のくせに、俺に退去しろとは何事だっ！　俺も一緒に行くぞっ」

　短い脚を必死で動かして、城島の後を追う。

「それに、そのデカい武器があれば、連続殺人鬼にも楽勝なんだろ」

「残念ながら、グレネード弾が一発しか残っていない。敵も、単発式のグレネード・ピストルを持っているが、弾数は不明だ。二発以上なら、向こうの方が有利だよ」

「やれやれ……おい、喉が渇かないか。おっ、そこに自動販売機があるじゃないか」

エレベーターホールから、真っすぐに通路を進んだ突き当たりに階段があり、その脇にドリンク類の自動販売機があった。

「俺が電気を止めたから、動かない」

「くそっ」

佐伯は販売機を蹴っ飛ばした。

「そんなに飲みたいのか」

「飲めないとなったら、なおさら飲みたくなるのが、世界共通の人情ってもんだろう」

「わかった」

城島は、いきなり、ベルトに差したウィルディ・マグナムを右手で引き抜くと、自販機に三発、撃ちこんだ。

その銃声と衝撃波に、佐伯は、頭がクラクラして来た。

ゴトリ、と冷えたミルクティーの缶が取り出し口に落ちる。城島は、それを取り出して、佐伯の手の中に落とす。

「これで、あんたも器物損壊と窃盗の共犯だな」

佐伯は、階段を昇ってゆく城島の背中を睨みつけながら、

「緊急避難だっ」

その砂糖がたっぷり入った飲み物を、がぶりと飲んだ。

10

十一階まで昇ると、路上の火災の照り返しが、ようやく弱くなったようだ。

「女の子が見つからないのも困ったが、そのリュウザキって野郎が姿を現わさないのも、不気味だな。……ん、待てよ」

佐伯は、かっと目を見開いた。

「おい……あんた、十年ほど前に起こった若妻惨殺事件を覚えているか。胎児もろとも、凄まじい殺され方をした事件を」

「ああ。たしか、まだ十代半ばの少年が捕まったんだったな」

「少年法を遵守(じゅんしゅ)して、犯人の身元に関する情報は一切、報道されなかったから、普通の人は知らないだろうが……あの時の犯人の名前が、龍崎達彦だ」

「何っ！」

「奴は医療少年院送りになって、二年ほどで出て来たはずだが……その成長した姿が、ダンテ島の会員で、連続殺人鬼か」

「………」

「だが、ひょっとして、龍崎はもう、逃走したんじゃないか」

「いや、間違いなく、このビルの中にいる」

城島は断言した。

「奴はハンターだ。俺とマリー、狙った獲物を仕留めるまで、絶対に逃げ出したりはしない」

「龍崎の考え方がわかるのか」

「……同類だからな」

ダークサイドに棲む非合法活動のプロフェッショナルは、己れ自身を嘲るように唇を歪める。

「人を殺した数なら、たぶん、奴よりも俺の方が多い。金を貰って人を殺すのと、自分の楽しみのために人を殺すことの間に、貴賤はあると思うか。上下はあるのか。違う。どっちも、人間の屑がやることだ」

「………」

「俺は、インドネシア暴動の時に、十四歳の華僑の娘を輪姦した暴徒の首謀者を捜し出して、拉致した。そいつは、ゲラゲラ笑いながら娘の脇腹を蹴って、脾臓をパンクさせた悪党だった。俺は、そいつの脇腹をナイフで切り裂いて、生きたまま脾臓を抉り出してやったよ。それから、男の部分を電気鏝で焼き切ってやった。奴は苦しみながら、くたばった。それが、俺の仕事だった」

「…………」

「だが、だからといって、俺が奴よりも高級な人間というわけじゃない。法律の話じゃないぜ。胸の中の……心の中の問題だ。それは、何の罪もない娘を輪姦するよりは、悪党を嬲り殺しにした方が、良心の呵責は少ないだろう。しかし、人殺しは人殺しだ。どんな理由であれ、人を殺した人間は、殺さなかった昔の自分に戻ることはできないんだ」

「しかし……」

佐伯は、何か慰めの言葉を探したが、すぐには、何も思いつかなかった。

「あんたは、犯人を射殺したことがあるか。人を殺したことがあるか」

「いや、威嚇射撃の経験しかない」

「だったら、あんたと俺の見ている風景は、違う。同じ風景を見ていても、違うんだ」

「…………」

「記憶を失っている時は、俺は自分のことを、ダンテ島の連中よりは少しはましな人間だと思っていた。白馬に乗った王子様とまでは言わないが、マリーを地獄から救い出す資格のある人間だと思いこんでいた。だがな、過去の全てを思い出した時、俺はわかったんだ。奴らは蛆虫だが、俺もまた、同じ蛆虫なんだよ」

「だが、あんたは麗子の頭を撃たなかったじゃないか」

「相手の頭を吹っ飛ばしたら悪人で、胸を撃ち抜いたら善人なのか。どっちにしても相手は死ぬんだ。頭か胸かというのは、生きている人間の好みの問題にすぎない。食後に葉巻を喫うか、コーヒーを飲むかの違いだよ。俺は、頭のない女の死体は好きじゃない――ただ、それだけだ」

「そこまでわかっていながら、龍崎達彦を殺すのか」

「言っただろう。俺の人生に、戻り道はなくなってしまった。人殺しには、人殺しにしかできない役目がある。奴は、手当り次第に人を殺しすぎた……死んだ人間を生き返らせることはできない。生きている犯人を処刑するだけだっ」

その時、十二階の方で、何かが床に落ちる音がした。

二人は、はっと顔を見合わせる。

「どっちだ」と佐伯。

「どっちかだっ」

城島は、階段を一気に駆け昇った。

が、すぐに通路へは飛び出さずに、壁の蔭に軀を隠して、少しだけ頭を出した。

「マリ――っ、そこにいるのは、マリーなのかっ」

「Jっ、ここよ‼」

通路の、奥から二番目のオフィスから、少女の声は聞こえたようであった。

その頃になって、ようやく、佐伯が階段を昇って来た。

「今、行く。そこを動くんじゃないよっ」

城島と佐伯が、壁の蔭から通路へ出た途端に、エレベーターホールに龍崎が姿を現わした。

「っ！」

こちらがエクスカリバーＭｋ２を構えるよりも先に、龍崎がＨ＆Ｋ・グレネード・ピストルの引金を絞る。

四十ミリ・グレネード弾は、通路を一直線に走って、こちらへ向かって来る。

「走れっ」

城島は佐伯の腕を引いて、前方へ走った。

飛来するグレネード弾とすれ違った瞬間に、プールへ飛びこむようにダイブする。

グレネード弾は、通路の突き当たりの壁に衝突して、爆発した。壁に穴があいてしまう。

距離をとってはいたものの、細かい破片を浴びて、二人とも軀を切り裂かれた。が、致命傷でも重傷でもない。

龍崎は、グレネード・ピストルのバレルを折って、第二弾を装塡しようとしている。

痛みなどに構ってはいられない。城島は伏射の姿勢で、エクスカリバーを撃った。

龍崎が、エレベーター脇の階段の方へ飛びこむ。

三七×三八ミリのグレネード弾は、右のエレベーターの扉に命中して、扉を吹っ飛ばしてしまう。

「くそっ」

城島は立ち上がって、大型拳銃を抜いた。

こっちのエクスカリバーは弾切れだが、敵のグレネード・ピストルは、次の弾がある。こうなったら、奴が姿を現わした瞬間に、ウィルディ・マグナムで射殺するしかない。が、龍崎は、壁の蔭からバレルだけを突き出した。そして、斜め上を狙って、発射する。

「危ないっ」

佐伯が、城島を押し倒して、その上に覆(おお)いかぶさった。

ほぼ同時に、グレネード弾が、二人の斜め後方の天井に命中する。爆発で破壊された天井の重い塊が、幾つも落下して来た。

「うっ……」

左肩を押さえて、佐伯が呻く。ワルサーＰＰＫは、どこかへ吹っ飛んでいた。

「大丈夫かっ」

彼を気遣いながらも、城島は、ウィルディをエレベーターホールの方へ向けた。

フロア全体に粉塵が漂って、薄霧がかかったようになっている。

龍崎の姿はない。奥から二番目のオフィスのドアが、開いている。

「アイアン・タイガーっ！　鉄の虎とは勇ましい名前ですね」

そのオフィスの奥から、嘲りの声がした。

「今から通路へ出て行くが、撃ってはいけない。撃てば、可愛いマリーの頭が吹っ飛ぶことになりますよ」

「くっ……」

城島は歯噛みする。

ややあって、男装のマリーを胸の前に抱いた龍崎が、中から出て来た。

卑劣にも、ワルサーP38の銃口を、彼女のこめかみにあてがっている。撃鉄は起きていた。

城島に、龍崎の脚や頭部をウィルディで確実に撃ち抜く自信はあった。しかし、着弾のショックで奴の人差し指が動いたら、マリーも死んでしまう……。

「凄い拳銃だ、ウィルディ・マグナムか……。これは面白い」

龍崎は、何か考える目つきになった。

「マリーを放す気はないか」

「殺しのプロのくせに愚問ですね。こちらの優位を、捨てるわけないでしょう」

「いつも、優位に立つのが好きなのか。か弱い妊婦や胎児しか、殺せないのかい」

相手を怒らせて冷静さを失わせれば、反撃のチャンスが生まれるかも知れない。

「ほう……なぜ、知っている？」

龍崎は、片方の眉を吊り上げて見せた。

11

「何の抵抗もできない胎児を殺して、どんな気分がした」

「――最高だった」

あっさりと龍崎は言う。

「あなただって、覚えがあるでしょう。殺しの初体験の素晴らしさを……生きている人間には、色々と思い煩う些末な事柄が多いじゃないですか。勉強のこと、友達のこと、家族との諍い、横暴な教師、気にくわない同級生……だけど、あの奥さんを見かけた時に、僕は天啓を受けた。今だ、今が、その時だ――とね」

龍崎達彦の瞳が針のように窄まり、金色の光を帯びた。

「僕は、あの家に上がりこんで、奥さんの細い首に両手をかけた。そして、絞め始めた。途端に……頭の中に、無限の地平線が広がっていった。それまで悩んだりしていた細事がどうでもよくなり、真空のように頭が澄みきってゆく、あの快感……この世の全て(すべ)の事象が究極まで単純化される、あの悦楽……僕は知った。思想も宗教も財力も人種も、みんな無意味だ。この世には、たった二種類の人間がいるだけなんだ。つまり、殺す者と殺される者の二種類だけなんだ。僕は殺す者で、他の奴らは全部、僕に殺されるためだけに生きている仔羊(ラム)だ……そうだろう？」

「貴様、神にでもなったつもりか」

「つもり――ではない。他人の生殺与奪の権利を握った僕は、神そのものだ」

「悪夢にうなされたことがあるだろう」

「ないね。あの初体験以来、一度も悪夢を見たことがない。いつでも、安らかに眠っているよ」

「化物め……」

城島は白い歯を剥き出しにして、唸るように言った。

「残念だな。あなたも、他の連中と同じ凡人というわけだ。――さあ、屋上へ出ましよう。そこで、この子が嬲り殺しになるところを、ゆっくりと見物させてあげますよ」

龍崎は後退(あとずさ)りしながら、階段の方へ移動する。

マリーの瞳には、恐怖と信頼の両方の感情が溢れていた。

城島は、ゆっくりと立ち上がる。佐伯は、血のにじむ左肩を押さえながら、

「き、気をつけろ。奴の狡賢(ずるがしこ)さは並じゃねえぞ」

「わかった」

城島は、階段の方へ近づいた。すでに龍崎は、屋上へ出てしまったらしく、階段の途中に姿は見えない。

一歩、一歩、ゆっくりと階段を上がってゆく。

屋上へ出るスチールドアは、開いていた。そこから見える青空は、陽が西に傾きつつあるので、やや、くすんで見える。

奴は、あのドアの蔭に隠れているのか……。

ドアの手前まで来た瞬間、大音響とともに、左手の壁に握り拳ほどの穴が開いた。吹っ飛んだコンクリートの破片が、反対側の壁に衝突する。そこにも、深々と弾痕が穿(うが)たれていた。

龍崎は、壁の向こうに隠れている！

城島は反射的に、壁に向かってウィルディを発射した。

銃声が狭い階段内に反響して、コンクリートの破片が飛び散ったが、壁が摺(す)り鉢(ばち)状に抉(えぐ)れただけで、貫通はしない。

「動くなっ」

壁の向こうから、声がかかった。

「僕が、ワルサーP38しか持っていないと思ったんだろう。あなたの四十五口径ウィンチェスター・マグナム弾では、この厚さの壁を貫くことは不可能だ。ところが、僕のコルト・ドラゴンが撃ち出す四五四カスール弾は、楽に壁を貫通して、敵を倒すことが出来る。わかるかい、より大きなパワーを手にした方が、勝つんだ」

「――――」

城島は、ウィルディの弾倉を抜いた。ポケットの中から取り出した例のフラット・ノーズの実包を、手早く弾倉の一番上に詰める。

たしか、この実包ならば……。

急いで、弾倉をグリップに叩きこむ。

「楽しませてくれて、有難う。では――」

城島は、銃口を壁に向けて、遊底をスライドさせた。

薬室に装填されていた丸い先端のラウンド・ノーズ弾が、弾き出された。遊底が元に戻りながら、弾倉の一番上のフラット・ノーズ弾が、薬室に装填される――一秒の数分の一のアクションであった。

胃袋が灼けつきそうな恐怖に襲われながらも、城島は、ウィルディ・マグナムの引金を絞った。

雷鳴のような銃声と衝撃波が壁に叩きつけられて、城島の方へ跳ね返って来る。壁には、コルト・ドラゴンのそれよりも大きな穴が開いていた。

そして、城島は屋上へ飛び出す。

ウィルディを構えて、壁の向こう側へまわりこむと、

「う、うう……手が…僕の右手が……」

龍崎が血まみれで転げまわっていた。その右手から肩にかけてが、グチャグチャに引き裂かれている。

変形したコルト・ドラゴンが、遥か向こうに落ちていた。龍崎の右手から吹っ飛ばされたのだ。

男装のマリーは、フェンスの方に転がされていた。

「マリー、大丈夫かっ」

「ええ。平気よ」

「そこにいるんだ。こっちに近づくな」

城島は言った。

「な、なぜだ……ウィルディで、この壁を貫けるなんて……」

「一発だけ、エクスプローダー弾を持っていたのさ」

エクスプローダー弾――炸薬(さくやく)弾である。

弾頭の先端の内部に炸薬が詰まっていて、目標の内部にめりこんだ衝撃で、発火薬

により炸薬が爆発するという仕組だ。

その爆発によって、弾丸のように吹っ飛ばされた壁の破片が、龍崎の右腕を破壊したのである。

左のホルスターに納めていたらしいワルサーP38も、彼の足元に転がっていた。

城島は、それを遠くへ蹴ってから、

「どうだ、自分が追いつめられた気分は」

ウィルディの銃口を、龍崎の顔面に向ける。無論、タックルされないように、間合をとっていた。

「ひいっ」

右腕が使えない龍崎は、左手と両足で泳ぐようにして、這い逃げる。無様だった。

先ほどまでの優越感と余裕に満ちた態度とは、全くの別人のようであった。

城島は、ゆっくりと彼の後を追う。

右腕からの出血で屋上の床を汚しながら、龍崎は、ヘリのローターに切り裂かれたフェンスのところまで逃げた。そして、フェンスをつかんで立ち上がり、その外へ出た。

全自動窓拭機用の幅一・五メートルのレールも引き裂かれて、めくれ上がっている。レールの上を滑るルーフロボットも、内部チェック用の扉が、ギザギザに引き裂かれていた。

アームから吊されている清掃ユニットも、四本のワイヤーロープのうち二本までが切れている。残りの二本で、かろうじて、八百五十キロの重量が支えられていた。

「来るなっ……寄るんじゃないっ」

龍崎は、小さな悲鳴を上げながら、ルーフロボットにすがりついた。少しでも、城島から離れるために、その向こう側へまわりこもうとする。

その踏み出した右足の足首が、扉の変形した部分に挟まってしまう。抜けない。

「く、くそっ」

焦った龍崎は、アームから下がっているワイヤーの一本を、左手でつかんだ。軀を上下に揺すって、その反動で右足を引き抜こうとする。

が、その時、伸び切っていたワイヤーが、音を立てて切れた。ガクンと清掃ユニットが傾き、そいつが、龍崎の左の足首に巻きつく。

「うわっ」

左足を引っぱられて、龍崎は、ビルの縁から落ちた。右足がルーフロボットの扉、左足が清掃ユニットのワイヤーに拘束されて、大きく足を開いたまま、空中に逆さに吊されてしまう。

清掃ユニットは、最後の一本のワイヤーだけで吊されていた。その一本も、限界まで伸び切って、今にも切れそうだ。

「助けてくれっ」

龍崎は叫んだ。

「頼むっ、早く助けてくれ！　ワイヤーが切れてしまうっ」

「……お前は、この世には二種類の人間しかいないと言った」

城島は沈痛な表情で、稀代の殺人鬼を見下ろす。

路上の火災は、かなり下火になっているようだ。

「殺す者と殺される者……だがな、お前のような鬼畜に〈殺されない者〉もいるんだ」

その言葉は、龍崎の耳には入らないようであった。

「助けてくれと言ってるだろう！　僕には、正当な裁判を受ける権利があるっ！　見殺しにしたら、お前は人殺しだぞっ」

「もう一度だけ、訊く……悪夢を見たことはあるか」

「見てないと言っただろうがっ‼」

喚いた刹那、最後のワイヤーが切れた。

八百五十キロの清掃ユニットは、龍崎の左足を道連れにして、落下した。彼の右足は、ルーフロボットの扉に咥えこまれたままだ。

したがって――龍崎達彦の肉体は、絶叫する暇もなく、その弾性限界を超えて真っ二つに引き裂かれた。

まるで大きな卵を出産したみたいに、内臓が一塊になって空中に飛び出す。

それから、バラバラに分離して、勝手な方向へ散って行った。

ルーフロボットに残ったのは、彼の右足と胴体の一部だけであった。

清掃ユニットと人体の残骸は、消え残っている炎の中に吸いこまれる。

「…………」

城島は、口の中に溜まった苦いものを吐き捨てる。そして、ウィルディ・マグナムに安全装置をかけて、ベルトの脇へ差した。

フェンスの内側へ戻ると、マリーがむしゃぶりついて来る。

「Jっ……J、J、Jっ」

「大丈夫だ、もう、大丈夫だよ」

少女の頭を撫でながら、城島明は英語で言った。

「聞いてくれ、マリー。俺は記憶を取り戻したんだ。俺は白馬の王子ではなく、ただの薄汚い殺し屋だった。あいつらと同じ、人殺しだ。それでも……俺と一緒に来てくれるか」

「愛してる、J、人殺しでも愛してる。あなたと一緒にいられるなら、あたしも人殺しになるわっ」

「そうか……」

少女を抱きしめた城島の表情が、硬くなった。

階段の前に、ワルサーP38を構えた佐伯刑事が立っていたからだ。龍崎のそれを、拾ったのだろう。

「俺はな……警察庁のお偉方から、あんたを射殺して口ふさぎするように頼まれていたんだ」

疲れたような声で佐伯は言ってから、その銃をポケットへしまった。

「いいのか」

城島は訊いた。

「あんたが、日本へ復讐のために帰国したんだったら、警察官として、阻止さぜるを得ないと決心していた。だけど……世の中には、たぶん、法律よりも道徳よりも大切なものがあるんだろうよ」

大儀そうに佐伯は脇にどいて、二人のために道をあける。

「すまん……」

城島はマリーの肩を抱いて、彼の横を通ってゆく。

「おい、どうやって逃げる？」と佐伯。

「ビルの周囲は警官だらけだし、下火になったから、そろそろ別の警官隊が、このビルに突入して来るぞ」

立ち止まった城島が、

「ダストシュートを使う。あの内部を伝わって、地下一階まで降りると、そこにマンホールがあるんだ。そこから下水道を通って、包囲網の外へ出るさ」

「しかし……その後は……」

無駄に罪を重ねることになるのではないかと、佐伯は、それを怖れた。

「この包囲網さえ突破すれば、迎えが来る約束になってる」

「ああ……あれか。例の知り合いって奴か」

城島は微笑で、それに答えた。

「お嬢ちゃん……いや、マリー」

少女は振り向いた。

その時になって、佐伯は、自分が英語を喋れないことに気づいた。はるか昔に学校で習った単語は、みんな忘れている。

「おい、城島。幸せに――って英語で何て言うんだ?」

「グッドラック」

城島は即座に答えた。苦い想いがこもっていた。

「そうか。よし……ええと、グッドラック」

「有難う」

マリーが日本語で礼を言うと、佐伯は、羞(はず)かしさに全身に灼熱感が走り、穴があったら入りたい気分になった。

そんな彼に片手をあげてから、二人は階段を降りて行った。

男と少女が遠ざかる足音を聞きながら、

「本当なら、奴を逮捕して、女の子を保護すべきなんだろうが……そんなことをしても、誰も幸福になれないしな……」

急に疲れが出て、佐伯刑事は、ごろりと横になった。

（今の俺の心にピッタリの言葉が、たしか聖書に書いてあったような気がするが……何だったかな………）

思い出せなかった。

たとえ、日本から無事に脱出したとしても、あの二人の行く手は平坦ではあるまい。巨費を投じた殺人遊戯施設を放棄させられて、闇の組織が黙っているわけがないのだ。おそらく、一生、命を狙われ続けるだろう。

佐伯は夕空を見上げて、二人が一秒でも永(なが)く一緒にいられるように——と祈らずにはいられなかった。

龍崎達彦を火葬にした黒煙が、明度を失いつつある空の奥へ奥へと、静かに立ち上ってゆく……。

「先生、この女は姦淫の場でつかまえられました。モーセは律法の中で、こういう女を石で打ち殺せと命じましたが、あなたはどう思いますか」

…………

「あなたがたの中で罪のない者が、まずこの女に石を投げつけるがよい」

『新約聖書』

－ヨハネによる福音書・第八章より－

番外篇　それから――

その丸太小屋は、小さな湖を背にして、その畔に建っている。

小屋に隣接して車庫があり、ランドクルーザーが置かれていた。小屋から車庫へは、直接、出入りできるようになっている。

オーストラリアの北西部——キンバリーの片隅であった。

この小屋に来る道は、木立の中を通る一本しかなく、一番近い隣家まで数十キロはある。そろそろ雨期も終わろうとしている晴れ渡った昼間で、湖面を渡った微風が小屋の中に吹きこんでいた。

小屋と言っても中は広く、リビングとキッチンだけで十坪近くある。

リビングに置かれた液晶テレビでは、「中国で感染爆発したSARS——重症急性呼吸器症候群が、世界中に広がりつつある」というニュースを放送していた。

そのリビングの奥は寝室で、セミダブルとシングルの二つのベッドが並んでいた。

寝室の左側に、トイレとバスルームがある。

寝室の右側に、食料や燃料などを納めた倉庫があり、その倉庫の中のドアが、車庫に繋がっていた。

「——ねえ、J」

リビングのソファに座っていた十代半ばの金髪の少女が、英語で言う。

「あたし、お腹すいちゃった」

「おい、マリー。可愛らしい小さな鼻を、どっかに落としてきたのか」

キッチンの電磁調理器の前にいた男が、そっけなく言った。

年齢は三十代後半で、岩を刻んだような顔つきをしていた。肌が浅黒く、細い口髭と短い顎鬚があるので、ラテン系に見える。

「俺が今、タマネギとベーコンを炒めている匂いが、わからないのか」

「わかってるわ、ちょっと、催促してみただけ」

ほっそりとした体型のマリーは、ソファに長い足を伸ばして、

「あのね、J――」

甘え声で、マリーは言う。

「今夜、あなたのベッドに行っていい?」

「駄目だ」

炒め物に、だし醤油で味付けをしながら、Jと呼ばれた男は、にべもなく断る。横の電磁調理器には鍋が置かれ、スパゲッティが茹でられていた。

「十八歳の誕生日まで待つ、という約束だろう」

「誕生日……あと一年四ヶ月も待たされるのね」

薄桃色のタンクトップに白のショートパンツという姿のマリーは、溜息をつく。

「いや――正確には、一年三ヶ月と十六日だな」

濃いグリーンのTシャツにブルージーンという姿のJが律儀に訂正する。

「そうね……あなたと出逢った日が、私の誕生日だものね……」

遠い目をして呟いたマリーが、絨毯に膝をついて、そこに寝そべっていた犬の背中を撫でる。

「ねえ、ホワイティ。お前のご主人様は、本当に融通のきかない石頭なのよ」

全身が黒いドーベルマン・ピンシャーの雄犬は、背中を撫でられて、うっとりしていた。

「白い子犬を買いに出かけたくせに、ペットショップから戻ったら、真っ黒な子犬をかかえていたの。番犬にはピッタリの犬種だ——と言って」

ホワイティと呼ばれた犬は、哀しそうに、クーンと鼻声で鳴く。

「あら、ごめんなさい。お前の悪口を言ったんじゃないのよ」

あわてて、マリーは、ドーベルマンの首を抱きしめた。

「お前のことは大好きよ、ホワイティと呼んでも怒らないし」

「出来たぞ」

キッチンのJが言った。

「ホワイティの食事も用意してやれ」

「はい、はい」

立ち上がったマリーは、倉庫の方へ行って、ドッグフードの缶詰と餌皿を持って来た。

ホワイティが立ち上がり、嬉しそうに、そわそわする。

「だけど、お前のご主人様も頭が固いだけじゃないのよ」

缶詰を開けながら、マリーは言った。

「あたしの護身用の銃に、ブローニングM一九一〇を選んだ時に、同じ三十八ＡＣＰ弾を使うために、自分の銃をシグ・ザウエルＰ二二〇からＰ二三〇に変えてくれたの。思い出があるから、絶対に銃種は変えないって言い張ってたのに……これが愛なのね」

「何をくだらない話をしてるんだ」

Ｊは、スパゲッティの皿をダイニング・テーブルの上に並べて、

「さあ、腹ぺこ姫がお待ちかねの昼飯だぞ」

「はーい」

マリーは、テーブルについた。

テーブルの上には、料理の皿の脇に、手入れの行き届いたシグ・ザウエルＰ二三〇とブローニングM一九一〇が、無造作に置いてある。

二挺とも弾倉にも薬室にも実包が装塡されて、安全装置が掛けられていた。

そして、三十八ＡＣＰ弾五十発入りの紙箱も、置かれている。

「さて——」

着席したJは、両手を合わせる。マリーも、それに倣った。

ドーベルマンのホワイティも、餌皿を前にして、健気に頭を垂れている。

「いただきます——」

「いただきます」

二人が言うと、ホワイティも、わんっと吠えた。

それから、二人と一頭は、もくもくと食べることに集中する。

風向きが変わって、微風は湖からではなく、木立の方から吹いてきた。

途端に、ホワイティの耳がピンっと立って、餌皿から顔を上げる。

木立の方を向いて、白い奥歯を剝き出しにして低く唸った。

その時には、JはP二三〇を、マリーはブローニングを手にしていた。厳しい表情になった二人は、銃の安全装置を外す。

身を低くして、Jは、玄関のドアの脇の窓に近づいた。

「相手は、あの木立の中か……」

カーテンの蔭から、Jは外を見つめた。

「ホワイティ、何人だ」

すると、ドーベルマンは、右の前肢で、とんとんと絨毯を五回、叩く。

「五人か……だったら、サンクチュアリじゃない。俺たちの首を狙う、賞金稼ぎだな」

「車のエンジンは、かけておく?」

油断なく、左右の窓に目をやりながら、マリーが訊いた。

「ああ……撃ち合いが始まったら、念のためにそうしてくれ。その前に、ジミー・タンに連絡を」

「わかったわ」

マリーは溜息をついて、携帯電話に手を伸ばした。

「なかなか、お伽噺の終わりのようにはならないのね——それから、二人は仲良く幸せに暮らしました、とか……」

「大丈夫だ」

Jは、ソファの下の物入れから、カラシニコフ74年型突撃銃と弾の箱を取り出した。

再び安全装置をかけたP二三〇は、ベルトの後ろに突っこんでいる。

「今に必ず、そうなる」

「そうね……」

微笑したマリーは、携帯の短縮ダイヤルを押した。すぐに、崑崙会の若い幹部が出る。

「——ああ、ジミー、お取り込み中、ごめんなさいね。マリーよ……そう、また、お客さんなの、招かれざる客」

その時、銃声が響き渡った。

三挺のサブマシンガンによる、嵐のような銃声だ。

窓ガラスが砕け飛んだが、壁には防弾板が仕込まれているので、貫通できない。

「ジミー、始まったから、また後で」

ホワイティと一緒に床に伏せたマリーは、携帯電話を切る。

「マリー、両側に気をつけろっ」

ドアの脇に立ったJが言う。

「たぶん、正面のサブマシンガンで牽制しておいて、右と左から一人ずつ接近するつもりだ」

「イエッサー」

マリーは、右の窓に近づいて、外を見た。そして、振り向いて、左の窓の外を見つめる。怪しい者は見えない。

マリーは、また、右の窓の外へ視線を戻した。

灌木の蔭に、ちらりと人影が動いた。

マリーは、その灌木にブローニングの銃口を向ける。

「それから――」

右手首を左手で保持して、静かにマリーは言った。

「お姫様は、そっと引金を絞りましたとさ……」

あとがき

その島は、カリブ海のヴァージン諸島、セント・トマス島の東にある。

正式な名称は、リトル・セント・ジェームズ島だ。

だが今では、〈エプスタイン島〉、〈罪の島〉、〈児童性愛者の島〉などと呼ばれている。

そこが、アメリカの大富豪ジェフリー・エプスタインのプライベート・アイランドだったからだ。

だった――と書いたのは、所有者のエプスタインは、二〇一九年八月十日にニューヨークのメトロポリタン矯正センターの独房で、死んでしまったからである。

死因は、〈首吊り自殺〉だったとされている。

二〇〇六年に児童買春で起訴され、有罪となったエプスタインは、禁固一年一ヶ月という判決を受けた。

それが、二〇一九年七月に未成年性的搾取の容疑で、またもや逮捕されたのである。

そして、この事件の捜査の過程で、リトル・セント・ジェームズ島で、エプスタインによって少女たちを集めた乱交パーティーが催されていた――という以前からの疑惑が、事実であることが明らかになった。

慈善活動家の仮面を被ったエプスタインは、その手帳に百人以上の少女の名前を書きこんでいたという。

大富豪であるエプスタインは、上流階級に幅広い人脈があり、彼の自家用飛行機に送られて、民主党のビル・クリントン大統領や英国のアンドリュー王子も、この島を訪れたことがあった。

そのため、来島したセレブたちにも乱交に参加した疑いがかけられたが、当然、彼らは否定している。

さらに、エプスタインは千人以上の少女を島へ運びこんだとか、悪魔崇拝の儀式のために少女を殺害したとか、カニバリズムとか、真偽不明の情報も流れている。

しかも、エプスタインの独房を撮影していた監視カメラの映像は、「誤って」消去されてしまい、さらに映像のバックアップもされていなかったという……。

右が、容疑者が死亡したために事件の全容が不透明な「エプスタイン事件」の概略ですが、昨年、この報道を見て、私は驚きました。

なぜなら、私が一九九八年に徳間書店で、ハードカバーとして書き下ろした現代アクション物『殺されざる者』の設定に、そっくりだったからです。

つまり、この文庫の小説ですね。

元々、ダンテ島の設定は、大藪春彦さんのエアウェイ・ハンター・シリーズの第三弾『狼は復讐を誓う』に登場する、あらゆる快楽を満たす館〈クラブ・イングリッド〉が、ヒントでした。

ダンテ島の猟奇的な趣向は、最初から考えていたのですが、資料として読んだ本の一冊――実在の連続殺人鬼のインタビュー本『死の腕／ヘンリー・リー・ルーカス物語』で語られる悪魔崇拝の国際的秘密組織〈ハンド・オブ・デス〉も、参考になりました。

ちなみに、「秘密組織の部分は、ルーカスの完全な妄想だな」と、当時の私は考えていたんですね。

しかしながら、こうしてエプスタイン事件の報道を見ていると、妄想であったはずの〈ハンド・オブ・デス〉の話にも、なにがしかの事実が含まれていたのかなあ――と薄ら寒くなります。

物書きは、嘘を上手に書くのが商売ですからね。

だから、作品と似たような事件が本当に起こってしまっては、非常に困るんですよ。

あと、詳細は不明ですが、エプスタインの逮捕の前年、二〇一八年四月に島で爆発音が起こり、隣の島から火災が目撃されたそうです……。

とにかく――究極の異常快楽施設の設定に、私は、望月三起也さんのアクション漫画『秘密探偵ＪＡ』の第十一巻『死は赤い骨』のマンハント・ゲームを、組み合わせました。

マンハントの描写に関しては、ギャビン・ライアルの傑作冒険小説『もっとも危険なゲーム』と、イァン・フレミングの『００７号／ドクター・ノオ』からも、影響を受けてますね。

なお、『もっとも危険なゲーム』の〈ゲーム〉は、作中の「この世の中で最も危険な獲物は、人間ですよ」という台詞から、タイトルの上では〈獲物〉の意味ですが、内容的には〈遊戯〉にもかけてあり、ダブル・ミーニングです。

松田優作の代表作『最も危険な遊戯』（一九七八年）のタイトルは、この小説から借りたのだと思います。

大人と小さな子供の巨悪からの逃避行というと、誰でも思い浮かぶのが、ジーナ・ローランズ主演の『グロリア』（一九八〇年）でしょう。

ですが、私は子役の演技が気にかかって、この映画はあんまり評価できません。

さらに、シャロン・ストーン主演で一九九九年にリメイク版『グロリア』が製作されましたが……「名匠シドニー・ルメットともあろう人が、どないしたんや」という残念な出来でしたね。

本作品のトクマ・ノベルズ版のあとがきにも書いたのですが――男女の絶望的な逃避行のベースになったのは、実は、関根恵子（現・高橋恵子）が主演した大映映画『遊び』（一九七一年）です。

当時、映画館でこの作品を観て、私、泣いてしまいましてね。

ちなみに、同い年の恵子ちゃんと志穂美悦子、そして、伊藤かずえの三人が、私のミューズなんですよ。

三人の共通点は……〈芯が強そうなこと〉かな。


とにかく、そのような複数のアイディアを練り合わせて、一年がかりで執筆したのが、この作品なのです。

あちこち取材に行きましたが、横浜駅のホームの位置関係を確認するために、カメラを手にしてホームからホームへと何度もうろつきまわっていたのは、さすがに不審に思われたかも知れない。

京王線の電車に乗り、運行の時間を計りながら、吉祥寺――渋谷を何度も行き来して、車内や運転席の様子を撮影しました。

まあ、色々と書きこんでありますが、ほぼ事実ですけれども、事実のふりをしたフィクションも混じってます。

たとえば――もっともらしく書いてますが、〈コルト・ドラゴン〉という拳銃は実在しません。

尊敬するイァン・フレミング先生も同じようなことをなさっているので、ご勘弁を。

それと、後半で、登場人物の一人が非常に長い台詞を言った後に殺されますが、あれは、半村良さんの処女長編『石の血脈』に使われていたテクニックの模倣です。

私は小説家になって以来、「いつか、あれを真似てみよう」とずっと考えていたので、『殺されざる者』で実現できて、大いに満足でした。

ラストで、登場人物の一人が凄惨な死に方をしますが、あの部分の特異な描写は、第二次大戦中の中国大陸での戦記を参考にしました。

この作品は私の現代物の代表作なので、今回、文芸社で文庫化していただき、まことに感無量ですね。

書き下ろしの掌編も収録しましたので、楽しんでいただけると幸いです。

改めて断る事もないと思いますが、この作品はフィクションであり、登場する個人や団体は全て、架空のものです。万一、類似した名称があったとしても、本作品とは無関係であることをお断りしておきます。

私の現代アクション物は、この作品と『悪漢探偵』全二冊（徳間文庫）の三冊だけですが、実は昨年末に、昭和を舞台にした官能スパイアクションを書きました。

多岐川真名義で書いた『淫殺のライセンス／牝猫は濡れている』（三交社艶情文庫）が、それです。

一九六九年（昭和四十四年）の東京で、ＷＣＪ（世界司法裁判所）特別局に所属する正義執行官・大門哲雄が、トヨタ二〇〇〇ＧＴ・カスタムに乗り、鉄拳とルガーＰ08で、国際的犯罪組織ＦＵＣＫと闘う――という設定。

ずっと、パソコンもケータイも無いアナログ時代のアクション物が書きたかったので、本当に大満足でした。

私が書いた作品の中では、もっとも大藪春彦さんに近いものだと思います。

この『殺されざる者』で、名称だけ触れられる内情――内閣情報調査室の腕利き女性エージェントも登場しています。

さて、次回は、書き下ろしもたっぷり『ものぐさ右近人情剣』第五巻が、秋に刊行の予定ですので、よろしくお願いします。

二〇二〇年六月

鳴海　丈

引用文献及び参考資料

《引用文献》
『死刑囚ピーウィーの告白／猟奇殺人犯が語る究極の真実』D・ギャスキンズ／他（扶桑社）
『ヘンリー五世』ウィリアム・シェイクスピア／訳・小田島雄志（白水社）
『聖書』（日本聖書協会）

《参考資料》
『シリアル・キラー』ジョエル・ノリス（早川書房）
『切り裂きジャック』C・ウィルソン／他（徳間書店）
『平気で人を殺す人たち』B・キング／篇（イースト・プレス）
『連続殺人者』タイム・ライフ／篇（同朋舎出版）
『11人の女性死刑囚』T・クンクル他（中央アート出版社）
『死の腕』M・コール（中央アート出版社）
『セックスキラーズ』N・ルーカス（中央アート出版社）

『カニバリズム／最後のタブー』B・マリナー（青弓社）
『ザ・レイプ／R・カーの告白』E・ブキャナン（騒人社）
『FBI心理分析官』R・K・レスラー／他（早川書房）
『エリックが消えた』T・ゲイニー（徳間書店）
『52人を殺した男』M・クリヴィッチ（イースト・プレス）
『撫で肩の男』R・ラウリー（文藝春秋）
『世界犯罪者列伝』A・モネスティエ（JICC出版局）
『殺人者のカルテ』福島章（清流出版）
『ヒトは狩人だった』福島章（青土社）
『性と暴力の世代』福島章（サイエンス社）
『人はなぜ、犯罪をおかすのか？』小田晋（はまの出版）
『壊れた14歳』町沢静夫（WAVE出版）
『快楽殺人者の異常心理』真木貞夫（KKベストセラーズ）
『うちの子が、なぜ！』佐瀬稔（草思社）
『倒錯』伊丹十三／他（NESCO）
『死体処理法』B・レーン（二見書房）
『世界犯罪百科全書』O・サイリャックス（原書房）

『ポル・ポトの秘密鉱山』ガブリエル中森（双葉社）
『死刑の大国アメリカ』宮本倫好（亜紀書房）
『黒魔術のアメリカ』A・ライアンズ（徳間書店）
『宗教からよむ「アメリカ」』森孝一（講談社）
『アメリカの狂気と悲劇』落合信彦（集英社）
『アメリカ犯罪風土記』千野境子（社会思想社）
『アメリカよ、銃を捨てられるか』矢部武（廣済堂出版）
『ワスプ（WASP）』越智道雄（中央公論社）
『海外で差別されたことありますか』佐藤育代（主婦の友社）
『ユーロマフィア』B・フリーマントル（新潮社）
『拷問の歴史』川端博・監修（河出書房新社）
『西洋拷問刑罰史』J・スウェイン／訳・大場正史（雄山閣出版）
『残酷の日本史』井上和夫（光文社）
『処刑の科学』B・ロンメル（第三書館）
『最新ピストル図鑑』床井雅美（徳間書店）
『最新ピストル図鑑Vol．2』床井雅美（徳間書店）
『最新軍用ライフル図鑑』床井雅美（徳間書店）

『ワルサー・ストーリー』床井雅美（徳間書店）
『最新軍用機図鑑』床井雅美／神保照史（徳間書店）
『アンダーグラウンド・ウェポン』床井雅美（日本出版社）
『ライフル』床井雅美（池田書店）
『サブ・マシンガン』床井雅美（池田書店）
『最新軍用銃事典』床井雅美（並木書房）
『最新軍用ライフル事典』床井雅美（並木書房）
『ＳＷＡＴテクニック』毛利元貞（並木書房）
『傭兵』Ｆ・キャンパー（朝日ソノラマ）
『都市ゲリラ』小山内宏（主婦と生活社）
『特殊部隊』Ｗ・Ｎ・ラング（光文社）
『大図解／特殊部隊の装備』坂本明（グリーンアロー出版社）
『兵士に聞け』杉山隆男（新潮社）
『レインジャー』谷三郎（扶桑社）
『奴隷化される子供』Ｒ・ソーヤー（三一書房）
『アジアの子どもと買春』Ｒ・オグレディ（明石書店）
『ロリータコンプレックス』Ｒ・トレイナー（太陽社）

『幼児売買』広野伊佐美（毎日新聞社）
『ローマ皇帝伝』スエトニウス（岩波書店）
『パリと娼婦たち』L・アドレル（河出書房新社）
『売春の社会史』バーン&ボニー・ブーロー（筑摩書房）
『娼婦』A・コルバン（藤原書店）
『世界風俗史』P・フリッシャウアー（河出書房新社）
『風俗の歴史』E・フックス（光文社）
『GUN』（国際出版）
『月刊コンバット・マガジン』（KKワールドフォトプレス）
『ラジオライフ』（三才ブックス）
『ニューズウィーク日本版』（TBSブリタニカ）
『銃社会ニッポン』津田哲也（テレビ朝日）
『銃器犯罪』津田哲也（現代書林）
『もし銃を突きつけられたら……』矢部武（ダイヤモンド社）
『警視庁刑事』鍬本實敏（講談社）
『警察記者』井上安正（JICC出版局）
『警察官の掟』古賀一馬（三笠書房）

『警察官の犯罪捜査マニュアル』田中一京（青年書館）
『完全犯罪捜査マニュアル』小野一光（太田出版）
『日本警察』久保博司（講談社版）

その他

本書は二〇〇五年二月に徳間書店より刊行された『殺されざる者』を改題し、大幅に加筆・修正しました。

本作品はフィクションであり、実在の個人・団体などとは一切関係がありません。

文芸社文庫

子連れ逃亡者VS武装凶人軍団
THE SURVIVOR 殺されざる者

二〇二〇年八月十五日　初版第一刷発行

著　者　鳴海　丈
発行者　瓜谷綱延
発行所　株式会社　文芸社
〒一六〇-〇〇二二
東京都新宿区新宿一-一〇-一
電話　〇三-五三六九-三〇六〇（代表）
〇三-五三六九-二二九九（販売）
印刷所　図書印刷株式会社
装幀者　三村淳

ISBN978-4-286-22127-4